ESTHER

THÉMISTOCLE

Pierre du Ryer

Esther
Thémistocle

textes établis et présentés
par André Blanc

Conformément aux statuts de La Société des Textes Français Modernes, ce volume a été soumis à l'approbation du Comité de lecture, qui a chargé M. Dominique Moncond'huy d'en surveiller la correction.

ISSN 0768-0821
ISBN 2-86503-262-0

BIOGRAPHIE SOMMAIRE
DE PIERRE DU RYER

On connaît très mal la vie de Pierre Du Ryer ; le récit qu'en avait fait François Colletet est perdu. On sait que son père, Isaac du Ryer, était un poète lyrique apprécié du temps de Henri IV ; il appartenait à la solide bourgeoisie parisienne de petite robe. Isaac a été secrétaire des commandements du duc de Bellegarde, Grand Écuyer de France ; il faillit remplir une importante mission en Toscane. Après sa rupture avec Bellegarde, il aurait connu quelques besoins d'argent. On ignore qui il épousa, probablement une femme riche, puisqu'il acheta la charge de Secrétaire du Roi. Auteur dramatique, il publia un recueil de poèmes, sous le titre proustien avant la lettre du *Temps perdu* en 1608, et un deuxième, qui aurait pu être également proustien, *Les Heures dérobées* en 1633. Il écrivit aussi deux pastorales, *La Vengeance des Satyres* en 1614, « représentée dans la grande salle de l'église du Temple de Paris »[1] et *Le Mariage d'amour* en 1621, écrit pour être joué par des enfants, sans parler de poésies religieuses, de poésies « douanières » (il fut commis de la douane) et d'autres poèmes fort libres.

Pierre naquit en 1605 d'après Niceron. Se fondant sur le fait que, en 1621, il prend le titre de Secrétaire

---

1. Voir H. C. Lancaster, *A History of French Dramatic Literature in the Seventeenh Century*, Part. I, p. 132.

du Roi, Lancaster estime qu'il était né vers 1601 ;
mais il semble qu'Isaac n'était pas marié en 1603 et
il n'était pas difficile de tricher sur l'âge pour des
cas de cette sorte. On ne peut donc éliminer la date
de 1605. Quant au lieu, on suppose qu'il est né à
Paris parce que son père y habitait.

Il fit de bonnes études latines, apparemment au collège de Clermont, et prépara une carrière de robe, tout
en s'intéressant au théâtre, comme souvent dans les
milieux de la Basoche. D'ailleurs, son père était lié
avec Tristano Martinelli, le premier des Arlequins
parisiens et avec les Andreini, qui dirigeaient la troupe
italienne qui résida à Paris de 1600 à 1603. Peut-être
Pierre tint-il un rôle dans une pastorale composée par
son père pour être jouée par des enfants.

On peut penser que, en 1621, Isaac renonça à sa
charge de Secrétaire du Roi en faveur de son fils.
Pierre l'échangea en 1625 contre un office de
Conseiller et Secrétaire du Roi et de ses finances,
qu'il résigna en 1633. Selon Lancaster, en 1623, il
avait acheté le droit de vendre dix charges de
sergent[2] dans l'élection d'Arques, généralité de
Rouen, qui lui furent remboursées 1.909 livres
lorsque ces offices furent abolis. Il posséda aussi un
office à la Gabelle, dont les gages étaient de
400 livres par an. Il acheta une maison de campagne
à Parassy[3].

---

2. « Huissier, le plus bas des officiers de Justice, qui sert à exécuter ses ordres » (Furetière).

3. Aujourd'hui commune du Cher. En 1627, il est qualifié de
« Noble homme Pierre du Rier, Sieur de Paracy, Conseiller et
Secrétaire du Roi [...] demeurant rue des Francs-Bourgeois,
paroisse Saint-Gervais ». Le titre de noble homme est pris en
général par ceux qui frôlent la noblesse sans en faire partie,
n'ayant pas droit au titre d'Écuyer.

En 1627-1628, il eut une étrange querelle littéraire avec Alexandre Hardy ; on ne sait quelle en était la cause originelle, mais Hardy, dans la dédicace de ses œuvres au duc de Liancourt, en 1628, s'en prend à « ceux que l'on pourrait nommer excréments du barreau [qui] s'imaginent de mauvais avocats pouvoir devenir bons poètes [et] profanent l'honneur du théâtre de leur vilain croassement ». Les deux avocats en question, qui prennent le nom de Poliarque et de Damon, lui répondent par de supposées *Lettres à Poliarque et Damon sur les médisances de l'autheur du théâtre.* Ils y défendent les jeunes, les modernes, affirment l'existence d'une évolution dans la manière d'écrire et critiquent férocement la langue, le style, les expressions, les vers de Hardy. Celui-ci répond à son tour par un pamphlet, *La Berne de deux rimeurs de l'Hôtel de Bourgogne en forme d'apologie contre leurs impostures*[4]. Personnellement, il a écrit six cents poèmes dramatiques ; quant aux deux rimeurs, l'un n'a à son compte qu'une *Arétaphile,* « propre à nommer l'enseigne d'une fameuse taverne », l'autre une *Madonte,* qui ne vaut pas davantage. Il les menace de reprendre lui-même ces sujets et les invite à mettre au grand jour leurs pièces « qui dorment dans la nuit de l'Hôtel de Bourgogne », c'est-à-dire à les publier. *Les Lettres à Poliarque...* étaient dures mais correctes ; le pamphlet de Hardy est un torrent d'injures et de grossièreté. Sa plume, dit-il en parlant de Poliarque,

---

4. L'ensemble de ces textes a été commenté par É. Roy : « Un pamphlet d'Alexandre Hardy, "La Berne des deux rimeurs de l'Hôtel de Bourgogne" », *Revue d'Histoire littéraire de la France,* 1915, p. 497-521, suivi de la publication des trois textes, p. 523-543. Rappelons que berner au sens propre veut dire faire sauter quelqu'un sur une couverture tenue aux quatre coins, par manière de jeu ou de châtiment. Il existe une lettre amusante de Voiture à ce sujet.

« n'est que l'aiguillon mortel d'une vipère » ; il le
traite de « tonneau qui ne fut jamais plein que d'une
lie d'ignorance » ; il emploie pour qualifier Poliarque
et Damon les termes de « poétastres », « crapaut »,
« brutal », parle de leurs « niaiseries », les compare à
« des harengères qui perdent l'haleine à force de cra-
cher des injures ». Il reproche à Poliarque de ne pas
savoir qu'on avait construit bien d'autres digues
avant celle de La Rochelle, etc. Ce dernier détail,
joint à la mention d'*Arétaphile,* permet de reconnaître Du Ryer, et la référence à *Madonte* renvoie à
son ami, Jean Auvray[5]. On peut s'étonner de cette
violence envers un homme apparemment fort
paisible ; mais à cette époque, Du Ryer n'était pas
universellement estimé ; on le jugeait « trop obscur et
trop rempli d'orgueil »[6]. On ignore la suite de la querelle. Hardy était malade, il mourut probablement en
1632. Isaac avait pris la défense de son fils : « Les
Muses, écrit-il dans un poème en stances, chérissent
plus les jeunes que les vieux »[7].

---

5. H. C. Lancaster estime pour sa part que Damon représente
Du Ryer et Poliarque Auvray. Du Ryer écrit la première lettre à
Auvray et Auvray lui adresse la deuxième. Dans sa réponse, É.
Roy accepte ces conclusions et ne conteste que quelques détails.
Voir *Revue d'Histoire littéraire de la France*, t. XXIV, 1917,
p. 414-421 et 422-427.

6. *Œuvres du Sr Gaillard*, Paris, Du Cast, 1634.

7. Cité par F. Lachèvre, *Un émule inconnu au début du
XVII*ᵉ *siècle de Mathurin Régnier, Isaac Du Ryer (1568 ?-1634)*,
Paris, Margraff, 1943, p. 37. Isaac composa également un qua-
train, adressé au libraire et mis en tête du *Traité de la providence
de Dieu, traduit du latin de Salvian, évêque de Marseille*, œuvre
de son fils :

> C'est trop l'ombrager de lauriers
> Et trop lui donner de louange ;
> Ne mets point traduit par Du Ryer,
> Mais plutôt traduit par un ange.

Du Ryer s'était donc lié avec Auvray, Pichou, Rayssiguier, Colletet, et même Tristan L'Hermite[8]. En 1628, il aurait présidé une réunion de ce groupe dans un cabaret. En 1629, il publia un *Dialogue de la Digue et de La Rochelle,* invitant la ville rebelle à se soumettre : c'est une allégorie en vers de 22 stances alternées de la Digue et de la Ville, entre une *Prosopopée de la Digue au roi* et une *Prosopopée de La Rochelle aux mutins du royaume.* Cet ensemble est un panégyrique du roi et du cardinal ; La Rochelle y est appelée « l'horreur de la France et l'espoir des Enfers »[9]. Très engagé dans le parti catholique, où, en cette époque, il n'existe pas de divergence, il choisira, l'année suivante, le parti de Richelieu contre le parti espagnol, soutenu par la reine mère.

Le 16 novembre 1633, Du Ryer vend son office de Conseiller et Secrétaire du Roi à un certain Robert de Pile. Il épouse Geneviève Fournier, supposée petite bourgeoise peu aisée ; aussi les contemporains ont-ils parlé d'un mariage d'inclination, mais nous n'en avons aucune preuve. La date exacte du mariage est inconnue.

Au début de 1634, il entre au service de César, duc de Vendôme, fils naturel d'Henri IV. Il fut son secrétaire pendant six ans. À cette époque, il prend le titre d'avocat en parlement. On ignore s'il prit part aux

---

8. Sorte de cénacle, indiqué par É. Roy (*Revue d'Histoire littéraire de la France*, t. XXII, 1915) et confirmé par Lancaster (*ibid.*, t. XXIX, 1922, p. 257-267).

9. Les poèmes de Du Ryer ne valent pas son théâtre ; un grand nombre d'entre eux sont dédiés à ses amis, accompagnant l'édition de leurs œuvres ; en particulier, il en composa un à la gloire de *La Veuve* de Corneille.

intrigues de son maître et du fils de celui-ci, le duc
de Beaufort. Ces années 1630-1636 sont en effet des
années de grande agitation politique et de conspirations constantes contre le pouvoir de Richelieu :
conspiration de Chalais, journée des dupes, exécution de Bouteville, exil de Gaston d'Orléans, du duc
de Guise, de Marie de Médicis, d'un des Marillac et
exécution de l'autre, emprisonnement de Bassom-
pierre, relégation en province des duchesses
d'Elbœuf et de Lesdiguières, de la princesse de
Conti ; conspirations du marquis de Châteauneuf et
de la duchesse de Chevreuse en 1633 ; complot de
Gaston d'Orléans, du comte de Soissons, du duc de
Bouillon, de Cramail, de Vitry ; tentative d'assassi-
nat du cardinal à Amiens, sans compter le soulèvement et la répression des Nu-pieds en Normandie
(1639). Il serait difficile de penser que, vivant dans
ce milieu, Du Ryer ait tout ignoré.

Il écrit alors *Cléomédon*, ainsi que *Lucrèce*, pièces
que l'on pourrait considérer comme anti-monar-
chiques, ainsi qu'*Alcionée*, rédigée lorsqu'il était au
service du duc de Vendôme. Sans être des pièces à
clefs ou à thèse, elles posent des questions sur la légi-
timité royale, sur les rapports entre roi et sujets : elles
ont été conçues dans un milieu hostile à l'absolutisme
royal, au centre de la guerre idéologique entre le cardinal et ses ennemis. Du Ryer s'intéresse aux diverses
théories du pouvoir, remontant jusqu'à Jean Bodin.
Mais, comme Corneille, il n'introduit ces éléments
que dans la mesure où ils peuvent prendre une valeur
esthétique. Ses pièces sont des méditations sur le pouvoir plus que des provocations ou des prises de parti
énergiques. Il garde toujours sa liberté, même lorsque
son maître – jusqu'en 1638 – semble être le seul héritier légitime du trône. Ne nous dissimulons pas non

plus qu'il s'agit de lieux communs au théâtre tragique, présents dès *Arétaphile*.

En 1640, Vendôme, accusé d'avoir voulu assassiner Richelieu, passe en Angleterre, laissant en France son secrétaire ; le dernier souvenir de leur lien date de septembre 1640. Après l'échec de la conjuration de Cinq-Mars, en 1642, Beaufort se réfugie, lui aussi, en Angleterre.

Faut-il voir une conséquence de ses fréquentations dans le fait qu'il ne fait pas partie de l'Académie avant 1646, trois ans après la mort du cardinal (précédant toutefois Corneille, mais Corneille habitait Rouen, et l'on préférait des membres susceptibles d'assister régulièrement aux séances) ? Élection due peut-être moins à son théâtre qu'à ses traductions extrêmement appréciées. Pourtant, dès avril 1640, Du Ryer avait dédié *Alcionée* à la duchesse d'Aiguillon, nièce de Richelieu. Mais, à partir de cette date, il semble renoncer aux protecteurs. La dédicace de *Scévole* est l'œuvre de Sommaville, en l'absence du poète, et *Saül* est adressé « à tout le monde ». Il semble que Du Ryer cherche plutôt des contrats avec ses éditeurs (Courbé, Mme Billaine) ; son association avec Sommaville a duré de 1634 à 1650.

Vers 1646, il est installé dans un faubourg de Paris, aux environs de Picpus. Parce que la vie et les loyers y sont moins chers qu'*intra muros* ? Une lettre de Vigneul-Maville, publiée en 1690, prétend qu'il aurait dû faire un emprunt de 200 livres, mais ces emprunts sont chose courante, quel que soit le niveau de fortune de ceux qui les contractent, au point que souvent l'emprunteur est en même temps prêteur en un autre lieu. Certes, après 1640, il se lance dans les traductions alimentaires ; elles lui auraient été payées 30 sous la feuille, et les vers

4 francs le cent pour les alexandrins, quarante sous pour les vers plus courts. Aussi travaille-t-il vite ; dans une lettre publiée en 1690 et qui daterait de 1652[10] il confesse bâcler quelque peu son travail par besoin d'argent. Il y fait aussi l'éloge de sa femme – qui devait mourir peu après – comme ménagère et cuisinière : elle travaille plus que six domestiques. Cette lettre, pleine de vie, de simplicité, d'humour, sans rien de compassé, est une des meilleures du XVIIe siècle. Il s'y montre content de son sort.

Pourtant, tous ses contemporains insistent sur sa pauvreté, qui l'a obligé à s'établir en dehors de Paris. Lorsque Vigneul-Marville et Ménage lui rendent visite, il leur offre une collation de lait, pain, cerises, eau fraîche. Frugalité qui aurait enchanté Rousseau, d'autant que les cerises provenaient du jardin[11]. Cependant, d'un autre côté, on sait qu'il reçut un jour 1800 livres pour des traductions, somme qui pouvait permettre de vivre avec économie pendant deux ans. Il n'est donc pas sûr, contrairement à ce qu'on a prétendu, qu'il ait fini sa vie dans la gêne.

Il avait eu de sa première femme au moins quatre enfants, Lucrèce, Pierre, Marthe, Élisabeth, tous décédés lorsqu'il se remarie, en 1652, avec Marie de Bonnaire, dont il aura une autre fille, Marie-Aymée ; sa marraine est une Aimée Du Ryer, peut-être cinquième enfant du premier lit. Mariage avantageux,

---

10. Jacques Cassagne, *Essais de lettres familières sur toutes sortes de sujets,* Paris, 1690.

11. Le code de la politesse voulait que l'on s'appliquât à traiter ses amis avec le maximum de luxe et d'abondance ; l'absence de vin, en particulier, est remarquable, de même qu'il semble que ce soit son épouse qui fasse le service. Il n'aurait donc aucun valet ni servante ?

puisqu'il revient à l'intérieur de Paris et s'établit rue
des Tournelles ? Toujours est-il qu'il garde sa maison de campagne. Il continue ses traductions et
obtient d'être nommé « historiographe de la
France ». Il meurt en 1658, entre septembre et
novembre, au village de La Rapée ; il est enseveli à
Saint-Gervais le 26 novembre. Il avait 58 ans selon
Lancaster, plus vraisemblablement 53 ans selon Fré-
déric Lachèvre. L'année suivante, Molière et sa
troupe reprirent *Alcionée* et *Scévole* au Petit-Bour-
bon. C'est dire que ses pièces étaient loin d'être
oubliées ou peu considérées.

Il traduisit Salvian, Strada, Hérodote, Sulpice
Sévère, Tite-Live, Polybe, Ovide, un grand nombre
d'« oraisons » de Cicéron, les traités et les *Épîtres* de
Sénèque, etc. Apparemment, il fait ce travail alimen-
taire sans déplaisir. À partir de 1648, il leur sacrifie
ses œuvres théâtrales, dont le rapport était moins sûr.
Ses traductions furent populaires jusqu'au début du
XVIIIe siècle. On fit cinq éditions de son Tite-Live,
sept d'Hérodote, douze de Strada, d'Ovide, de Frein-
schein. Selon d'Olivet, « il avait un style coulant et
pur, égale facilité pour les vers et la prose ».
Meilleur interprète que grammairien, il cherche le
sens plus que la lettre, conforme à l'esprit des
« belles infidèles ». Il n'hésite pas à franciser le paysage : ses orateurs appellent « Messieurs » les
citoyens romains ; le Forum devient le Barreau ; les
centurions se transforment en capitaines. Lui-même
déclare qu'il désire reproduire moins le sens exact
que « cette netteté de langage et cette politesse
majestueuse qui est si digne de l'histoire ». Tous ses
contemporains en parlent avec chaleur, Mairet, La
Pinelière, l'abbé Brillon, d'Aubignac, Scudéry,
Saint-Évremond, Ménage. Au moment de sa mort,

Loret, dans sa *Muse historique*, lui consacre un éloge de 42 vers[12] ; un peu plus tard, il parlera de « [...] Pierre Du Ryer // Qui fut si digne du laurier »[13] Bayle sera le premier à faire des réserves.

Outsider, selon J.-F. Gaines[14], il n'accepta jamais le système de patronage et ne fut pas de l'Académie des cinq auteurs. À la différence de Corneille et de Rotrou, il n'entre pas dans les corps de l'État. Lorsqu'il commence à écrire ses tragédies, il renonce à sa charge d'officier pour n'être plus qu'avocat. Les monarques chez lui sont moins nobles que chez Corneille ; la raison d'État masque souvent des desseins égoïstes ; les héros ne doivent pas se contenter de la noblesse de leur sang ni de leur force morale, mais faire preuve de courage, d'activité d'esprit et de foi solide pour franchir les obstacles. Il plaide pour les exclus, les abusés, les persécutés exaltés ou abaissés. Son œuvre est à la fois une louange et une déploration de l'homme, dont la liberté se heurte à un univers hostile et qui a seulement reçu de la nature la capacité d'oser se sacrifier.

---

12. Loret, *La Muse historique*, éd. Livet, 5 octobre 1658, t. II, p. 537-538.

13. *Ibid.*, 6 décembre 1659, t. III, p. 137.

14. J.F. Gaines, *Pierre Du Ryer and his Tragedies. From Envy to Liberation*, Genève, Droz, 1987.

LE THÉÂTRE DE PIERRE DU RYER

I. LES TRAGI-COMÉDIES

Du Ryer s'est essayé dans tous les genres du théâtre de son temps. Il est l'auteur de douze tragi-comédies, d'une pastorale, d'une comédie, de deux tragédies sacrées et de quatre tragédies profanes. En réalité, tragi-comédies, pastorale et comédie ne sont pas sans parenté, tandis que les tragédies, à l'exception d'*Alcionée*, s'en détachent plus nettement, et d'abord par leur sujet pris à la Bible ou à l'histoire.

Arétaphile

La première pièce de Du Ryer, *Arétaphile*, ne fut pas publiée, mais jouée à l'Hôtel de Bourgogne, comme en témoigne le *Mémoire* de Mahelot, probablement en 1628[15]. La pièce, tirée d'un récit de Plutarque dans *De Mulierum virtutibus*, déjà utilisé par des Italiens et des Espagnols, aurait eu du succès et beaucoup plu à Gaston d'Orléans. On y trouve les

---

15. Le *Mémoire* de Mahelot donne le nom de neuf pièces de Du Ryer, jouées à l'Hôtel de Bourgogne : *Amarillis* (p. 47), *Arétaphile* (p. 48), *Argénis* (p. 49), *Les Vendanges de Suresnes* (p. 49), *Alcimedon* (p. 50), *Lisandre et Caliste* (p. 88), *Esterre* (*sic*) de M. Du Rier (p. 52), *Allecionée* (p. 52), *Scevole* (p. 52). La liste, de 132 pièces, a été établie en 1673 par Laurent. Pour six de ces pièces, le décor est indiqué, accompagné d'un croquis pour cinq d'entre elles.

thèmes de l'envie et de l'usurpation, destinés à devenir récurrents dans son théâtre, en particulier en la
personne du général victorieux dont la puissance et
le prestige risquent de menacer son souverain légitime. Dans *Arétaphïle*, l'usurpateur Nicocrate tue le
roi de Cyrène, dépose l'héritier du trône, Philarque,
et oblige sa fiancée, Arétaphile, à l'épouser ; Philarque est le généreux idéal, qui vainc et pardonne. Il
en est récompensé par la main d'Arétaphile, la première des princesses altières créées par Du Ryer. Le
décor comporte, entre autres choses, une chambre
fermée où l'on entre par derrière, une grande tour et
« une nuit », c'est-à-dire une baisse d'éclairages.

Clitophon

Les tragi-comédies qui suivent *Arétaphile* sont
tirées de romans néo-latins en prose. *Clitophon*, en
1628, également non publié, provient de *Clitophon
et Leucippe* d'Achilles Tatius, récemment traduit en
français. C'est une histoire on ne peut plus rocambo-
lesque, fondée sur un enlèvement par des pirates,
avec erreur sur la personne, sur un naufrage et sur la
séparation des amants. L'héroïne, Leucippe, est
sacrifiée sur une montagne, mais elle a été faussement tuée : le sang provient d'un sac placé sur sa
poitrine. Elle est ensuite enlevée dans un cercueil,
puis prise en otage. De son côté, le héros, Clitophon,
est poursuivi au quatrième acte par l'amour d'une
fausse veuve dont le mari arrive bientôt. Accusé
d'adultère, Clitophon est jeté en prison. Désirant
mourir, il avoue avoir tué sa maîtresse, mais celle-ci
paraît. Au dénouement, tout s'arrange. Hormis le
mariage final des deux héros, il n'y a aucune unité
d'action ; ni de lieu : on passe de Syrie en Égypte et
en Asie mineure ; ni de temps : la pièce s'étend sur

plusieurs mois. Le décor en était très complexe, avec
des accessoires ; des turbans pour les Turcs, « une
petite peau pour faire la feinte du cou *(sic)* »[16]. Les
caractères sont sans nuances. La pièce est tout à fait
dans le goût du temps.

Argénis

À partir du roman latin de Barclay, *Argénis*, Du
Ryer compose ensuite une double tragi-comédie en
deux journées, de cinq actes chacune, *Argénis et
Poliarque*, joué en 1629, publiée en 1630, et *Argénis*,
jouée également en 1629, publiée en 1631. Cette fois,
la pièce dure une année entière et se passe en France,
Sicile, Afrique ; le héros est roi de France. Les personnages sont stéréotypés : amants parfaits, traîtres,
méchants, etc. À la fin, on découvre que l'amant rival
est en réalité le frère de celle qu'il aimait. Le décor
comporte « un feu d'artifice dans une mer, caché » et,
de l'autre côté du théâtre, une grotte, une lance, « une
teste feinte » et des trompettes.

Lisandre et Caliste

En 1630, peut-être, Du Ryer adapte une des *His-
toires tragiques de notre temps*, d'Audiguier, sous le
titre *Lisandre et Caliste*, publiée en 1632 : il laisse
de côté les cinq premiers livres du roman et garde
l'ordre des cinq suivants. Lisandre a été faussement
accusé du meurtre du mari de Caliste, Cléandre, tandis que Caliste était enfermée au Châtelet. Lisandre
essaie de l'en faire évader en soudoyant le geôlier et
un boucher (rôle comique tenu par Gros-Guillaume
dans cette scène de farce). Plus tard, Lisandre doit

---

16. Mahelot, *Mémoire*, p. 67.

livrer un combat judiciaire pour prouver son innocence, mais il est absent, et ce sont des jeunes
femmes en armures qui se présentent *incognito* pour
combattre à sa place. Au cinquième acte, l'une
d'elles, Hippolite, toujours sous son heaume, est
prise pour Caliste par Lisandre. Elle apprend ainsi
que ce n'est pas elle qui est aimée ; elle s'en console
en acceptant Lucidan. On prépare encore un
deuxième combat, qui n'aura pas lieu parce qu'on
découvre que Lisandre est innocent du meurtre de
Cléandre ; il peut épouser Caliste.

Les unités ne sont pas observées ; la pièce se situe
dans la France contemporaine, malgré l'archaïsme
des combats judiciaires en armure. Le décor contient
des éléments réalistes : le Petit Châtelet de la rue
Saint-Jacques, une autre rue où sont les bouchers, la
maison d'un boucher, dont la fermeture sert de
palais ; un ermitage sur une montagne, « une grotte
où dort un hermite », une chambre élevée de deux ou
trois marches, des casques, bourguignotes[17], ron-
daches, trompettes, une épée démontable, etc.

Amarillis

À partir de cette date, Lancaster note que le théâtre
de Du Ryer se transforme : l'intrigue reste toujours
importante mais l'accent est mis sur les sentiments
plus que sur la variété des incidents. Son *Amarillis*,
pastorale tirée du *Penitente amoroso* de Luigi
Grotto, déjà adapté par Roland Brisset dans sa *Die-
romène* en 1590[18], a été créée entre 1631 et 1633 et
publiée seulement en 1650, dans une édition pirate.

---

17. Sortes de casques ; la rondache est un bouclier rond.
18. Roland Brisset, *Œuvres*, Tours, Montrœil et Richer, 1590.

Elle conserve les thèmes et le style habituel ; *Amarillis* constitue en quelque sorte pour Du Ryer l'adieu au théâtre de sa jeunesse. Il s'efforce d'y introduire des règles. La pièce unit trois intrigues, dont deux sont prises à Grotto. On y voit des rivalités amoureuses, comme de juste, l'ordre de faire périr l'une des héroïnes, un personnage de vieillard amoureux, naturellement ridicule et naturellement refusé, une condamnation à mort et un triple mariage pour finir. La scène se passe dans deux villages séparés de quelques milles et dans une forêt d'Arcadie. L'unité de temps est affirmée, et Gros-Guillaume y paraît dans quelques scènes, comme serviteur de l'un des amoureux, Ergaste. Celui-ci demande l'aide de Guillaume pour faire périr Phénicie afin de se débarrasser de son amour (IV, 2). Sa présence transforme en scènes de farce un moment assez pénible (IV, 7) À la dernière scène, c'est lui qui, accusé de meurtre, va être mis à mort lorsque paraît sa prétendue victime : il va pouvoir tranquillement retourner « courtiser la bouteille ». Ainsi, le personnage désamorce une violence assez mal venue en la transformant en moments comiques. Le décor est celui de la pastorale : il faut « trois chapeaux de fleurs et un bouquet, dards et houlette ».

Toutes ces pièces contiennent les ingrédients habituels de la tragi-comédie : pirates, naufrages, désastres, voyages en pays étranges, emprisonnements, duels, doutes sur l'identité, intrigues des parents et des prétendants, fausses morts et résurrections, messages non parvenus à temps, marques de naissance, boucles de cheveux, etc. ; l'épreuve principale des amants est l'endurance et la fidélité plutôt que l'intelligence pour se sortir des mauvais pas.

Alcimédon

Dans les mêmes années 1632-1633, Du Ryer tire du *De Hysmines et Hysminiae amoribus* d'Eumathius, traduit en français par Fr. Collet en 1625, un *Alcimédon*, joué également à l'Hôtel de Bourgogne et publié en 1634. L'intrigue repose sur le changement de nom du héros et de l'héroïne. Alcimédon est devenu Scamandre et Phénice Daphné. Une veuve, Rhodope, rivale de Daphné, veut la faire occire par un de ses serviteurs, Tyrène, qui l'épargne, la désirant pour lui. D'un autre côté, Rhodope charge Géron d'assassiner Alcimédon. Au moment fatal, Daphné, feignant de haïr Alcimédon, obtient que Géron lui donne son épée, qu'elle passe aussitôt à son amant, qui va ainsi pouvoir se défendre. Le dénouement repose sur l'arrivée des pères et la reconnaissance. La mise en scène est beaucoup plus simple que dans les pièces précédentes, Du Ryer opère une concentration dans l'espace et dans le temps : la pièce se passe dans une seule localité de l'île de Chypre et, hormis deux scènes en forêt, toute en un seul lieu. L'intrigue est mieux liée ; les premières scènes sont de ton assez comique ; les personnages, réduits à huit, ne sont pas de sang royal, et souvent l'atmosphère est assez bourgeoise.

Les Vendanges de Suresnes

Une atmosphère totalement bourgeoise, ce sera celle des *Vendanges de Suresnes,* jouées vraisemblablement en 1633 ou au début de 1634, publiées en 1635. C'est la seule de ses pièces que Du Ryer ait intitulé comédie. Comme les œuvres contemporaines de Corneille, c'est une pastorale quelque peu urbanisée et réaliste : deux hommes aiment la même femme, deux femmes aiment le même homme ; on y voit un duel et un enlèvement, mais la scène se passe sur les coteaux de Suresnes, à la saison des vendanges : les indications de Mahelot sont extrêmement précises : le décor doit figurer le bourg de Suresnes, « au bas la rivière de Seine, et aux deux côtés du théâtre [...] forme de paysage lointain garni de vignes, raisins, arbres, noyers, pêchers et autres verdures. Plus, faire paraître le tertre au-dessus de Suresnes[19] et l'ermitage. Mais aux deux côtés du théâtre il faut planter des vignes, façon de Bourgogne, peintes sur du carton taillé à jour », à quoi il ajoute « une hotte de vendangeur pleine de raisins et de feuilles de vigne, deux paniers, deux échalas, une serpette » ; enfin, « en la saison du raisin, il en faut avoir cinq ou six grappes pour la feinte »[20]. L'unité de lieu est suffisante, l'unité de temps acceptable, au prix d'une forte bousculade d'événements. Les propos sont parfois gaillards, les gestes osés, les situations comiques nombreuses. Surtout Gros-Guillaume, le farceur préféré de l'Hôtel de Bourgogne, dans un rôle de vigneron, apporte son comique d'ivrogne au visage enfariné et au ventre énorme. Mais on y trouve aussi une évocation de la noblesse désargentée, un père qui tient à avoir un gendre riche, tandis que la mère préférerait un gen-

---

19. Le Mont Valérien, où se trouvait l'ermitage de Guillemette Faussard, recluse du XVIe siècle.

20. Mahelot, *Mémoire*, p. 94. Dans le croquis du décor, la Seine semble couler au bas du village (mur et escalier de quelques marches) et laisse entre elle et le parterre, donc sur la rive droite, ce qui est topographiquement faux, un espace planté d'arbres et de vignes, représentant vraisemblablement le lieu neutre, où viennent jouer les acteurs.

tilhomme. Les jeunes filles ne cachent pas leurs sentiments et une Lisette annonce déjà les soubrettes futures. Le ton se rapproche tellement de celui des comédies de Corneille que Jacques Scherer suppose que Du Ryer a certainement vu jouer *Mélite* et estime que, à certains endroits, le pastiche est tel qu'il paraît un hommage[21].

Nous ignorons le succès de la pièce, dont les représentations ont pu être interrompues à la suite de la mort de Gros-Guillaume, peu après le carnaval de 1634.

Cléomédon

Aux *Vendanges de Suresnes* succède encore une tragi-comédie, *Cléomédon*, appelée d'abord *Rossyléon*, jouée apparemment en février 1634, publiée en 1636. Le sujet en est pris à l'*Astrée*. L'intrigue, aussi compliquée que les autres, repose esentiellement sur une substitution d'enfants. Le héros, ancien esclave qui a accompli des exploits, devient fou parce qu'on lui refuse d'épouser celle qu'il aime et qu'on lui a promise, mais par la suite il recouvre sa raison. Grâce à un signe sur sa main, on découvrira qu'il est fils de roi. En outre, celle que l'on destinait à son rival ne peut en devenir la femme, parce qu'on découvre qu'elle est sa sœur. Tout finit donc bien. Si l'espace est réduit à une seule cité et à ses alentours, la durée de la pièce est de plusieurs mois. On y retrouve tout l'arsenal de la tragi-comédie : l'esclave qui se révèle prince, la force du sang, le combat d'un fils contre son père, le porteur du secret qui tombe mort au moment où il est en train de le révéler. On y rencontre aussi quelques effets comiques.

---

21. *Théâtre du XVIIᵉ siècle*, La Pléiade, t. II, p. 1267.

Cléomédon est la dernière tragi-comédie de cette série de production abondante, au cours de laquelle, à chaque saison théâtrale, Du Ryer fait jouer au moins une, quelquefois deux pièces. À l'exception d'*Argénis*, dédiée à sa femme, il n'oublie pas de les dédicacer à de grands personnages, le Maréchal de La Chastre, la duchesse de Longueville et surtout le duc de Vendôme, qui reçoit les trois dernières. Comme il était déjà son secrétaire, il n'est pas sûr qu'il en obtint d'importantes gratifications.

Après *Cléomédon*, Du Ryer se tourne vers la tragédie. En dix ans, il en écrira six, quatre profanes et deux sacrées ; nous parlerons de chaque groupe séparément. Mais, malgré cette nouvelle orientation, il fera encore jouer, au cours de cette période, deux tragi-comédies, *Clarigène* et *Bérénice*.

Clarigène

La première de ces pièces, représentée on ne sait où ni quand, au cours de la saison 1637-1638 et publiée en 1639, repose sur un assaut de générosité : la fille de Lycidas, Céphise, a été enlevée par un certain Clarigène (ou tout au moins, on l'accuse de rapt et on est à sa poursuite). D'autre part, Clélie, Romaine, fuyant sa patrie après la prise de la ville par Brennus, a échoué à Athènes. Or, Clarigène arrive lui aussi à Athènes avec le frère de Clélie, Télariste. Pour sauver Clarigène, dont elle est amoureuse, Clélie le fait passer pour son frère, mais Télariste s'est livré à la police à la place de Clarigène. L'apprenant, ce dernier va se dénoncer au Sénat : seule Clélie peut faire connaître la vérité. D'où plusieurs débats de générosité ; même lorsque que Clélie aura montré Clarigène, Télariste continuera à affirmer que c'est lui. Le fils disparu de Lycidas, Cléante, revient au quatrième acte, accompagné de l'autre Clarigène, celui qui avait enlevé sa sœur, mais pour la bonne cause : ils sont devenus amis. À cela s'ajoute un autre quiproquo entre Céphise et Clélie, qui croient aimer le même Clarigène. Évidemment reconnaissance générale, Lycidas pardonne au ravisseur ; chacun épouse sa chacune dans l'euphorie finale. L'action se passe dans différents endroits d'Athènes, l'unité de temps est scrupuleusement respectée.

Bérénice

Bérénice, quant à elle, donnée en 1644, publiée en 1645, présente la particularité d'être en prose. Sauf le titre, elle n'a pratiquement rien de commun avec la *Bérénice* de Thomas Corneille et encore moins avec celle de Racine. Bérénice, princesse sicilienne, réfugiée à la cour de Crète, aime le fils du roi, Tarsis, et en est aimée, tandis que sa sœur, Amasie, est éprise d'un simple sujet, Tirinte ; mais le roi est lui-même amoureux de Bérénice. Il décide de donner Amasie à son fils et charge Tirinte de l'y faire consentir : les quiproquos s'accumulent alors. Mais Criton, père de Bérénice, a surpris une lettre de Tarsis (adressée en réalité à Bérénice) entre les mains d'Amasie. Il croit qu'elle aime Tarsis et informe celui-ci que le mariage entre eux est impossible car il se trouve être son frère. C'est également l'empêcher d'épouser Bérénice ; mais, deuxième révélation : Bérénice est la fille du roi de Crète : la reine, sa femme, avait dû se réfugier en Sicile pour accoucher avant de mourir. Tout va donc s'arranger.

La pièce est un pur discours amoureux, exprimant la tristesse de ne pouvoir s'unir. Les événements, qui résolvent l'intrigue, interviennent peu dans l'action à proprement parler

Dans la préface, Du Ryer prend la défense de la prose, tout en affirmant que ceux qui l'emploient réussissent d'ordinaire moins bien la deuxième fois que la première (allusion à d'Aubignac et à La Serre) et il s'engage à ne pas recommencer.

À *Bérénice* succédera l'ultime tragédie de Du Ryer, *Thémistocle*. Il reviendra aussitôt à la tragi-comédie avec ses trois dernières pièces.

Nitocris

Nitocris est donnée en 1648, publiée seulement en 1652. La reine de Babylone, Nitocris, a décidé de choisir un mari : elle songe à Cléodate, mais celui-ci aime Axiane, princesse des Mèdes. Cléodate demande l'aide d'Araxe pour que la reine lui permette de quitter la cour. Celui-ci, qui songe à épouser Nitocris et qui jalousait Cléodate, s'y emploie volontiers, mais il continue de faire la cour à Alcine. Nitocris refuse la permission. Elle demande aux deux jeunes femmes quel mari elle doit choisir : Axiane conseille Araxe, Alcine Cléodate.

Nitocris n'a rien décidé. Cléodate avoue son amour à Axiane, mais celle-ci le repousse pour ne pas nuire à sa carrière : trait d'héroïsme cornélien ou de préciosité ? Nitocris consulte ensuit les hommes : Araxe lui conseille de se marier ; Cléodate d'attendre, par sagesse politique, pour laisser de l'espoir à des prétendants possibles. Finalement, elle est à peu près décidée à épouser Cléodate, mais Araxe prétend que celui-ci va refuser parce qu'il aime Axiane ; il l'accuse même de songer à trahir la reine en faveur des Mèdes. Nitocris, qui a ses espions, n'en est nullement convaincue. D'ailleurs, Cléodate, questionné, avoue qu'il aime Axiane.

À la fin du quatrième acte, on apprend que le roi des Mèdes vient de mourir : Axiane hérite du trône. Finalement, Nitocris décide de ne pas se marier. Elle donne Axiane à Cléodate, qui devient ainsi roi des Mèdes ; on fait grâce à Araxe de ses calomnies et on le marie à Alcine.

La pièce ne parle que d'amour et de mariage : c'est une série de consultations et d'interrogations, tout le monde est en fin de compte sympathique et l'on pardonne à l'envieux Araxe. Alcine est un personnage intéressant : elle perce très bien les intentions d'Araxe, mais le défend, continue à l'aimer. et le sauve de la colère de la reine.

La pièce se passe en quelques heures dans une salle du palais, l'unité d'action est parfaite. On relève en III, 5, deux vers dont l'emprunt à Corneille paraît conscient

> Que chacun se retire, Alcine et vous aussi ;
> Araxe et Cléodate ont seuls affaire ici.[22]

Dynamis

Dynamis, jouée vers 1649 et publiée également en 1652, est une réplique de *Nitocris :* il s'agit aussi du mariage d'une reine orientale, hésitant entre un héros faussement accusé et un prétendant perfide. La source en est Dion Cassius[23], mais Du Ryer a changé les lieux et les noms des personnages.

---

22. Cf. *Cinna*, II, 1 (v. 355-356) :
      Que chacun se retire, et qu'aucun n'entre ici,
      Vous, Cinna, demeurez, et vous, Maxime, aussi.
23. *Histoire romaine*, LIV, 24.

Le prince Arcas a assassiné le roi de Carie (mais on l'ignore) pour épouser sa veuve, Dynamis, avec l'aide du demi-frère de celle-ci, Trasile, qui espère que cette mésalliance obligera sa sœur à lui laisser le trône.

Le bruit se répand qu'Arcas vient avec une armée ; Poliante, roi de Lycie, dont les sujets se sont révoltés, veut néanmoins rester auprès de Dynamis pour la protéger, même si elle ne l'aime pas : ce ne sera qu'une plus grande preuve d'amour. Pour que Poliante soit libre, la reine décide d'abdiquer en faveur de son frère. Poliante offre alors son cœur et son royaume à Dynamis et sa sœur en mariage à Trasile. Là-dessus, on apprend que la révolte est matée ; Dynamis décide de conserver son trône. Mais voici qu'on accuse Poliante du meurtre du roi : les « grands de l'État » conseillent à Dynamis de décider un non-lieu et d'épouser Poliante. Interrogé, celui-ci se justifie : au contraire, il retirait le poignard du cœur du roi lorsqu'on l'a surpris, mais il faudrait des preuves.

Au cinquième acte, Poliante, qui était parti avec son armée, revient, annonçant qu'il a vaincu Arcas et que celui-ci et Trasile, brouillés, se sont mutuellement blessés : on les apporte mourants sur la scène. Dynamis explique que c'est elle qui a révélé à Arcas les machinations de Trasile contre lui. Trasile maudit sa sœur et meurt derrière le théâtre. Finalement, Dynamis épouse Poliante.

La pièce se déroule en un jour bien rempli, dans une salle du palais royal ; il y a peu d'unité d'action ; Trasile n'est pas indispensable, la consultation des grands superflue ; le dénouement est dû à la chance, l'intrigue est conduite plus par des événements extérieurs que par les personnages ; en dépit de ses caractères classiques, c'est un retour, assez maladroit, au romanesque des premières tragi-comédies. Dynamis n'a pas une conduite totalement franche. Trasile, le bâtard avide de régner, qui tremble devant sa sœur et manœuvre contre elle en secret, est le caractère le plus intéressant. La consultation des députés de la noblesse introduisait un peu d'animation, mais la mode n'était déjà plus à ce genre de spectacle.

Anaxandre

Dernière œuvre théâtrale de Du Ryer, *Anaxandre*, joué probablement dans la saison 1653-1654, publié en 1655, n'est pas sans ressemblance avec *Cléomédon* et provient peut-être du même chapitre de l'*Astrée*.

Céphise a laissé Alphénor, gentilhomme amoureux d'elle, croire qu'elle l'aimait, mais en réalité elle aime un prince captif, Anaxandre ; sa sœur que le roi leur père voudrait marier à Alphénor, l'aime aussi ; quant à Anaxandre il aime Alcione et en est aimé. Prodote, le méchant de la pièce, aime aussi Alcione, il affirme à Anaxandre qu'Alcione feint les sentiments qu'elle exprime, à Alphénor que son amour ne sera pas récompensé et à Céphise qu'Anaxandre en est amoureux. Le roi, finalement décide de donner Céphise à Alphénor ; elle obtient seulement qu'on attende la fin de la guerre. Céphise offre à Anaxandre la liberté pour essayer de le conquérir, mais Anaxandre finit par lui avouer qu'il aime Alcione ; par dépit, Céphise feint de ne l'avoir jamais aimé.

On annonce alors que le père d'Anaxandre est prêt à faire la paix si son fils épouse Céphise. Le roi semble d'accord, mais Alphénor est furieux qu'on

lui ôte celle qu'il aime, il pense à se rebeller. Finalement, vexée du refus d'Anaxandre, Céphise consent
à épouser Alphénor. Prodote a fait croire au roi
qu'Anaxandre méprisait Céphise : il est démasqué et
disgracié. Alphénor épouse donc Céphise et
Anaxandre Alcione.

La pièce se passe dans le palais royal d'une
contrée inconnue, il faut une salle et une « promenade ». Le temps reste vague. En Céphise se livre le
conflit de l'orgueil et de l'amour ; elle est plus sou-
cieuse de sa gloire que de son devoir. Anaxandre est
l'image même de la galanterie, Alphénor de la franchise. Selon Lancaster, *Anaxandre* est l'exemple
typique de la tragi-comédie classique, vouée à
l'échec parce qu'elle ne se distingue pas suffisam-
ment de la tragédie et qu'elle n'en a pas la force.

Il est facile de percevoir l'évolution du théâtre de
Du Ryer. Il commence par des tragi-comédies riches
en événements, indifférentes aux unités, puis, peu à
peu, il se plie au goût classique, concentrant l'action,
respectant les bienséances et la vraisemblance, au
sens que l'on donne à ce mot au XVIIᵉ siècle, obéissant à la loi des unités, mais se rendant compte que
ces règles étaient contradictoires avec l'essence
même de la tragi-comédie. En conséquence, il abandonne le théâtre et se consacre à ses traductions.
Entre-temps, il avait écrit plusieurs tragédies remarquables.

II. ESTHER

Dans la suite du XVIe siècle, où humanistes protestants et catholiques portèrent volontiers à la scène
des sujets d'ordre religieux, les tragédies sacrées de
la première moitié du XVIIe siècle se divisent en
deux groupes : celles qui s'inspirent des vies de
saints et celles qui s'inspirent des récits bibliques.
Les premières, écrites le plus souvent par des catholiques, se construisent autour du martyre de leurs
héros et autour de la résistance qu'ils opposent à
ceux qui cherchent à les faire apostasier. Ainsi *Sainte
Agnès* de Troterel, en 1615, *Saint Vincent* et *Sainte
Catherine* de Boissin de Gallardon en 1618, *Sainte
Catherine* de Poytevin en 1619, *Sainte Justine et
Saint Cyprien* (1621), *Sainte Aldegonde* (1622),
Saint Lambert (1624), toutes trois du Flamand Cop-
pée, *L'Élection de saint Nicolas* de Soret en 1624,
Saint Eustache de Bello en 1632, *Sainte Catherine*
de La Serre en 1641-42 et un autre *Saint Eustache*,
de Desfontaines, en 1642. On y peut ajouter *Poly-
eucte*, en 1643, et *Théodore de Corneille*, en 1646,
Saint-Genest de Rotrou, en 1647.

Les thèmes tirés de la Bible, plus variés, sont traités également par les uns ou par les autres, et, en
général, d'une façon telle qu'on peut difficilement
discerner la religion de l'auteur. Un *Nabuchodonosor*

anonyme de 1612-1614, met en scène l'épisode des trois jeunes gens dans la fournaise (Daniel, ch. III), mais se remarque surtout par le pot-pourri qu'il fait de toutes les religions, babylonienne, juive, chrétienne : par exemple, on y parle du Messie vendu par Judas. *Samson le fort* et *La Chaste Suzanne*, l'une et l'autre en quatre actes, ne cherchent nullement à éviter les anachronismes et ne s'occupent guère des unités : ce sont simplement des mises en scène sans recherche d'épisodes sacrés, de même que *La Naissance ou création du monde*, de Ville Toustain, conçue dans l'esprit d'un mystère médiéval. On peut noter aussi un *Achab*, anonyme, de 1634, écrit pour quelque collège, puisque la distribution en est indiquée et que, très vite, le nom des vrais acteurs est mis à la place de celui des personnages. Ceux-ci sont d'ailleurs trop nombreux (il fallait donner des rôles au maximum d'élèves), la pièce est mal construite, sans aucun sens dramatique, et fourmille d'anachronismes. Il faut noter aussi une tragi-comédie, *Israël affligé* de Vallin, en 1636, *La Mort des enfants d'Hérode* de La Calprenède, en 1638, et le *Saül* de Du Ryer lui-même.

Le *Saül* de Du Ryer

Esther n'est pas la première tragédie religieuse de Du Ryer ; elle a été précédée par *Saül*, joué probablement en 1639-1640, publiée en 1642. La pièce vaut la peine d'être résumée. *Saül* est tiré du *Premier Livre des Rois*, chapitres XXVIII et XXXI.

Acte I

Attaqué par les Philistins, Saül se sent abandonné de Dieu ; ses enfants le réconfortent, mais au

moment où il reprend espoir, Abner vient lui annoncer que Jérusalem s'agite. Il accepte que son fils
Jonathas s'y rende pour calmer la révolte. Phalti un
de ses officiers accuse David de trahir. Michol, fille
de Saül et épouse de David, défend son mari, mais
elle-même doute.

Acte II

Inquiet, Saül tient à consulter quelqu'un qui
pourra le renseigner sur l'issue des combats. Michol
lui demande de faire venir David et de lui donner un
commandement pour voir s'il obéira. S'il en est
ainsi, dit-elle,

> Il ne choisit donc pas cette fuite insensée
> Pour assurer sa vie en ces lieux menacés ;
> Il ne s'enfuit donc pas chez un prince odieux
> Pour assouvir d'honneur son cœur ambitieux.

Saül et Phalti continuent à croire David coupable.
Arrive Jonathas, ayant accompli sa mission : le soulèvement de Jérusalem n'est dû qu'à ce que la ville
réclame David. Jonathas plaide vigoureusement pour
le rappel de David, qui est son ami. Saül, par orgueil,
refuse longtemps, puis finalement consent.

Acte III

Pendant l'entr'acte, Saül a changé d'idées : il ne
rappelle pas David, prétendant qu'il peut servir
ailleurs. Il s'est déguisé pour aller consulter la
pythonisse d'Endor. Jonathas le lui déconseille :
Dieu l'interdit, et lui-même a fait brûler les devins et
gens de cette sorte. Rien n'y fait. Saül demande à la
pythonisse d'évoquer Samuel. Il a un moment de
crainte et d'hésitation ; mais Samuel paraît : il rappelle au roi ses fautes qui entraînent sa chute ; oui,

David lui succédera ; quant à lui, ses ennemis le
vaincront et il mourra « d'une effroyable mort ». En
outre ses enfants périront à ses yeux. Douleur de
Saül.

Acte IV

Pour consoler Saül, Abner veut lui faire croire que
c'est un démon qui a pris les traits de Samuel pour le
décourager. Arrive Michol, qui recommande à son
père de ne point sortir : elle a fait un songe affreux.
Samuel refuse de l'écouter et la renvoie à Jérusalem
pour qu'elle vive heureuse avec David, car il croit
aux révélations de Samuel. *Exit* Michol. Jonathas
supplie son père de retourner à Jérusalem : en sa présence, la ville ne bougera pas. Saül refuse et veut,
sans succès, empêcher Jonathas de se battre. Celui-ci
au contraire supplie son père de ne pas s'exposer.
Finalement Saül capitule et accepte que Jonathas et
ses frères aillent combattre.

Acte V

Les princes sont morts au combat. Phalti veut
exhorter les troupes à résister malgré tout ; mais
tout le monde s'est enfui. On ne sait où est le roi.
Phalti montre à Abner les corps des enfants de
Saül, qui ont tous été tués, à l'exception de Jonathas. Celui-ci arrive alors, fort mal en point ; puis
entrent Saül et son écuyer. Saül voit ses enfants
morts et Jonathas mourant, qui le supplie de se sauver. Il prononce une brève oraison funèbre de ses
fils : ce sont ses péchés qui sont cause de leur mort.
L'écuyer le presse de fuir, mais Saül lui demande
de le tuer (il est déjà blessé). L'écuyer refuse. Saül
se tue alors en se jetant sur son épée, et son écuyer
décide d'en faire autant.

On aimerait parler de diptyque, mais il n'y a aucune symétrie entre les deux pièces tirées de l'Ancien Testament par Du Ryer. *Saül* est vraiment une tragédie biblique, où non seulement la lettre, mais l'esprit est conservé. Elle met en scène le dernier jour du roi vaincu, qui se sait abandonné de Dieu à cause de ses fautes (à vrai dire édulcorées en faveur des bienséances), qui n'a pas confiance en celui qui seul pourrait le sauver, David. Pourtant il est avide de savoir ce qui l'attend et, n'obtenant pas de réponse du Ciel, il se tourne vers l'enfer. La pythonisse d'Endor évoque pour lui l'ombre de Samuel, qui l'a jadis sacré roi ; or Samuel le condamne : il sera puni comme homme (il mourra), comme roi (il verra son trône s'écrouler) et comme père (il assistera à la mort de ses enfants). Ces prophéties se réalisent ; à la fin, Saül, désespéré, choisit la mort. Déchéance d'un homme qui se sait coupable et assiste à sa punition. C'est la pièce la plus « shakespearienne » de Du Ryer : le cinquième acte, sur le champ de bataille, au milieu des mourants, des porteurs de nouvelles, vraies ou fausses, n'est pas tellement au-dessous de certaines scènes d'*Antoine et Cléopâtre* ou de *Richard II*. Mais plus encore qu'à Shakespeare, *Saül* fait songer à Eschyle, ne serait-ce que par son caractère religieux. Cette détresse d'un monarque vaincu, à cause de son *hybris*, c'est celle de Xerxès dans *Les Perses* et, tout en observant la fidélité de l'auteur au récit biblique, il serait difficile de penser que Du Ryer, en faisant revenir sur terre Samuel pour l'interroger, n'ait pas songé à la scène célèbre où la Reine évoque l'ombre de Darius. Si ce n'est pas la présence du Destin que l'on sent constamment ici, c'est celle d'un Dieu puissant et

implacable, qui punit le péché des pères sur les
enfants. Les caractères sont tous fortement dessinés
et nuancés ; on admire la noblesse d'âme de Jona-
than, mais Saül lui-même n'est pas tout à fait
méchant ; c'est un Œdipe pécheur et repentant.
Esther, d'un esprit tout différent, n'aura pas moins
de qualités.

LE SUJET D'*ESTHER*

Parmi les épisodes de l'Ancien Testament susceptibles d'être portés à la scène, deux sujets ont inspiré
particulièrement poètes et dramaturges, Judith et
Esther. Dans l'ensemble, la première l'emporte en
quantité[1] ; mais dans la première moitié du
XVIIe siècle, incontestablement, Esther domine, surtout au théâtre[2]. Sans doute le récit biblique élimine-
t-il à peu près l'incertitude sur le sort de l'héroïne :

---

1. Poèmes héroïques : Du Bartas, *La Judith* (1574) : Gabrielle
de Coignard, *Imitation de la victoire de Judith*, 1595. Plus tardi-
vement, Mlle de Pech de Calages, *Judith ou La Délivrance de
Béthulie* (1660). Tragédies : Adrien d'Amboise, *Holopherne*,
Pierre Heyns, *Le Miroir des veuves, tragédie sacrée d'Holopherne et de Judith...* Antoine-Gérard Bouvot, *Judith ou l'amour
de la patrie* (Langres, 1649 ?). Plus tard, on comptera l'abbé
Boyer (1695), le Cardinal de Bernis (1735), Poncy de Neuville
(1737), un certain Simon-Pierre Mérard de Saint-Just (1742), un
B.B.G. non identifié (1747), J.-B. Lacoste (1753), l'abbé F. Thi-
baut (1755), un opéra de Lefranc de Pompignan (*Judith et
Suzanne*), Decomberousse-Montbrun (1825), Mme Émile de Girar-
din, et, finalement Jean Giraudoux (1931). Voir sur ce sujet A.
Blanc, « Les Malheurs de Judith et le bonheur d'Esther », in *Poé-
sie et Bible de la Renaissance à l'âge classique (1550-1680)*,
Actes du Colloque de Besançon, Paris, Champion, 1999.

2. Le poème héroïque *Esthèr*, de Desmarets de Saint-Sorlin,
sous le nom du Sieur de Boisval fut publié en 1670 en quatre
chants, et en 1673 en sept chants.

on sait bien que le roi lui tendra son sceptre et en fera son épouse, mais on pourra retarder au maximum ce dénouement heureux ; d'autre part le sujet offre quatre caractères également remarquables : Mardochée, le prophète, « l'homme de Dieu », Aman, le méchant, incarnation du mal, Vasthi, la reine détrônée pour avoir osé s'opposer au roi, Esther enfin, l'élue, chargée d'une mission contraire à son caractère naturel. On comprend que souvent les auteurs aient fait la part belle à Aman ou à Vasthi.

LE LIVRE D'ESTHER

Le Livre d'Esther, qui existe sous deux versions, une grecque, plus complète, et une hébraïque, est aujourd'hui considéré comme une œuvre de fiction, même s'il se fonde, à l'origine, sur quelque pogrom miraculeusement interrompu.

Le roi de Perse, Assuérus, que certains assimilent à Xerxès, donne un grande fête de cent quatre-vingt jours aux dignitaires de son royaume, couronnée par un festin de sept jours. Au cours de ce festin il veut montrer à ses invités combien son épouse, Vasthi, est belle et lui ordonne de venir, alors qu'elle-même présidait un banquet pour les femmes. Vasthi refuse de s'exhiber ainsi[3]. Le roi entre en colère et, sur le conseil des sept sages qui l'entourent[4], décide de

---

3. D'après Flavius Josèphe, dans son *Histoire ancienne des Juifs*, ce n'est pas par orgueil que Vasthi agit ainsi, mais par dignité : il n'est pas décent à une femme de se montrer en public, même à la demande d'un mari qui a peut-être un peu trop bu. Une tradition juive prétend qu'Assuérus voulait que Vasthi paraisse nue ; mais pour une orientale, avoir le corps ou le visage découvert revient à peu près au même.

4. « Mages » dit Flavius Josèphe (*op. cit.*).

répudier la reine, dont la désobéisance risque de donner le mauvais exemple à toutes les femmes du royaume. Pour la remplacer les serviteurs s'emploient alors à rassembler des filles vierges et belles[5] afin que le roi choisisse une épouse parmi elles. Esther, nièce du prince juif Mardochée, qui l'a élevée, en fait partie. Comme elle plaît au grand eunuque, celui-ci prend particulièrement soin d'elle. Après douze mois de préparation[6], à son tour, Esther est présentée au roi. Celui-ci en tombe amoureux et la couronne comme reine. Une grande fête est donnée en son honneur[7], mais elle cache au roi son origine juive.

Or, Mardochée surprend par hasard un complot contre le roi Assuérus[8] et le lui signale. Quelque temps plus tard, le roi, pour honorer son grand vizir, Aman, ordonne que tous se prosternent devant lui. Mardochée seul refuse. Pour se venger Aman décide de le faire périr ainsi que tout son peuple. Il obtient du roi une lettre ordonnant d'exterminer tous les juifs du royaume[9] ; Mardochée, apprenant cela, erre aux portes du palais revêtu d'un sac et, comme Esther veut lui envoyer d'autres vêtements, il lui ordonne d'aller trouver le roi pour lui demander

---

5. Au nombre de quatre cents (Flavius Josèphe, *op. cit.*).

6. Six mois, selon Flavius Josèphe, *op. cit.*

7. Assuérus choisit Esther pour femme dès la première nuit, sans s'inquiéter de son origine, et pour célébrer la fête, donne un banquet d'un mois, précise Flavius Josèphe (*op. cit.*). Mardochée quitte alors Babylone où il vivait avec Esther pour s'établir à Suse.

8. Complot fomenté par deux de ses eunuques, Bagathan et Tharès (Bagata et Théodeste selon Flavius Josèphe, *ibid.*)

9. Il offre au roi pour cela 10.000 talents (40.000 talents d'argent d'après Flavius Josèphe, *ibid.*) ; le roi les refuse.

d'abolir cet édit. Esther s'y résout en tremblant car paraître devant le roi sans y avoir été appelé, c'est mériter la mort, à moins que le roi ne vous tende son sceptre.

De frayeur, en présence du roi, Esther s'évanouit, mais le monarque a aussitôt le geste salvateur, et, se doutant qu'elle n'a pas transgressé l'interdit sans raison, il lui promet de lui accorder tout ce qu'elle voudra. Elle lui demande seulement d'accepter de venir avec Aman festoyer chez elle ; ils s'y rendent ; elle renouvelle alors la même invitation pour le lendemain. Pendant ce temps-là, Aman en fureur se demande comment tirer une vengeance particulière de Mardochée. Sa femme lui conseille de faire construire une potence de cinquante coudées et d'y suspendre son ennemi.

Mais au cours de la nuit le roi, pendant une insomnie, se fait lire les chroniques de son règne. Tombant sur l'histoire du complot découvert, il demande ce qu'on a fait pour récompenser Mardochée. Rien. Il fait alors venir Aman et lui demande comment il pourrait combler d'honneur un homme qui lui a rendu de grands services. Croyant qu'il ne peut s'agir que de lui-même, Aman lui propose de faire monter cet homme sur le cheval royal, sceptre en main et diadème en tête, tandis qu'un des plus grands du royaume, tenant son cheval par la bride, le promènera dans Suse en criant : « Voici ce que l'on fait à l'homme que le roi veut honorer ». Le roi trouve l'idée excellente, annonce à Aman qu'il s'agit de Mardochée et le charge d'être celui qui tiendra le cheval par la bride et fera la proclamation.

Le lendemain, au cours du festin, Esther accuse Aman de vouloir la faire périr, elle, avec son peuple.

Le roi, très en colère, sort un moment dans le jardin.
Lorsqu'il revient, il trouve Aman qui s'est jeté sur le
divan de la reine pour la supplier[10]. Il l'accuse de
vouloir lui faire violence et ordonne de le pendre à la
potence dressée pour Mardochée. Il fait de Mardochée son grand vizir à la place d'Aman. Par un édit
qui abolit le précédent, le roi autorise les Juifs, au
jour prévu pour leur propre massacre, à exterminer
leurs ennemis avec l'aide des fonctionnaires royaux,
et il leur accorde même un jour supplémentaire de vengeance[11]. Il y eut en tout soixante-quinze mille victimes,
parmi lesquelles les dix fils d'Aman. En souvenir de
ces événements, les Juifs décidèrent de célébrer chaque
année la fête des Pourim – des sorts –, car Aman avait
jeté le « sort » pour l'extermination des Juifs.

   Épisode, on le voit, riche en propriétés dramatiques, avec son suspens, ses retournements de situation et ses scènes à grand spectacle, sans compter les
caractères déjà fermement esquissés : le despote
oriental dont sa passion même va faire le serviteur
du bien, la souveraine orgueilleuse, qui croit pouvoir
lui tenir tête, le méchant jaloux et cruel, l'homme de
Dieu, qui refuse de s'abaisser et n'hésite pas à
envoyer sa nièce risquer sa vie pour son peuple, la
jeune femme enfin, timide mais dévouée, et sachant
fort bien comment s'y prendre pour charmer le roi.
Quant au climat religieux, il est aisé d'en accroître

---

   10. Selon Flavius Josèphe, *ibid.*, Aman est tombé sur le lit de la
reine en se baissant pour la supplier : « Quoi ! scélérat […], vous
voulez donc violer la reine ? » Aman est si troublé qu'il ne trouve
rien à répondre.
   11. Flavius Josèphe ajoute que plusieurs ennemis des Juifs se
firent circoncire pour éviter la mort (*ibid.*).

ou d'en diminuer l'intensité (les deux pôles en sont marqués par Du Ryer et Racine). Il est curieux d'observer que Dieu n'est jamais directement nommé dans le récit hébraïque. Cette absence, à vrai dire, n'a rien de choquant, car Il est présent en filigrane dans le destin du peuple juif, comme Mardochée le rappelle à sa nièce (IV, 15) : « Si vous demeurez maintenant dans le silence, Dieu trouvera quelque autre moyen pour délivrer les Juifs et vous périrez, vous et la maison de votre père. » En revanche, les éléments grecs lui donnnent une place capitale, en particulier la prière de Mardochée, la prière d'Esther et l'action de grâces finale. La plupart des tragédies lui ont conservé cette place, portée à son maximum par Racine. Précisons enfin que tous les auteurs français ont discrètement gommé l'épisode des représailles.

Les *Esther* Françaises

Les premières *Esther* en français remontent, elles aussi au XVIe siècle. Elles ont été précédées par des tragédies en latin, comme l'*Hamanus* de l'Allemand Naeogorgus (1553), l'*Edessa* du Flamand Eutrachelius (1549), l'*Esther* de Philicinus (1563), celle de Le Devin, perdue, et l'*Aman* de Roillet, auteur également d'une tragédie profane, *Philanira*, et de deux autres tragédies religieuses, *Petrus* et *Catharina*[12], toutes pièces écrites en latin.

L'*Aman* de Roillet est déjà une tragédie presque régulière, en cinq actes. Les personnages sont ceux

---

12. Sur Roillet, voir Raymond Lebègue, *La Tragédie religieuse en France*, Paris, 1929, p. 259-286.

de la Bible, plus un « Vieillard ». Le premier acte est celui de la colère d'Aman contre Mardochée et de l'obtention de l'extermination des Juifs. Le deuxième comporte la demande que fait Mardochée à Esther d'intervenir auprès du roi. Esther demande trois jours de jeûnes et de prières. Au troisième acte, Esther se prépare à aller trouver le roi. Le quatrième acte est en récits : Arbonas raconte l'entrevue d'Esther et d'Assuérus ; l'invitation au banquet d'Esther a été faite et le banquet a lieu à ce moment même. Pendant le chant du chœur, un jour s'est passé : au sortir du banquet, Aman a rencontré Mardochée qui ne l'a pas adoré. Sur le conseil de sa femme et de ses amis, il décide de le faire pendre. Mais au contraire Atach lui fait part de l'ordre royal honorant Mardochée, qu'il va exécuter, la rage au cœur. Au cinquième acte a lieu le deuxième banquet d'Esther : elle explique à Assuérus les raisons de sa tristesse et accuse Aman. Le roi sort, revient, surprend Aman embrassant les genoux d'Esther et le fait mettre à mort. La pièce s'achève sur un monologue d'Aman.

Comme on le voit, les premiers actes sont très pauvres en actions ; les récits occupent une large part, mais aussi les chants du chœur, les monologues et les stichomythies. En particulier, le rôle du Vieillard consiste à débattre avec Aman de la sévérité et de la clémence.

Roillet a élagué le récit biblique : pas un mot sur Vasthi ; rien sur les préparatifs d'Esther ; en revanche, la promenade de Mardochée semble avoir lieu sur la scène. Quoi qu'il en soit, le schéma est parfaitement utilisable ; il a construit sa pièce autour de deux éléments : le péril couru par les Juifs, d'une part ; la grandeur et la décadence d'Aman, de l'autre. C'est autour de ces deux pôles que s'organiseront toutes les tragédies françaises (Racine aura le mérite de les lier très étroitement) ; certains y ajouteront l'histoire de Vasthi, tandis que d'autres iront jusqu'à diviser les deux thèmes, consacrant à chacun une pièce entière.

Le premier à traiter le sujet en français semble avoir été le protestant Rivaudeau[13], dont l'*Aman* date de 1566.

Lorsque la pièce commence, Aman[14] a déjà rendu à Mardochée les honneurs prescrits par Assuère. La pièce débute par un long discours où Mardochée raconte au chœur, en présence de Siméon, Juif qui sert seulement de coryphée, toute l'histoire de leur peuple depuis Abel. Le chœur est composé des suivantes d'Esther.

Au deuxième acte, Aman expose son intention de faire pendre Mardochée, tandis qu'Assuère se dispose à se rendre au banquet offert par Esther. Mardochée envoie Arathée dire à Esther d'intervenir en faveur des Juifs et de demander la mort d'Aman. Suit une triste méditation d'Esther, sorte de lamento, puis une stichomythie avec le chœur qui la réconforte. L'acte se termine par un double chant du chœur[15], d'abord en décasyllabes, puis en strophes.

---

13. *Aman, tragédie sainte, tirée du VIIe chapitre d'Esther, livre de la Sainte Bible*, par André de Rivaudeau, gentilhomme du Bas-Poitou (1566).

14. Personnages : « Mardochée, juif, Aman, Un des eunuques du Roi, Siméon, juif, Assuère, Anathée, eunuque ou chambellan, Esther, Zarasse, femme d'Aman, Harbone, eunuque ou chambellan. La Troupe. »

15. D'une façon générale, j'appelle *chant* ces rythmes particuliers : nous ignorons en effet à quel mode de récitation ils étaient supposés se référer et si quelque musique fut composée pour les accompagner.

Au troisième acte, Aman exprime sa rage. Sa femme lui conseille de brider un peu sa colère. Puis le chœur explique à Siméon pourquoi Aman hait les Juifs : il était au courant du complot découvert par Mardochée et misait sur Vasthi, délaissée. Chant du chœur.

Le quatrième acte commence par une prière d'Aman aux forces du mal. Harbone apprend de l'Eunuque qu'Aman a fait dresser chez lui un gibet pour Mardochée. Prière de Mardochée et stances du chœur.

Au cinquième acte, Harbone raconte les préparatifs du banquet et célèbre la toute-puissance de la beauté. On assiste ensuite au dit banquet où figurent Aman et Assuère. Esther présente sa demande. Dans sa colère, le roi sort en courant. Aman déplore ce qui semble l'attendre et implore Esther. Retour d'Assuère, qui croit qu'Aman veut faire violence à la reine et l'envoie pendre au gibet dressé chez lui. Dernier chant du chœur.

La tragédie est assez raide, comporte peu d'action et beaucoup de passages lyriques. Elle est très fidèle au texte biblique jusque dans ses aspects qui ont le moins de vraisemblance théâtrale (la sortie du roi et son brusque retour).

Pierre Matthieu, pour sa part, exploita à fond le sujet, qui lui fournit la matière de trois tragédies successives : après avoir écrit une *Esther*, en 1585[16], il

---

16. Lyon, Jean Stratius, 1585. La pièce est sous-titrée : « Histoire tragique en laquelle est représentée la condition des rois et princes sur le théâtre de fortune, la prudence de leur conseil, les désastres qui surviennent par l'orgueil, l'ambition, l'envie et la trahison, combien est odieuse la désobéissance des femmes, finalement comme les reines doivent amollir le courroux des rois endurcis, sur l'oppression de leurs sujets. »

la monnaie en deux autres tragédies, *Vasthi*, première tragédie[17], *Aman*, deuxième tragédie[18], l'une et
l'autre en 1589, reprenant un certain nombre de vers
et de scènes de son *Esther* primitive, mais faisant
aussi des ajouts. On ne sait si ces remaniements tiennent au succès de la première pièce ou à l'intérêt
qu'il prenait au sujet. Toutefois, *Vasthi* et *Aman*,
après leur publication lyonnaise, furent rééditées à
Paris en 1604.

La première des trois pièces, *Esther*, est la plus
complète et la plus vivante. Elle englobe à peu près
toute l'histoire biblique.

Au premier acte, Assuère décide de répudier Vasthi et d'épouser une femme d'humble origine. Au
deuxième, le roi, très amoureux, couronne Esther ;
puis, sans transition, Mardochée apprend à Esther le
complot qu'il a découvert et la charge d'en informer
le roi. Sans davantage de transition, on assiste à la
colère d'Assuère, mis au courant de ce complot, on
ne sait par qui. Il veut punir durement les coupables,
mais les princes lui conseillent la clémence. Mardo-

---

17. « *Vasthi*, première tragédie de Pierre Matthieu, Docteur ès
droits. En laquelle outre les tristes effets de l'orgueil et désobéissance, est montrée la louange d'une monarchie bien ordonnée,
l'office d'un bon prince, pour heureusement commander, sa puissance, son ornement, son exercice, éloigné du luxe et dissolution,
et la belle harmonie d'un mariage bien accordé. » Lyon, Benoît
Rigaud, 1589.

18. « *Aman*, deuxième tragédie de Pierre Matthieu, Docteur ès
droits. De la perfidie et de la trahison. Des pernicieux effets de
l'ambition et envie. De la grâce et bienveillance des Rois, dangereuse à ceux qui en abusent, de leur libéralité et récompense
mesurée au mérite non à l'affection. De la protection de Dieu sur
son peuple qu'il garantit des conjurations et agressions des
méchants. » Lyon, Benoît Rigaud, 1589.

chée raconte – on ne sait à qui – le songe qu'il a eu ;
puis le roi s'entretient avec Aman, qu'il prend
comme premier ministre. Le chœur chante une « ode
seconde ». Avec le troisième acte seulement, commence l'action principale : Mardochée refuse de se
prosterner devant Aman. Celui-ci obtient du roi –
assez difficilement – le massacre des Juifs (dont
Assuère a l'air de connaître le Dieu et l'histoire).
Devant l'effroi du chœur des Juifs, Mardochée
décide d'avoir recours à Esther. Prière de celle-ci.
Elle invite Assuère et Aman à souper pour le lendemain. Zarès, femme d' Aman, lui conseille de
demander au roi la vie de Mardochée.

Deux temps au quatrième acte : d'abord, consultation des princes par le roi pour savoir si Mardochée
a été récompensé. Réponse négative. Consultation
d'Aman, qui répond comme on sait ; le roi l'approuve. Rentré chez lui, Aman se confie à Zarès, qui
lui conseille de faire pendre Mardochée. Deuxième
temps : le banquet. Esther demande le salut des
Juifs et dénonce Aman comme instigateur du massacre projeté. Sortie et rentrée d'Assuère, qui
découvre Aman « embrassant » la reine. Il l'envoie
pendre au gibet préparé pour Mardochée. Chœur des
princes, Stances d'Aman, formant une sorte de
lamento ; chœur.

L'action est finie. Le cinquième acte liquide simplement la situation. Esther fait l'apologie des Juifs
et rappelle leur histoire. Assuère donne à Mardochée
les biens d'Aman et il permet aux Juifs de se venger
de leurs ennemis. Mardochée exprime sa satisfaction
dans un monologue-prière, suivi d'un chœur des
Juifs et d'un chant du « chœur » en stances, compo-
sées en un jeu savant d'heptasyllabes et de trisyl-
labes. Suivent les lamentations de Zarès, dont on

vient de pendre le mari et les dix enfants. Le chœur
la console à sa façon par des lieux communs assez
brutaux :

>   Il faut que les pervers
> Plutôt que nous soient corrompus des vers.
>   Il les faut extirper.

On célèbre alors la paix revenue. Comme le chœur
recommande à Assuère :

> Guide-toi par vertu, nourrice de ta race,

il répond, en parfait chrétien, sinon en janséniste :

> Le ciel qui guide tout, m'assiste par sa grâce.

Esther se réjouit et va, accompagnée du chœur,

> [...] dire à Dieu un cantique immortel.

Longue tragédie, confuse, mêlée, sans souci des
unités ni de liaison des scènes ; tous les personnages
sont férus de mythologie classique. Le style rappelle
celui de la Pléiade ; ainsi le début de l'acte III :

> Du flambeau délien la commune lumière
> Reprenait hier aux eaux sa course coutumière.
> Ses coursiers soufflent-feu allaient aux Antichtons
> Et laissaient loin de nous les Mores et Bretons.

Le plus remarquable est peut-être la place des par-
ties lyriques. La pièce comporte un chœur des Juifs,
un chœur des princes, un chœur des princesses... et
un chœur tout court, qui s'exprime en strophes. On
ne compte pas moins de dix-sept interventions de
l'un ou l'autre de ces chœurs. Naturellement, un
chœur termine chaque acte. Ailleurs, ils chantent en
stances ou dialoguent avec les personnages, comme
dans la tragédie grecque.

Vasthi est précédée d'un petit argument montrant son utilité morale et politique ; chaque scène importante est elle-même également précédée d'un argument ; on ne se soucie nullement de ralentir l'action ; longues tirades et stichomythies se succèdent. La pièce est une « Assuéropédie », un manuel de bon gouvernement, par le moyen de discussions en forme de *controversia* entre le roi et les princes. La première scène du deuxième acte célèbre la détente qu'apportent les festins, mais vitupère l'ivrognerie, le luxe et l'intempérance. Personnages et chœurs moralisent à qui mieux mieux. La scène suivante est en « propos de table », tous très sages. C'est alors seulement que commence l'action : Vasthi refuse d'obéir à l'ordre du roi et, dans une vigoureuse stichomythie, tient aux princesses un discours résolument féministe. À l'acte III, Assuérus, en colère, décide de répudier Vasthi et de choisir une épouse d'humble origine, qui, de ce fait, sera docile. Puis Mardochée, seul en scène, raconte en six pages le songe qu'il a eu, et termine par une prière. Vasthi vient alors implorer le roi, qui refuse de la reprendre. À l'acte IV, on cherche une reine. Mardochée présente Esther, espérant assurer le salut des Juifs par ce mariage. Esther est accueillie par les princes, les princesses et le chœur ; elle épousera Assuérus. L'acte V ne comporte qu'une seule scène, dialogue de Vasthi avec le messager. Vasthi se lamente, en longues élégies, de ne pouvoir supporter son divorce et amasse « un million d'imprécations » contre « l'heur », la félicité et le bien de son roi.

Aman commence par un monologue de Mardochée, soutenu par le chœur, sur la situation et les péchés des Juifs. À la deuxième scène, il apprend à Esther la conspiration des deux eunuques, Tharès et

Bagatha, pour qu'elle en informe le roi, ce qui ne l'empêche pas d'opposer assez longuement les vices de la cour à la vie heureuse et vertueuse des champs. Le roi prend conseil des princes sur la punition à donner aux eunuques. Les princes recommandent la clémence. Au début de l'acte II, Assuérus choisit Aman comme « mignon et favori » pour l'élever aux grandeurs. Suit une élégie de Mardochée – soutenu par le chœur des Juifs –, qui refuse de se prosterner devant le nouveau vizir. Aman accuse les Juifs d'impiété, de rébellion, de nouveauté de religion et d'insolente liberté, et réclame leur destruction.

À l'acte III, Mardochée fait pénitence. Un eunuque, Atach, lui apprend qu'Esther a décidé d'agir. Entrevue d'Assuérus et d'Esther, qui l'invite à souper avec son ministre, suivi d'une prière et d'un cantique de celle-ci, accompagnée du chœur. A la scène suivante, Aman, sortant du souper d'Esther, rencontre Mardochée et, furieux de son attitude, fait préparer un gibet pour le pendre dès le lendemain. Il en éprouve néanmoins quelques remords, qu'il exprime en distiques. Chœur final.

À l'acte IV, après la nuit où il s'est fait lire ses chroniques, Assuère prend conseil d'Aman sur la façon de récompenser Mardochée. Aman lui répond comme on sait, puis, apprenant de qui il s'agit, il entre en rage. Sa femme lui conseille de le faire néanmoins périr. Au cours du second festin, Aman est surpris « embrassant » Esther de force. Chœur. Aman sera pendu. Les princes moralisent.

En V, Esther révèle au roi son origine ; Mardochée reçoit la place d'Aman. On assiste ensuite à une brève scène de lamentations de Zarès, femme d'Aman ; le chœur, en guise de consolation, lui affirme que le supplice de son mari était bien mérité.

Les trois pièces de Pierre Matthieu présentent les mêmes caractères généraux : tragédies d'essence rhétorique, lyrique, épique si l'on veut, mais point dramatique. Les discours l'emportent de beaucoup sur les actions ; presque chaque scène se termine par un chœur. Ont-elles été jouées ? Elles semblent avoir surtout été faites pour être lues. Certes, l'influence de Sénèque est manifeste, mais dans une certaine mesure, par leurs débats et leurs longs discours, elles se rattachent aux « moralités » médiévales.

Avec le début du siècle, les tragédies deviennent plus régulières. Ainsi *Aman ou la vanité* de Monchrestien, publiée en 1601 ou 1604.

Au premier acte, Aman se glorifie auprès de son confident, Cirus ; il est plus fier des conseils qu'il donne au roi et de ses qualités d'administrateur que de la gloire des armes, due au courage des soldats et à la chance. Pourtant, « un Juif, un faquin, un esclave » refuse de l'honorer. Malgré les conseils de modération de Cirus, il veut inclure tous les Juifs dans sa vengeance. Le chœur moralise.

Au deuxième acte, c'est Assuérus qui se glorifie fort longuement de sa grandeur et fait l'éloge d'Aman, qui lui rappelle ses services. Comme le roi l'écoute volontiers et lui promet les plus grands honneurs, Aman en profite pour calomnier le peuple juif et demander sa destruction. Il est prêt à donner pour cela dix mille talents au trésor royal. Prudent, Assuérus résiste : « Un remuement d'État est toujours dangereux ». Mais, rassuré par Aman, il lui accorde ce qu'il veut et lui remet son cachet. Aman se réjouit en blasphémant : le massacre des Juifs montrera l'impuissance de leurs dieux. Le chœur moralise sur la colère des grands et les illusions de la vanité :

Paon, si tes plumes t'orgueillissent
À cause de leurs beaux miroirs,
Que tes yeux au moins se fléchissent
Dessus tes pieds sales et noirs.

Le troisième acte s'ouvre sur les lamentations de
Mardochée, où se mêlent en 140 vers expression de
pénitence, glorification de Dieu et prière de
demande. Rachel et Sara s'étonnent de l'allure de
Mardochée, « défiguré de crasse », qui passe comme
un fantôme. Elles en informent Esther. Celle-ci les
envoie lui porter des vêtements convenables et lui
demander la raison de son attitude. Elle proteste de
son humilité : « ni les douces mignardises » de son
cher époux, « ni les folles gaillardises » de son bouf-
fon ; ni mets, ni vêtements, ni palais ne lui sont rien :

Mon goût n'est que trop mousse à ces fades délices,
Pestes de la vertu, nourriture des vices.

Elle demande seulement que s'accroisse sa foi.
Les servantes reviennent : Mardochée a refusé les
vêtements et n'a pas voulu expliquer son attitude.
Elle lui envoie Atach, son serviteur fidèle. Puis elle
quitte probablement la scène. Il semble que Mardochée arrive pendant les six alexandrins que prononce
le chœur. Il entonne un long cantique en quatrains
d'alexandrins à rimes croisées, sorte de paraphrase
des psaumes. Athac expose sa mission ; Mardochée
explique alors les intentions d'Aman (heureux ceux
qui sont morts, car ils ne verront pas... etc.). Il
envoie Athac dire à Esther qu'il lui faut aller supplier le roi ; il lui donne aussi une lettre. De nouveau
une longue prière pendant laquelle Atach a le temps
de remplir sa mission et de revenir. Esther partage
l'inquiétude de Mardochée, mais elle n'ose aller
trouver son époux sans y être mandée. Mardochée

renvoie Athac la sommer d'agir si elle veut sauver sa
propre vie, car il ne lui faut pas croire qu'elle sera
épargnée. Le chœur exprime son espoir en Dieu,
avec une allusion anachronique – ou prophétique – à
la croix que tous nous devons porter.

Le quatrième acte commence par une prière d'Esther ; elle se met en route. Assuérus, par la fenêtre, la
voit approcher et se sent le cœur rempli d'amour,
tout en étant un peu choqué de son audace :

> Mais la voici venir. Il faut un peu me feindre,
> Afin qu'à l'avenir elle apprenne à me craindre.
> Elle vient sans mander, et permis il ne l'est ;
> Je veux faire semblant que cela me déplaît.

Esther se pâme ; alors Assuérus se précipite vers
elle en lui tendant son sceptre pour la rassurer :

> Reine de mes désirs, baise un petit ton Roi.

Scène galante et tendre : le roi ranime Esther. Elle
l'invite alors au banquet qu'elle a fait préparé, ainsi
qu'Aman, présent sur la scène, puisque le roi lui dit,
« Aman, viens avec moi ». Le chœur rend grâce à
Dieu qui souvent se sert d'une femme là où les
hommes sont trop lâches pour agir ; ainsi il ne faut
pas se glorifier, puisque tout vient de la puissance
divine.

Cinquième acte : Aman se glorifie de son pouvoir.
Il a toujours l'intention de se venger de Mardochée.
Sarès, sa femme, l'approuve et lui conseille de faire
dresser un gibet pour le pendre. Il en donne l'ordre.
Six vers du chœur précèdent l'arrivée d'Assuérus,
qui demande à son ministre comment récompenser
quelqu'un qui lui a rendu d'immenses services.
Aman fait la réponse que l'on sait, et le roi le charge
d'exécuter ce qu'il a lui-même proposé. Aman

exprime sa confusion, suivie d'une longue déploration du chœur, en alexandrins. Un messager arrive alors en courant pour informer Esther des honneurs rendus à Mardochée. Elle s'en réjouit tandis que le chœur rend grâce à Dieu. Mais voici Assuérus. Esther envoie chercher Aman et apprend au roi ce que médite son ministre. Le roi le blâme avec vigueur. Aman implore Esther. Le roi croit qu'il veut la forcer (rien n'indique qu'il s'est absenté et qu'Aman s'est jeté sur le divan : il se contente « d'embrasser les genoux de la reine »). Le roi ordonne qu'on le pende au gibet préparé pour Mardochée, révoque les lettres qui ordonnaient le massacre des Juifs et leur permet de se venger de leurs ennemis. Mardochée raconte alors le songe des deux dragons : une petite source s'est transformée en grand fleuve, le soleil s'est levé et a dissipé le brouillard, etc. On remercie Dieu en six vers. Pas de chœur final, à moins que la paraphrase du psaume CXXIII n'en tienne lieu, bien qu'elle soit placée après le mot FIN.

La tragédie n'est pas sans longueurs mais l'auteur s'applique à la construction de sa pièce, équilibre chacun de ses actes entre un monologue ou une tirade lyrique et un chœur ; surtout, on observe l'absence du personnage de Vasthi. Racine s'en souviendra.

Une autre tragédie paraît vers 1612-1614, plutôt que vers 1620[19], *La Belle Hester*[20], œuvre d'un certain Japien Marfrière, pseudonyme qui cacherait,

19. Voir H. C. Lancaster, *A History of French dramatic Literature in the Seventeenth Century*, *op. cit.*, p. 82.

20. *La Belle Hester*, tragedie françoise, tirée de la Sainte Bible, de l'invention du Sr. Iapien Marfrière. À Rouen, chez Abraham Cousturier, rue de la grosse Orloge, devant les Cycoignes. Le fron-

selon Brunet, Ville-Toustain, et selon Lancaster
Pierre Mainfray. La tragédie diffère des autres en ce
qu'elle prétend embrasser l'ensemble du livre
biblique. Ses cinq actes mettent en scène 32 personnages, parmi lesquels « le roi Assuère », trois
princes, Charsena, Tharsis et Manucham, quatre
eunuques, Mauman et Bagathan, Harbonne, plus
Égée, « garde des femmes royales », Vasthi, Hes-
ther, Mardochée, Aman, qualifié de prince, une
« Damoiselle d'Hester », Zarès, femme d'Aman. Il
n'y a pas de divisions marquées entre les scènes.

Au premier acte, Assuère se glorifie, parlant de ses
peuples mais aussi des combats de Mars, d'Hermès,
des dieux de l'Olympe, etc. Charsena et Tharsis font
chorus ; mais Assuère s'irrite de ne pas voir Vasthi,
qu'il a mandée :

> [...] Mauman, jà vous devriez être parti
> Pour me représenter la pompeuse Vasthi.
> [...] Sus, faites-la venir.

Pendant qu'il va la chercher, les princes restent « à
se rafraîchir de vins délicieux ».

Au deuxième acte, Assuère marque son impatience. Tous s'étonnent que Vasthi ne soit pas encore
là. Ce retard ne peut être dû qu'à une force majeure.
Mais voici Mauman rapportant le refus de la reine.
Colère d'Assuère, qui n'arrive pas à y croire : « Je
tiens cela un songe. » Comment la punir ? « Ses
membres serviront de pâture aux corbeaux », ou bien
faut-il la jeter au feu ? Manucham conseille de la

---

tispice représente Esther aux pieds d'Assuértus couronné. Au
deuxième plan, Mardochée ; dans le lointain la pendaison
d'Aman. Une servante porte la queue d'Esther. Au premier plan,
un chien est assis, à la gauche d'Assuérus.

« dépouiller de pompe et de pouvoir ». Elle est donc répudiée :

> Je veux qu'il soit ainsi, afin qu'à son dommage
> Le sexe féminin ne s'enfle davantage.

Partout en effet, femmes et femelles obéissent au mâle. Mais il faut la remplacer. Assuère envoie Égée chercher quelque infante de roi ou fille de prince

> [...] digne d'approcher mon alme[21] grandeur,
> De servir de soleil dedans ma cour royale,
> Et d'habiter toujours ma couche nuptiale.

Acte III : Vasthi vient supplier le roi de révoquer cette sentence injuste : « Ne soyez moins piteux[22] que vous êtes auguste ». Mais Assuère reste ferme. Vasthi s'en va, résignée :

> Adieu, mon cher époux, puissiez-vous sans fortune
> Être roi de la terre et des flots de Neptune.

Égée amène Esther, que tous admirent :

> CHARSENA : Je n'œilladis jamais une dame pareille.
> ASSUÈRE : Elle est de l'univers la huitième merveille.

Sa beauté adoucirait les anthropophages, etc. Mais, selon Égée, ses vertus l'emportent sur sa beauté. Elle n'est issue ni de princes ni de rois mais de vertueux Israélites. Assuère assure qu'il ne méprise aucunement « cet abject parentage ». Hester remercie et se soumet : ce n'est pas à une pauvre Juive de faire la rétive. Assuère ordonne donc de préparer un festin encore plus somptueux que le premier.

---

21. Mot décalqué du latin *alma* : proprement « nourricière », d'où bienfaisante, généreuse.
22. « Pitoyable ».

HESTER : Sire, tout mon plaisir n'est que de vous complaire,
        Soit donc fait comme il plaît au grand monarque
        Assuère.

Le quatrième acte commence par un monologue de Mardochée qui rappelle le sort du peuple hébreu. Encore seraient-ils esclaves sans Hester, qui a fléchi le courroux d'Assuère

    Et qui, offrant à Dieu son cœur en sacrifice,
    Nous rend le Ciel, la terre et son époux propice.

Mais voici Aman : Mardochée se retire pour ne pas avoir à l'adorer. Aman se glorifie, mais il a « œilladé » Mardochée, le seul à mépriser son pouvoir. Assuère arrivant, il lui demande tout de go la permission de détruire les Juifs ; il lui offre même dix talents[23] pour cela. Asuère refuse l'argent et lui donne licence du massacre : qu'il imprime l'arrêt et le fasse lire partout. Ils s'en vont. Mardochée revient, qui a tout entendu. Il déplore le sort qui attend son peuple. Arrive alors la Damoiselle envoyée par Hester, avec un riche vêtement pour son oncle : elle voudrait connaître la cause de la tristesse de Mardochée. Il refuse de quitter la haire et la cendre, lui conte de quoi il s'agit et la prie de faire venir sa nièce. Resté seul, il se demande si Assuère a oublié la dénonciation du complot de Bagathan. Arrive Hester ; Mardochée la met au courant et l'envoie supplier le roi, malgré le risque qu'elle lui objecte,

    Les reines sans mander[24] ne vont trouver le roi
    S'ils [*sic*] ne veulent mourir comme porte la Loi.

---

23. Somme énorme, au moins de l'ordre du milliard.
24. « Sans être mandées ».

Elle y consent néanmoins, demandant aux Juifs sacrifices et jeûnes pour l'aider.

Cinquième acte : Assuère a bien reçu Hester et promis d'accorder ce qu'elle lui demanderait. Elle l'invite alors à un banquet avec Aman : C'est devant lui qu'elle exposera sa demande, qu'il lui promet encore d'exaucer. On va chercher Aman, alors en train de raconter à sa femme comme il est bien en cour : preuve en est son invitation au banquet royal ; mais la pensée de Mardochée le tracasse. Zarès lui suggère alors de faire dresser un gibet de cinquante coudées et d'obtenir du roi la permission d'y pendre son ennemi. C'est ce qu'il va faire.

Assuère, à table avec Hester et Aman, demande à la reine de ne plus retarder sa requête. Hester le supplie alors de lui donner la vie et celle des Hébreux, que l'on veut massacrer sans raison. Qui a donc cette audace ? demande le roi (qui a apparemment perdu la mémoire). Réponse : Aman. Le roi se met en colère contre celui-ci, qui l'a trompé, et il passe dans le jardin. Aman supplie Hester en trois vers. Assuère revient. Harbonne lui annonce alors qu'Aman a fait préparer une potence pour Mardochée. Eh bien, dit le roi, c'est lui qui va sur le champ y être pendu ; on l'emmène. Assuère se souvient alors de la découverte du complot et veut récompenser celui qui l'a découvert. Esther lui apprend que Mardochée est son oncle. Elle lui demande de casser les édits faits contre les Hébreux. C'est déjà fait, répond-il, mais il ne faut pas oublier la récompense. Mardochée arrive justement pour remercier le roi, qui lui ordonne de renoncer à sa pénitence, lui remet son anneau et lui donne tout le pouvoir d'Aman. Remerciement au roi et à Dieu dans une sorte de chant amœbée inspiré de la Bible :

> L'homme, tant soit secret, caut[25] et malicieux,
> Ne peut cacher son vice au Phidias des cieux,
> Car Dieu qui de sa main fit naître toutes choses
> Crochète les pensées qu'il a au cœur encloses.

Assuère envoie Mardochée s'habiller dignement. Esther demande que soit publié l'édit de contre-ordre. Le roi donne son anneau pour le signer. Mais il est tard :

> Jà Vesper dans le ciel étend son aile noire
> Et Phébus dans Thèbes mène son Phlégon boire.

Il est temps de rentrer au palais.

La pièce est intéressante jusque dans ses gaucheries, abondantes : l'action est toute ramassée dans les deux derniers actes (encore ne parle-t-on pas de la vengeance des Juifs) ; on n'assiste pas à la proposition des honneurs qu'Aman suggère de rendre à Mardochée pour le récompenser, élément pourtant tout à fait pittoresque de l'histoire. Le style est assez raide, la langue souvent archaïque et les allusions mythologiques fourmillent, beaucoup plus nombreuses que les références à la Bible. La tragédie est tout entière écrite dans l'esprit qu'on pourrait appeler celui d'une Renaissance maladroite, pour éviter le terme, géographiquement incongru, d'élisabéthain.

Plus étrange encore est la *Tragédie nouvelle de la perfidie d'Aman*[26], pièce anonyme de 1622. Trois

---

25. « Rusé ».

26. *Tragédie nouvelle de la perfidie d'Aman, mignon et favory du roy Assuerus. Sa conjuration contre les Juifs. Où l'on voit nay-vement représsenté l'estat miserable de ceux qui se fient aux grandeurs. Le tout tiré de l'Ancien Testament du livre d'Esther, avec une farce plaisante et recreative tirée d'un des plus gentils esprits de ce temps*. A Paris, chez la veuve Ducarroy, ruë des Carmes, à l'enseigne de la Trinité. MDCXXII.

actes seulement, 22 pages. On y voit Assuérus, Esther, Aman, Harbone et Zathès, qualifiés de princes, mais aussi trois valets, Happe-souppe, Frippe-sausse, Guignotrou, un démon, Duranda, et un certain Mariolle, bourreau. Les scènes ne sont pas séparées.

Au premier acte, Assuérus se glorifie, à l'imitation de Nabuchodonosor dans *Les Juives* de Garnier, flatté par les deux princes. On rappelle le banquet extraordinaire qu'il a offert à sa cour, la vaisselle, les mets, les vins ; mais Vasthi n'a pas voulu y paraître. Heureusement, le roi a une autre maîtresse « Qui surpasse Vasthi en los et en richesse ». Arrive alors Esther, qui invite le roi à venir souper chez elle. Il le lui promet. Laissée seule, elle demande à Dieu de sauver les Juifs du massacre projeté par Aman.

Au deuxième acte, le démon Duranda se plaint de son sort. Il est mal nourri et travaille trop en enfer. Il a réussi à en sortir et à s'installer chez Aman, qu'il a l'intention de servir avant de le mettre dans sa grande chaudière.

Entrée d'Aman, qui se glorifie à son tour dans le même style : « Pareil au roi, je marche… ». Tout le monde se prosterne devant lui et l'adore, sauf Mardochée, qu'il veut suspendre au gibet déjà tout prêt. Celui-ci, en effet, ne déclare-t-il pas :

> O le grand personnage ! adorer un tel homme :
> J'adorerais plutôt la queue d'une pomme.

Du reste, il le méprise :

> Je ne crains pas beaucoup. Il ne me peut surprendre.
> La reine est ma cousine, elle peut détourner
> Cet encombre sur lui, le faire retourner.

Pendant l'entracte, Happe-souppe et Guignotrou rivalisent de gloutonnerie : ayant raflé un plat et quelques bouteilles, ils vont se goberger avec leur butin.

Troisième acte : Assuère se fait lire les chroniques de son règne, en particulier le récit du complot d'Agathan et Thirsan. Il s'inquiète de la récompense de Mardochée. Il fait venir Aman, lui demande comment honorer son sauveur, etc. Réponse d'Aman, qui se retire. Arrivée d'Esther qui raconte le projet criminel d'Aman. Assuère convaincu,

> [...] jure Lachéron[27] [*sic*]
> Qu'il recevra en bref un très juste guerdon.

Aman revient pour s'entendre immédiatement condamner. Il implore Esther. Asuère le trouve « bien hardi de parler à ma femme ». Le bourreau arrive et l'emmène vers sa propre potence. Aman se plaint, compare la « lubrique[28] fortune » aux « flots du furieux Neptune ». Le bourreau l'interrompt :

> [...] c'est par trop caqueté ;
> Allons, voilà bien dit, pour moi, je suis hâté.

À quoi, Aman répond, non sans dignité :

> Adieu ciel, adieu terre, adieu ma pauvre femme,
> Adieu petits enfants, vivez sans aucun blâme.

La farce, sans rapport avec la tragédie, met en scène Gros-Guillaume, Turlupin, Horace, Florentine, ce qui laisse supposer que la pièce a pu être jouée à l'Hôtel de Bourgogne.

L'*ESTHER* DE DU RYER

Jouée à l'Hôtel de Bourgogne vers 1642, publié en 1644, *Esther* semble avoir obtenu peu de succès.

---

27. Jure par *l'Achéron*, fleuve des enfers.
28. Sens latin : « glisssante ».

Mahelot se contente de la mentionner[29] ; de même Chappuzeau, avec sept autres pièces de du Ryer[30] ; Poisson la nomme, avec *Alcimédon*, parmi une cinquantaine de pièces que le comédien du *Baron de la Crasse* se dit capable de jouer avec sa troupe[31]. L'abbé d'Aubignac, en 1657, tout en reconnaissant qu'elle était « ornée de divers événements, fortifiée de grandes passions et composée avec beaucoup d'art », constate qu'elle fut moins bien reçue à Paris qu'à Rouen, où elle fut jouée peu après par les mêmes comédiens, qui s'en étonnèrent. D'Aubignac attribue assez curieusement ce succès au fait que, « La ville de Rouen, étant presque toute dans le trafic, est remplie d'un grand nombre de juifs, les uns connus et les autres secrets, et qu'ainsi les spectateurs prenaient plus de part dans les intérêts de cette pièce toute judaïque par la conformité de leurs mœurs et de leurs pensées »[32]. Jugement dont l'intérêt sociologique est beaucoup plus grand que l'intérêt théâtral. D'ailleurs, en 1685, Adrien Baillet met cette assertion au compte des « imaginations de l'abbé », précisant : « D'autres ont estimé avec plus de probabilité que c'est parce qu'on n'est peut-être pas si difficile ni si délicat dans les provinces qu'à Paris, et que le médiocre d'ici peut quelquefois passer pour le meilleur de ces pays-là »[33].

---

29. Voir H. C. Lancaster, L*e Mémoire de Mahelot, Laurent et d'autres décorateurs*, Paris, 1920, p. 52.

30. Samuel Chappuzeau, *Le Théâtre françois*, Paris, 1674 ; éd. Fournier-Jacob, Bruxelles, 1867, p. 68.

31. Raymond Poisson, *Le Baron de La Crasse*, Paris, 1662, sc. V.

32. François Hédelin, abbé d'Aubignac, *La Pratique du théâtre*, 1654, éd. P. Martino, p. 73.

33. A. Baillet, *Jugemens des Sçavans*, Paris, 1685, t. IV, 4ᵉ partie, p. 276.

Nous n'essaierons pas de dire qui a raison. Le jugement de l'abbé d'Aubignac est singulier, quand on voit combien d'auteurs catholiques et protestants se sont intéressés au sujet d'Esther, à une époque où une foule de gens connaissaient par cœur sinon la Bible, au moins l'Histoire sainte (sans cela, Racine aurait-il choisi ce sujet pour Saint-Cyr ?) ; quant à Baillet, on peut se demander si son mépris des Rouennais est justifié : si les comédiens de l'Hôtel de Bourgogne se déplaçaient à Rouen, il est probable qu'ils y donnaient du Corneille : donc, en fait de théâtre, le public était habitué au meilleur. D'autre part, Rouen était une ville cultivée, riche en libraires. Et puis, *Esther* était susceptible de plaire aux protestants tout aussi bien qu'aux juifs : ils pouvaient rêver que quelqu'un de leur religion entrant dans la couche royale…, miracle qui eut effectivement lieu en 1683, mais qui ne leur rapporta pas les avantages qu'ils auraient pu espérer[34].

Donc, l'absence de succès reste un problème non résolu, d'autant plus paradoxal que, s'il n'y eut pas de réédition en France avant 1737, elle fut traduite en hollandais en 1659, traduction réimprimée cinq fois : en 1662, 1667, 1698, 1731, 1751[35]. Serait-ce qu'on avait perdu le goût des sujets bibliques, ou qu'ils ne s'accordaient pas avec une conception classique du théâtre ? Car l'*Esther* de Du Ryer, parfaite-

---

34. Contrairement à certaines légendes, on sait aujourd'hui que Mme de Maintenon n'eut aucune part dans la révocation de l'édit de Nantes : tout au moins elle ne put l'empêcher.

35. Voir J. Bauwens, *La Tragédie française et le théâtre hollandais au XVIIe siècle*, Amsterdam, 1921, p. 262. La tragédie de Du Ryer fut également traduite en anglais par Lacy Lockert… en 1968.

ment aristotélicienne, rompt avec le lyrisme religieux et la volonté moralisatrice qui caractérisaient la plupart des tragédies tirées de l'Ecriture sainte. De toute façon, il n'y eut pas d'autre tragédie de cette sorte jouée au théâtre en France avant la *Judith* de l'abbé Boyer, en 1695 (*Esther* et *Athalie* étant, en quelque sorte, des pièces privées), et il est curieux de voir que Racine, quelques temps auparavant, cherchant à écrire une pièce édifiante, reprenne lui aussi le *Livre d'Esther* et traite le même sujet que Du Ryer.

Analyse

On le voit, Du Ryer ne manquait pas de prédécesseurs. Il ne les connaissait peut-être pas tous. Du reste, sa tragédie est profondément originale par rapport à ceux-ci, comme elle l'est aussi par rapport au récit biblique, dont il ne conserve que quelques grands traits, modifiant surtout les caractères.

Acte I

Lorsque le rideau se lève, Vasthi a déjà été répudiée ; Assuérus (qui n'est jamais désigné autrement que par « Le Roi ») a l'intention de nommer Esther (qui apparemment fait déjà partie du harem royal) reine à sa place, grandeur qui n'est pas sans inquiéter la jeune fille. Mardochée (sc. 2) lui conseille d'accepter avec joie, et d'éviter de se conduire comme la précédente : vertu, innocence, soumission doivent être sa devise. Il lui ordonne aussi de cacher qu'elle est juive, ce qui chiffonne Esther : qu'arrivera-t-il si un jour le roi – qui déteste les Juifs – s'aperçoit de ce mensonge par omission ? On nous rappelle alors l'histoire d'Esther : au moment de la déportation des Juifs, elle a été confiée à une famille

persane de gens du peuple, dont tout le monde la
croit la fille. Enfin Mardochée lui conseille de se
défier d'Haman, bien qu'il lui ait toujours été favorable, et de se montrer prudente avec lui.

Arrive justement celui-ci (sc. 3), furieux de voir
que Mardochée semble toujours le dédaigner. Il
avoue à Tharès son amour pour Esther : faute de
pouvoir l'assouvir, il s'en vengera sur Mardochée.
Tharès lui offre de l'exécuter sans attendre ; mais
Haman refuse : il veut faire périr tous les Juifs avec
lui – ainsi Mardochée aura causé la ruine de son
propre peuple. Peu importe que ce soit un crime :
pour lui, le souverain bien est désormais de se venger de Mardochée et du dédain d'Esther.

Acte II

Cette conversation semble se continuer lorsqu'ap-
paraît soudain Vasthi, qui vient demander des explications au roi. Haman lui conseille la prudence. Vasthi est furieuse que le roi lui ait préféré une fille du
peuple. Haman est tout prêt à l'aider puisque, si le
roi la remet sur le trône, il pourra, quant à lui, épouser Esther. Vasthi l'envoie sonder le monarque avant
qu'elle paraisse en sa présence. Haman lui conseille
de jouer des larmes. D'abord, dans son orgueil, elle
s'y refuse, puis se laisse convaincre ; si ses supplica-
tions ne réussissent pas, il ne lui restera plus qu'à
« troubler l'Etat » (sc. 1).

L'entretien avec Vasthi a redonné de l'espoir à
Haman, malgré les mises en garde de Tharès (sc. 2).
Dans la scène suivante (sc. 3), il plaide auprès du roi
la cause de Vasthi. Le roi lui objecte les réactions du
peuple, qui ne supportera pas que l'arrogance d'une
femme ne soit pas châtiée. Haman réfute cet argument : si vraiment le roi ne veut plus de Vasthi, qu'il

la remplace au moins par une princesse, ainsi les grands et le peuple seront satisfaits. Le roi lui réplique que c'est lui qui donne la grandeur à qui il veut : Haman lui-même en est l'exemple. Haman s'incline et le roi le charge de lui amener Esther. Resté seul Haman envoie dire à Vasthi qu'il a échoué et qu'elle n'a plus qu'à « exciter l'orage » (sc. 4).

Acte III

Le roi accueille aimablement Esther. Échange de compliments de part et d'autre ; mais Vasthi paraît (sc. 2) : elle vient simplement demander des explications. Le roi refuse de la satisfaire et la renvoie. Elle le supplie de lui donner la mort plutôt que ce déshonneur. Esther intervient alors et plaide en sa faveur.

Le roi se retire en disant qu'il va faire connaître sa volonté. Scène d'*agôn* entre les deux femmes (sc. 3) : Vasthi traite Esther avec ironie et mépris, mais Esther se défend bien, prononçant même une véritable profession de foi stoïcienne (v. 916-923). Vasthi se retire. Lui succède Mardochée, qui se montre inquiet (sc. 4) ; puis arrive Haman annonçant que le roi, qui a voulu rester seul, penche pour Vasthi (sc. 5). Esther se résigne avec dignité à ce qu'on lui enlève le trône, mais en dépit des conseils d'Haman, refuse de s'en démettre d'elle-même. Soudain, voici qu'on apporte les attributs royaux (sc. 6). Déconfiture d'Haman, qui montre son dépit à Mardochée (sc. 7). Néanmoins, il espère encore faire revenir le roi sur sa décision : il ignore qu'Esther est juive, mais comme Mardochée l'est, il va essayer de détruire Esther dans l'esprit du roi en l'accusant d'être favorable aux Juifs (sc. 8).

Acte IV

Mardochée explique à Esther quelle est la situation : la perte des Juifs est décidée ; sous le sceau du secret, Tharès l'a appris à Thamar (suivante d'Esther), dont il est amoureux et qu'il veut sauver seule. Au passage, Mardochée se plaint de l'ingratitude du roi, qui ne lui a fait aucun remerciement d'avoir dénoncé un complot dirigé contre lui. Bref, il n'y a plus qu'un recours : l'intervention d'Esther auprès du roi. Comme elle hésite, il la sermonne vigoureusement – et inutilement, puisque Esther a l'âme assez haute pour agir d'elle-même (sc. 1). Mais auparavant, elle décide de se renseigner, ce qu'elle va faire auprès d'Haman en lui faisant croire qu'elle a les Juifs en horreur, y compris Mardochée. Haman, ravi, lui révèle la décision prise de massacrer les Juifs et lui demande même de presser le roi (sc. 2). Mais, resté seul avec Tharès, il lui avoue sa tristesse : son amour demeure insatisfait ; il devra se borner à satisfaire sa haine (sc. 3).

Acte V

Le roi se souvient qu'il n'a rien fait pour remercier Mardochée (sc. 1). Tout en assurant Haman de sa haine des juifs, il lui demande comment récompenser un sujet fidèle qui lui a rendu de grands services. La réponse d'Haman est conforme au récit biblique. Le roi le charge alors de rendre lui-même cet honneur à Mardochée. Haman essaie de le freiner : s'il lui a suggéré une récompense si extraordinaire, c'est qu'il s'imaginait qu'elle concernait un prince ou un gouverneur de province ; le roi résiste et maintient son ordre (sc. 2). Resté seul (sc. 3), Haman exprime son désarroi et envisage ce qu'il peut faire. Arrive Mardochée (sc. 4), qui croit qu'Haman se moque de

lui, puis le roi et Esther (sc. 5). Celle-ci dépose aux
pieds du roi la couronne et le sceptre, lui annonçant
que quelqu'un veut sa mort et faire de l'État

> un funeste étang
> Qui ne soit composé que de pleurs et de sang.

Persuadé de la haine d'Esther pour les Juifs,
Haman approuve hautement, mais lorsque le roi
demande quel est ce misérable, elle nomme Haman :
non seulement il veut faire périr les Juifs, mais il est
à la tête d'un complot pour renverser le roi : les Juifs
l'ont découvert, ils ont même arrêté un messager
envoyé par Haman aux Macédoniens avec une lettre
qui ne laisse aucun doute sur sa compromission.
Esther fait alors l'apologie des Juifs : bien loin d'être
un peuple séditieux et infidèle, ce sont les meilleurs
sujets du roi. Elle lui découvre ensuite sa véritable
origine : juive, mais de sang royal ; donc le roi ne
s'est aucunement mésallié. Ébahissement du souverain, qui envoie Haman à la mort, restaure les Juifs
dans toutes leurs libertés et privilèges, etc. En deux
vers, Mardochée remercie le Ciel.

La construction dramatique

Du récit biblique, Du Ryer conserve les idées
générales ; comme ses prédécesseurs, il supprime
par bienséance la longue préparation que doit subir
Esther avant d'entrer dans la couche royale. Il ne
parle absolument pas de la sauvage vengeance que
s'offrent les Juifs (alors que Matthieu et Montchres-
tien y faisaient allusion) de même que l'installation
de la fête des *Pourim*. Il supprime aussi, pour sauvegarder la règle des unités, la double invitation suc-
cessive à un festin faite par Esther à Assuérus et

Haman : on ne précise jamais le temps ni le lieu,
mais il semble que deux pièces du palais suffisent,
avec, peut-être, un espace devant celui-ci ; de même,
lorsque commence la pièce, Vasthi est déjà
répudiée ; il n'est plus question de l'interdiction de
se présenter devant le roi sans y être mandée, sous
peine de mort, à moins qu'il ne vous tende son
sceptre ; il supprime aussi la pittoresque potence de
cinquante coudées qui attend Mardochée.

En revanche, Du Ryer ajoute et il modifie : le roi
déteste les Juifs, on ne sait pourquoi, la date du massacre est très proche, mais non fixée ; ce n'est pas en
se faisant lire les chroniques de son règne pendant
une insomnie que le roi songe que Mardochée n'en a
pas été récompensé, mais il s'en souvient brusquement de lui-même. Haman n'a pas le temps d'exécuter l'ordre royal de promener Mardochée à travers la
ville pour l'honorer. Mais surtout, Vasthi ose venir
réclamer des explications au monarque – emprunt
possible à la Vasthi de Matthieu –, et, élément qui lui
est propre, Haman est amoureux d'Esther, ce qui
suppose qu'il n'est pas marié. Il invente également
un deuxième complot dans lequel est impliqué
Haman. Quant aux allusions à la possibilité d'une
révolte fomentée par Vasthi, elles restent très vagues.

S'il n'y a pas de raison d'être choqué par les
entorses que Du Ryer fait à la durée et à l'espace du
récit biblique (ce sont choses tout à fait permises), il
est plus gêné en ce qui regarde l'unité d'action,
comme le montre le curieux texte de justification
dont il fait précéder sa pièce lors de l'impression,
réponse probable à des critiques verbales ou autres.
En fait, *Esther* demeure le meilleur titre possible,
non seulement parce qu'il a été consacré par la Bible
et tous les prédécesseurs de Du Ryer (et Racine n'en

cherchera pas d'autre), mais parce que son sort et
celui des Juifs sont étroitement liés ; malgré le prétendu moment d'hésitation du Roi (hors scène,
notons-le), Vasthi appartient au passé. La question
demeure : qui va l'emporter, d'Haman ou d'Esther,
avec ce que le triomphe de l'un ou de l'autre entraî-
nera pour le peuple juif ?

Du reste, la pièce commence *in medias res*. Vasthi
a déjà été répudiée et le roi, amoureux d'Esther, a
décidé de la faire reine ce jour même. C'est tout ce
que permettent les bienséances, d'où un certain flou
dans l'exposition. La présence d'Esther dans le
harem – sans parler des six ou douze mois de soins
esthétiques – doit rester occultée. Racine, lui, s'en
tirera en supposant qu'Esther est non pas la concu-
bine, mais l'épouse d'Assuérus, et déjà reine.

Perry Gethner, dans son Introduction à l'édition
d'*Esther*[36], relève toutes les questions sans réponse
que le spectateur peut se poser. Parmi elles, deux ou
trois sont effectivement troublantes : comment
Haman ignore-t-il l'identité véritable d'Esther, alors
que son confident, Tharès, sait que Thamar est
juive ? comment les Juifs de Suse ont-ils été infor-
més pour intercepter le message d'Haman ? En face
du réseau juif, il faut avouer qu'Haman est un bien
piètre ministre de l'Intérieur. Quant à sa naïveté qui
lui fait croire qu'il peut être aimé d'Esther, déjà destinée au Roi, on l'excuse : un homme amoureux
s'illusionne facilement. Mais ce sont là de ces
vétilles qui mettaient Racine en fureur et auxquelles
il répondait par des préfaces cinglantes, d'un tout
autre ton que la modeste explication de Du Ryer.

---

36. Pierre Du Ryer, *Esther*, éd. P. Gethner et E.J. Campion,
University of Exeter, 1982, p. XVIII et XIX.

Passer de *Saül* à *Esther*, c'est passer d'Eschyle à Sophocle ou même à Euripide, du climat divin aux ressorts humains, de la grandeur immobile (il n'y a guère d'action dans *Saül*) aux mouvements passionnels qui provoquent des événements, de la présence d'un personnage dominant à une pluralité de caractères qui s'équilibrent, tenant la balance incertaine tout au long de la pièce. Saül est présent dans 19 scènes sur 25 ; encore celles où il ne figure pas totalisent à peine 155 vers sur un total de 1740. On n'a point de rôle semblable dans *Esther*, où Vasthi, Mardochée, Haman, Esther occupent à tour de rôle le devant de la scène. Si la pièce y perd en grandeur hiératique, elle gagne en animation.

Toutefois, c'est principalement dans les caractères et dans l'esprit de la pièce que se manifeste son originalité. Il n'y a certes pas de caractère aussi fort que celui de Saül, mais les caractères secondaires (Haman, Mardochée) sont plus fermes et mieux différenciés. D'autre part, il n'y a pas un seul personnage principal, mais deux héroïnes, sensiblement égales, qui s'affrontent.

Les caractères

Le Roi

Le roi reste proche du roi biblique, bien qu'adouci : sa rudesse avec Vasthi ne va pas jusqu'à la cruauté du despote oriental ; il semble même qu'un instant il hésite entre les deux femmes, attitude qui d'ailleurs ne s'explique que pour apporter un certain suspens et un effet de spectacle. De même, si on découvre qu'Haman est impliqué dans un complot, c'est pour avoir une raison de le condamner à mort : l'accusation traditionnelle de tentative de viol envers la reine, effectivement, ne tient guère debout. Son caractère le plus original est le sens de son pouvoir absolu : la hiérarchie féodale importe peu : toute grandeur vient de lui ; c'est lui qui la fait ou la supprime. C'est d'ailleurs un excellent roi, pour qui le rang ne compte pas, mais seule la vertu. On se demande pourquoi il hait les Juifs ; il faut supposer là l'effet de calomnies lointaines ; du reste, déjà il fait une exception pour Mardochée, et cet antisémistisme fondra en un clin d'œil, lorsque Esther lui aura montré que les Juifs sont de loyaux sujets.

Mardochée

De prophète arrogant et crasseux, Mardochée devient un gentilhomme distingué, qui sait la cour. Dès son entrée en scène, il donne à Esther des conseils de souplesse, d'humilité, de soumission. Il semble même que pour lui, la vertu soit le meilleur moyen de garder le pouvoir (v. 96). Sage philosophe, il semble connaître l'adage *Fata volentem ducunt, nolentem trahunt* (v. 104). Il sait aussi se montrer capable, quand il le faut, de sermonner longuement ; Esther en est presque vexée, sachant par elle-même ce qu'elle a à faire. Sans doute, sa foi est totale, mais c'est celle d'un honnête homme, au plus d'un homme de bien[37]. Si la grande tirade que Mardochée adresse à Esther en IV, 1, pour la sommer de faire son devoir, contient des injonctions et quelques menaces au nom du Ciel, on entend en lui un directeur de conscience beaucoup plus qu'un prophète

---

37. Dans le langage du XVIIe siècle, un homme de bien est à peu près l'équivalent d'un dévot, et l'expression, elle aussi, a fini par prendre une valeur péjorative.

(Tartuffe ne parlerait pas autrement), et les deux vers d'action de grâce qui clôturent la tragédie ne rendent guère un son authentiquement mystique. On chercherait en vain dans la pièce un climat vraiment religieux ; certes on y prononce cinquante-deux fois le mot « Ciel » et dix fois « Cieux » avec un sens spirituel, mais ces termes ne désignent qu'une divinité vague ; on les rencontre aussi bien dans la bouche de Vasthi, du Roi ou d'Haman que dans celle de Mardochée ou d'Esther.

Vasthi

Vasthi n'est pas sans grandeur ni sans vigueur. Si la pièce de Du Ryer avait été jouée en 1689, on n'eût pas manqué de crier à la ressemblance avec Mme de Montespan. Pas le moindre féminisme en elle, mais l'orgueil de son rang : elle semble moins vexée par sa répudiation que par le choix que fait le roi d'une fille du peuple pour lui succéder ; elle ne cache pas son mépris pour Esther, qu'elle traite en III, 3, avec condescendance et ironie. Après avoir refusé de s'abaisser à supplier, elle s'y résigne sur les conseils d'Haman, mais nous ne la voyons pas dans cet exercice. Quant à son dernier recours, troubler l'État, il demeure bien obscur. Est-ce participer au complot d'Haman ou provoquer un soulèvement de la noblesse ? Quel est son sort final ? Après avoir affirmé qu'il n'était pas de milieu entre le trône et le tombeau (v. 377-379), il ne semble pas qu'elle se donne la mort. On ne daigne pas nous dire si elle est enfermée dans quelque Vieux Sérail avec les autres épouses éphémères, ou si elle bénéficie d'une retraite plus agréable.

Haman

Haman est assurément le personnage qui a subi le plus de modifications, même s'il reste avide, ambitieux, d'une morgue et d'une jalousie mesquines, qui entraînent un antisémitisme violent. C'est le méchant, certes, mais la haine n'est chez lui qu'une passion seconde, la première étant l'amour invincible – et peu explicable – qu'il éprouve pour Esther et qui est, après le souci de sa carrière, le principal moteur de ses actions. C'est lui qui le pousse à défendre Vasthi, puisque, reprise comme épouse, elle permettrait à Haman d'obtenir facilement du roi la main d'Esther. Reconnaissons que cette passion reste bien sage en public et ne semble guère dépasser ses paroles : pas un geste déplacé, pas même un cri involontaire qui nous la rendrait crédible. On a l'impression que cet amour gêne l'auteur en humanisant cette figure du mal : un homme qui aime ne peut être tout à fait méchant. Pour James F. Gaines, Haman se rattache au type de l'envieux, constant selon lui dans tout le théâtre de Du Ryer. Certes, on peut penser que Haman envie Esther au roi, qu'il envie les honneurs attribués à Mardochée, qu'il désire même détrôner le roi pour occuper sa place ; mais, à vrai dire, cette envie est assez diluée. D'abord, il est déjà comblé. Sa haine pour Mardochée existe bien avant qu'il lui rende les honneurs royaux : elle vient de ce que Mardochée le méprise et qu'il a prévenu Esther contre lui ; on lui rapellera aussi que c'est Mardochée qui a dénoncé le complot qu'il fomentait contre le roi. Enfin, ce n'est pas l'envie qui lui fait aimer Esther (dans ce cas il aurait d'abord dû désirer Vasthi), mais une passion soudaine et incontrôlée. Car Haman manque de mesure, il est victime de son *hybris*, qui le pousse à vouloir toujours plus, à mas-

sacrer tout un peuple par haine d'un seul homme, à
proposer pour lui-même, croit-il, des honneurs extra-
ordinaires, et même à comploter contre le souverain.
Du reste, ses maximes sont parfaitement cyniques,
lorsqu'il se dévoile à son confident, Tharès :

> Si ce que j'entreprends te semble illégitime,
> Sache que c'est vertu que d'user bien du crime.
> Sache qu'en un esprit touché comme le mien,
> Le crime qui le venge est le souverain bien.
>
> (I, 3, v. 341-344)

Esther

Racine savait ce qu'il faisait en ne mettant pas
Vasthi sur la scène : elle eût écrasé sa timide et
pieuse Esther, formée à Saint-Cyr. Ce n'est nullement le cas chez Du Ryer car son personnage est
d'une tout autre trempe. Lancaster voit en elle « une
intéressante combinaison d'humilité et d'audace, de
bienveillance et de jouissance devant la déconfiture
de son ennemie »[38]. Humilité, certes : elle semble
n'avoir jamais conscience de sa beauté, elle est toujours prête à laisser le trône à sa rivale. Honnêteté
aussi : elle se reproche d'avoir, par omission, caché
au roi son origine. Pas plus de piété qu'il ne faut,
mais une solide philosophie stoïcienne qui s'allie
assez bien avec la vie de cour. À la scène 1 du troisième acte, aux galanteries du roi, elle répond sur le
même ton, absolument sans faute pour quelqu'un qui
pourrait n'avoir pas l'usage du monde. Ailleurs, elle
ne cesse de montrer une indifférence aux honneurs
venue tout droit de Sénèque ou d'Épictète ; il s'agit

---

38. « An interesting combination of humility and daring, of
kindliness and delight in the discomfiture of her enemy ».
H.-C. Lancaster, *A History*., part. II, p. 351.

moins pour elle d'obéir à la volonté de Dieu qu'au sens de sa propre grandeur. Elle montre une totale soumission au roi, prête à tout accepter de ce que lui enverra un Ciel singulièrement vague, qui peut bien la faire tomber du degré où il l'a mise, sans l'atteindre pour cela :

> Il me laisse bien plus qu'il ne saurait m'ôter,
> Puisqu'il me laisse un cœur qui peut tout supporter.

Voilà qui s'apparente plus à l'amour-propre ou à la gloire cornélienne qu'à des sentiments vraiment chrétiens.

Cependant, elle est aussi fort capable de mentir à Haman avec assurance, jusqu'à lui laisser entendre qu'elle ne sera pas fâchée d'être débarrassée de Mardochée. Généreuse, elle a plaidé pour Vasthi et, à la dernière scène, elle demande au roi la clémence pour Haman – qu'elle sait bien qu'elle n'obtiendra pas. Elle est assez loin de l'Esther de la Bible, plus craintive mais plus politique et qui agit vraiment en reine à la fin du livre, et encore plus loin de l'Esther de Racine, un peu trop confite en dévotion.

Le dialogue

Le dialogue d'*Esther* est conforme à l'esprit de la pièce et à celui des personnages ; cependant, il garde l'unité requise par la loi du genre. S'il en fallait qualifier le style d'un mot, ce serait la fermeté. Certes, on peut repérer deux tics de langage : une évidente complaisance pour l'adverbe *enfin*, dont on rencontre 77 occurrences, cheville commode[39], parfois même

---

39. Du Ryer n'est pas le seul à y avoir recours : Cyrano de Bergerac, par exemple, dans *La Mort d'Agrippine*, en fait lui aussi une consommation importante.

répétée (*Enfin, enfin…*). Quant aux répétitions purement épenthétiques, on en compte plus d'une dou-
zaine de cas[40], sans compter celle de monosyllabes
(*Non, non…*), qui produisent un effet de réel.

Cette fermeté du style rend le dialogue d'*Esther*
très proche de celui des meilleurs pièces de Corneille ; même dans les passages purement informa-
tifs le ton reste soutenu, sans lyrisme, avec une tendance à devenir facilement oratoire. Tout comme
Corneille, Du Ryer affectionne les antithèses : beaucoup restent discrètes, autour d'une opposition plus
ou moins marquée, tels les vers 7-8 :

> Et je ne crois monter sur un siège si beau
> Que pour choir de plus haut dans l'horreur du tom-
> beau.

Mais d'autres éclatent intentionnellement, ainsi le
vers 33 :

> Vous l'avez fait esclave, il veut vous faire reine.

Certaines sont redoublées :

> Mais enfin, faut-il vaincre ou faut-il succomber ?
> Faut-il monter au trône ou faut-il en tomber ?
>   (v. 967-968).

On multiplierait les exemples.

Parfois même, dans un style tout cornélien,
conforme au goût du temps, le vers prend une allure
de maxime :

> Il [le roi] peut tout pardonner étant seul offensé,
> Mais il doit tout punir quand l'État est blessé.
>   (v. 607-608)

---

40. Voir, par exemple, les vers 151, 358, 969, 376, 437, 440,
501, 701, 927, 1009, 1158-1159, 1235.

ou encore :

> Quiconque sort d'un trône aime le précipice (v. 826)
> Mais ce n'est pas périr que périr innocent (v. 1014)
> Quand le Ciel nous fait choir, quand un Roi nous
>   rebute,
> La honte est dans la cause et non pas dans la chute
>   (v. 1025-1026)

L'antithèse peut être remplacée par le parallèle :

> Comme toutes les mers ne sont pas orageuses,
> Toutes grandeurs aussi ne sont pas périlleuses.
>   (v. 16-17)

Les images, d'ailleurs, sont assez rares et banales : naufrages, orages, soleil et vapeur, tempête, etc., c'est dire qu'elles appartiennent à l'art de l'éloquence, où il ne faut pas s'attarder à une contemplation statique, mais aller de l'avant, vers le but du discours.

Autres formes oratoires : l'accumulation,

> Les vieillards, les enfants, et tout sexe et tout âge,
>   (v. 1162)

la répétition,

> Crains-tu de voir le Roi ? Crains-tu pour moi l'orage ?
> Crains-tu de succomber ?

et souvent, des effets de gradation, telle la réponse de Mardochée à Esther, au vers 1132,

> De combattre, de vaincre, et de vous assurer,

ou,

> Et qu'enfin vous sachiez que pour ce grand dessein,
> Le Roi donne sa voix, son pouvoir et sa main.
>   (v. 1171-1172)

Le monologue d'Haman, à la scène 3 de l'acte IV (v. 1593-1657), dans lequel il exprime son dépit devant l'ordre royal de rendre à Mardochée les honneurs qu'il a choisis lui-même, loin de se développer dans un désordre lyrique, est construit avec une rigueur et une fermeté tout oratoires. On appréciera aussi la stichomythie, au sens large, entre Esther et Vasthi, à la scène 3 de l'acte III (v. 877-928).

Ce parti pris cornélien, conforme à l'esprit néo-stoïcien de la pièce, bannit naturellement du dialogue les galanteries superflues : on ne trouve guère qu'une pointe, dans la bouche du Roi

> Peuple qui vois Esther par mon choix soutenue,
> Crois que c'est à tes yeux une reine inconnue
> Que je tire aujourd'hui d'un état languissant,
> Puisque toutes beautés sont reines en naissant.

(v. 741-744)

L'*ESTHER DE RACINE*

Kurt Philipp, H. C. Lancaster et Silvana Repossi ont essayé de repérer les ressemblances générales et ponctuelles entre les deux poètes. Il n'est pas difficile de trouver des points de détail, même où l'on n'en chercherait pas. Par exemple, on croirait volontiers qu'ils sont de Racine, ces vers qui louent la nouvelle épouse du roi :

> À peine un grand monarque aperçut-il vos charmes,
> Que son cœur captivé vous vint rendre les armes.
> ....
> Vous l'avez fait esclave, il veut vous faire reine,

mais Racine n'aurait peut-être pas osé écrire le premier hémistiche.

D'actualité également en 1689, ces vers, à interpréter, au choix, comme une approbation ou une critique de la Révocation de l'édit de Nantes :

Car enfin quelle flamme et quel malheur éclatent
Quand deux religions dans un État combattent !
....
Le Roi qui voit ces maux et qui connaît leur source
Veut se montrer bon prince en arrêtant leur course.

En fait, il est évident que Racine connaissait la
pièce de Du Ryer, il serait difficile de croire que,
partant du Livre biblique, il n'ait pas cherché à
connaître les autres *Esther* françaises, dans lesquelles la supériorité de celle de Du Ryer, considérée
sous l'angle de l'esthétique classique, l'emporte largement[41] ; mais il nous semble que ce fut plutôt pour
prendre ses distances avec elle, conservant telle sup-
pression de bon goût (la demande de vengeance des
Juifs, les quatre cent vierges à l'essai, les douze mois
de préparation qui devaient transformer les candi-
dates en une marinade d'aromates, la trop pitto-

---

41. Paul Mesnard niait cette influence (*Œuvres* de Jean Racine,
Paris, Hachette, coll. Les Grands Écrivains de la France,1865-
1888, vol. VIII) ; mais, après H.C. Lancaster, Silvana Repossi
s'est attachée à montrer toutes les ressemblances entre les deux
pièces, depuis les parallélismes frappants, par exemple, les vers
115-116 de Du Ryer,
    J'ai suivi vos conseils, et je leur obéis,
    Ainsi je cache au Roi mon sang et mon pays,
et les vers 53-54 de Racine,
    À ses desseins secrets tremblante j'obéis
    Je vins. Mais je cachai ma race et mon pays,
jusqu'aux parentés dans la conception des personnages et la structure de pièces. Ainsi tous deux insistent sur la bassesse d'origine
d'Aman et son caractère de parvenu, sur les injonctions de Mardochée à Esther, plus développés que dans le récit biblique sur la
façon dont Assuérus se souvient du service rendu par Mardochée.
Dans les deux pièces, le Roi est surpris d'apprendre qu'Esther est
juive, alors que la Bible n'en dit mot, etc. Sur tout cela voir, Silvana Repossi, « Pierre Du Ryer précurseur de Racine », *La Jeunesse de Racine*, juillet-septembre 1962, p. 1-68.

resque potence de cinquante coudées, etc.) Comme dans Du Ryer, pour sauvegarder l'unité de jour sinon celle de lieu, Aman n'a pas le temps de rendre à Mardochée les honneurs ordonnés par le Roi ; on n'entre pas non plus dans les détails du complot.

Surtout Racine supprime deux éléments importants et en ajoute un autre, qui en change complètement l'esprit de la pièce. Il supprime l'étrange amour d'Haman pour Esther, assez inattendu chez un monstre comme lui[42], amour, d'ailleurs dont celle-ci n'a jamais connaissance, et surtout le personnage de « l'altière Vasthi » : que l'on fasse en un vers une brève allusion à Madame de Montespan était admissible, peut-être inévitable, mais de là à la mettre en scène, même allégoriquement, il y avait une marge que le moindre bon goût empêchait de franchir. D'ailleurs, le qualificatif d'« altière » convient bien mieux à l'image qu'en donne Du Ryer qu'au texte biblique.

Ce que Racine ajoute, ce sont naturellement les chœurs, très utiles, certes, pour faire donner un rôle au maximum de demoiselles de Saint-Cyr, mais qui transforment la tragédie en oratorio et donnent à celle-ci une dimension religieuse quasi inexistante chez Du Ryer – et dans la Bible.

ÉTABLISSEMENT DU TEXTE

Il n'existe qu'une édition d'*Esther* parue du vivant de Du Ryer, et même au XVIIe siècle :

ESTHER /TRAGEDIE /De P. DU RYER / [*fleuron aux*

---

42. Certes, Néron sera bien amoureux de Junie dans *Britannicus*, mais Néron est seulement un « monstre naissant », encore capable d'une certaine fraîcheur.

armes de France et de Navarre] / A PARIS / Chez /
ANTOINE DE SOMMAVILLE, en la Salle / des Merciers,
à l'Escu de France / & / AUGUSTIN COURBE, Libraire
et Impri / meur de Monseigneur le Duc d'Orleans, / à la
mesme Salle, à la Palme. / Au Palais./ M. DC. XXXXIV /
AVEC PRIVILEGE DU ROI.

Conformément aux principes de la collection,
nous modernisons l'orthographe ; mais nous conservons celle des noms propres, en particulier Haman,
graphie particulière à Du Ryer. En ce qui concerne la
ponctuation, nous la conservons dans toute la
mesure où elle ne choque pas les habitudes actuelles.
Ainsi, très souvent on trouve une virgule devant *et*,
ou bien un ! là où nous mettrions un ? En revanche,
une exclamation comme *Ha* peut très bien n'être suivie d'aucun signe, tandis qu'il arrive qu'un point
figure sans raison entre une principale et une subor-
donnée. Par ailleurs, points et virgules sont mis souvent d'une façon anarchique, voire absurde : nous
nous contentons de corriger. Comme on ne peut pas
parler de variantes systématiques, nous n'avons pas
cru utile de faire des appels spéciaux, mais, toutes
les fois que se rencontre un cas intéressant, nous le
signalons dans les notes.

ESTHER

TRAGEDIE
De P. DU RYER

A PARIS,

Chez {

ANTOINE DE SOMMAVILLE, en la Salle des Merciers,
à l'Escu de France,
au Palais

&

AUGUSTIN COURBE, Libraire et Imprimeur de
Monseigneur le Duc d'Orleans,
à la mesme Salle, à la Palme.

M. DC. XXXXIV
AVEC PRIVILEGE DU ROI

Il semble que cette pièce ne porte pas le titre qui lui serait le plus convenable, et qu'au lieu de l'appeler Esther, elle devrait être appelée, La Délivrance des Juifs. En effet toutes choses y contribuent au salut, et à la conservation de ce peuple, l'orgueil de Vasthi, la beauté d'Esther, l'amour d'Assuérus, ou d'Artaxerce roi de Perse, les injustices d'Haman, et les soins de Mardochée. Enfin la délivrance des juifs est le but et comme la principale action de cette tragédie ; et c'est le titre qu'elle devrait légitimement porter, si l'on se mettait toujours en peine de donner aux pièces de théâtre les noms qui leur conviennent le mieux. Mais puisque l'Écriture sainte n'a pas donné un autre nom à cette histoire, je crois que je n'ai pas dû le changer, et qu'il était plus raisonnable de suivre et de respecter l'Écriture, que les règles du théâtre. Ce n'est pas que le nom d'Esther ne puisse convenir aussi à cet ouvrage ; car puiqu'elle en est l'héroïne, que tout se fait en sa faveur et qu'elle est cause de tout, il n'y aurait pas grande apparence à commencer par le titre à censurer cette pièce. Au reste, j'ai cru qu'il était besoin de dire que la délivrance des Juifs est la fin et le but que se propose cet ouvrage, afin de satisfaire ceux qui me pourraient demander où est l'unité d'action.

LES PERSONNAGES

ESTHER,	
THAMAR,	suivante d'ESTHER,
MARDOCHÉE,	Oncle d'ESTHER,
HAMAN[1],	Ministre du roi de Perse,
THARÈS[2],	confident d'Haman.
VASTHI,	Reine de Perse,
LE ROI	de Perse Assuerus ou Artaxerces,
ZETHAR[3],	grand seigneur Persan.

La scène est dans la
Ville de Suse, entre la Perse et Babylone.

---

1. Cette orthographe n'existe que dans la traduction latine de la Bible, d'après l'hébreu, par Immanuel Tremellius, Genève, 1590 ; mais, s'il s'était référé à cette traduction, Du Ryer aurait dû écrire Vaschthi, Mordecai, etc. L'édition de 1737 supprime le H.

2. Dans la Bible, Tharès est l'un des deux eunuques qui conspiraient contre le roi ; mais comme, dans la partie grecque du Livre d'Esther, Haman était lui aussi impliqué dans le complot, on pouvait nommer ainsi son confident.

3. Un des sept sages qui entourent le Roi dans le récit biblique.

ACTE I

SCÈNE PREMIÈRE.

ESTHER, THAMAR

En vain cette grandeur, cette source d'alarmes
Se présente à mes yeux avecque tous ses charmes ;
Quelque tranquillité qui suive mes travaux[4],
Plus elle offre de biens et plus je crains de maux.
5   Comme cette grandeur est toujours infidèle,
Je ne vais qu'en tremblant au trône où l'on m'appelle,
Et je ne crois monter sur un siège si beau
Que pour choir de plus haut dans l'horreur du tom-
                                                    beau.

THAMAR

N'allez point pénétrer dans les choses futures
10 Pour chercher des sujets de tristes aventures.
Laissez enfin agir la justice des Cieux,
Qui veut vous rendre un trône où régnaient vos aïeux.

ESTHER

Hélas, chère Thamar, je sais que mes ancêtres
Du trône d'Israël furent jadis les maîtres ;
15 Mais s'ils en sont tombés me dois-tu contester
Que c'est avec raison que je crains d'y monter ?

---

4. Épreuves, souffrances.

THAMAR

Comme toutes les mers ne sont pas orageuses,
Toutes grandeurs aussi ne sont pas périlleuses.
Quand le Ciel relevant un grand trône abattu
20   Veut en faire le prix d'une illustre vertu,
Il sait bien séparer de la grandeur mortelle[5]
Cette instabilité qui lui fut naturelle[6].
Rendez donc à vos yeux cet éclat non pareil,
Qu'un roi de Perse adore ainsi que son soleil[7] ;
25   Chassez de votre esprit cette morne tristesse
Qui ne sied jamais bien quand le Ciel nous caresse[8],
Ce n'est pas mériter les caresses des Cieux
Que de les recevoir les larmes dans les yeux.
A peine un grand monarque aperçut-il vos charmes
30   Que son cœur captivé vous vint rendre les armes,
A peine est-il vaincu qu'il donne à son vainqueur
Pour demeurer captif et son trône et son cœur[9].
Vous l'avez fait esclave, il veut vous faire reine,
Est-ce là, belle Esther, un grand sujet de peine ?
35   La couronne est charmante[10] à tous les grands esprits,
Et qui la croit un faix n'en connaît pas le prix[11].

_____

5. La grandeur des mortels.

6. Le jeu des temps est significatif : désormais le trône d'Esther sera stable.

7. Ce n'est pas simplement une comparaison galante : dans la religion des Perses, le soleil est le dieu suprême.

8. Nous est favorable. _Caresser_ signifie se conduire aimablement avec quelqu'un ; _caresse_ : « démonstration d'amitié ou de bienveillance qu'on fait à quelqu'un par un accueil gracieux, par quelque cajolerie » (Furetière).

9. Métaphores guerrières, fréquentes dans le style galant.

10. Au sens fort : elle envoûte. Lieu commun.

11. Lieu commun et sujet de controverse rhétorique.

ESTHER

Un grand roi me chérit ; un monarque qui m'aime
M'offre avec son amour la part d'un diadème,
Et peut-être qu'une autre avecque cet honneur
40   Croirait avoir atteint le faîte du bonheur ;
Mais si ce même roi qui me rend souveraine,
Vient de répudier une puissante reine,
Une reine autrefois son âme, et ses désirs[12],
Dont la possession faisait tous ses plaisirs,
45   Dont les aïeux régnaient et dont le père règne[13],
Faible comme je suis que faut-il que je craigne[14] ?
Dois-je établir ma force en l'amitié d'un roi
Qui rejette une reine et lui manque de foi ?
Dois-je me confier aux biens qu'il me présente,
50   Et qui n'ont pour appui qu'une amour inconstante[15] ?

THAMAR

Vos vertus garderont la prise de vos yeux[16].

ESTHER

Cette garde est un bien que j'attendrai des Cieux

THAMAR

Enfin[17] le roi vous aime.

---

12. Comprendre : l'objet de ses désirs.
13. Cette filiation royale est une invention de Du Ryer.
14. On attendrait une tournure négative : que n'ai-je pas à craindre ?
15. *Amour* peut être au choix masculin ou féminin.
16. Ce que vos yeux ont captivé, c'est-à dire le roi.
17. Emploi rhétorique fréquent chez Du Ryer : *Enfin* introduit un argument dirimant ou même marque une certaine impatience.

ESTHER

Il aima cette reine,

Qui ressent aujourd'hui ce que pèse sa haine,
55 Ainsi comme un écueil renommé sur les eaux
Par l'horrible débris de cent fameux vaisseaux,
Je crains tous ces honneurs et ces grands avantages
Qui finissent souvent par de honteux naufrages.
Comme un autre aurait peur de son adversité,
60 Moi, Thamar, moi, j'ai peur de ma prospérité,
Si l'amour des grands rois est un bien souhaitable,
Hélas ! ce même amour est un bien redoutable ;
Le trône est précieux, il est à souhaiter,
Mais la crainte d'en choir fait craindre d'y monter.
65 Enfin je crains le Ciel quand même il m'est prospère[18],
Mais voici mon appui, le frère de mon père.

SCÈNE II

MARDOCHÉE, ESTHER, THAMAR.

MARDOCHÉE

Jugera-t-on toujours vous voyant comme en deuil,
Qu'au lieu d'une couronne on vous donne un cercueil ?
Donnez par votre joie une éclatante marque
70 Que vous savez priser les faveurs d'un monarque ;
C'est offenser le Ciel et violer ses lois
Que d'être indifférente aux faveurs des grands rois,
Puisque c'est par des mains et si nobles et si chères
Que le Ciel nous conduit aux fortunes prospères.

---

18. Sentiment plus païen que juif ou chrétien. Mais une parfaite
stoïcienne se montrerait moins craintive qu'indifférente.

ESTHER

75   C'est dans notre fortune une espèce d'appui
      Que de craindre toujours ce qui fait choir autrui[19].

MARDOCHÉE

      Je sais bien que le sort d'une reine chassée
      Peut avecque raison troubler votre pensée,
      Mais en jetant les yeux sur son adversité,
80   Regardez les raisons de sa calamité.
      Vous connaissez l'écueil qui causa son naufrage,
      Tâchez de l'éviter dans le même voyage,
      C'est dans notre fortune une espèce d'appui
      Que d'avoir reconnu ce qui perdit autrui[20].
85   Si l'orgueil la fit choir d'une place adorée,
      Que la soumission vous la rende assurée,
      Et tâchez de garder par votre humilité
      Ce qu'une autre a perdu par sa seule fierté.
      Une beauté superbe[21] est peu de temps charmante[22],
90   Mais tant qu'elle est modeste elle est toujours
                                        [puissante,
      C'est par là qu'elle rend ses attraits plus constants,
      C'est par là que sans peine elle règne longtemps.
      Songez donc dans l'éclat, qu'un monarque vous donne,
      À garder la vertu plutôt que la couronne.
95   Quelque accident fâcheux qui vous puisse émouvoir,
      Conserver la vertu, c'est garder le pouvoir.

_____

19. _Cf._ note précédente : il faut éviter de tomber dans l'hybris, en montrant trop de sûreté.
20. Reprise antithétique des vers 75 et 76.
21. Au sens fort : une beauté accompagnée de _superbe_, d'orgueil.
22. Voir v. 35.

Que si vous devez choir en ce degré suprême,
Où semble vous conduire un prince qui vous aime,
Faites que votre chute et vos adversités
100   Ne soient pas des malheurs qui vous soient imputés ;
Si vous devez tomber et perdre la puissance,
Tombez comme victime avec votre innocence.
Enfin puisque le Ciel ne fait rien vainement,
Joignez à son vouloir votre consentement[23].

ESTHER

105   Je veux tout ce qu'il veut. Enfin quoi qu'il ordonne,
Je verrai d'un même œil les fers ou la couronne.

MARDOCHÉE

Mais ce n'est pas assez de ce cœur sans pareil,
Il faut vous souvenir de mon premier conseil,
Et pour vous assurer le bien qu'on vous présente,
110   Continuer encore une ruse innocente.

ESTHER

Certes, votre discours me donne de l'effroi,
Il faut, il faut trembler quand on abuse un roi,
Et la ruse après tout, à soi-même importune,
Est un mauvais appui de la bonne fortune.
115   J'ai suivi vos conseils, et je leur obéis,
Ainsi je cache au roi mon sang et mon pays ;
Il pense que le Ciel me donna la naissance

---

23. Cet attachement à la vertu, ce détachement envers les
choses sur lesquelles nous ne pouvons rien sont de la pure morale
stoïcienne.

Dans les vastes pays de son obéissance[24] ;
On ignore en sa cour où l'on vous doit un rang[25],
120 Que nous soyons parents et liés par le sang,
Ainsi par vos conseils je n'oserais paraître,
Je demeure inconnue où l'on croit me connaître,
Et tel est ce succès qu'il semble clairement
Que nous trompions le roi de son consentement.
125 Mais si quelque hasard découvre cette ruse,
Un roi souffrira-t-il qu'une esclave l'abuse ?
Et comme le soupçon est une forte voix
Qui parle incessamment dans les âmes des rois,
Que pourra-t-il juger de ce long artifice ?
130 Quels foudres sortiront des mains de sa justice ?
Je pense déjà voir les feux de son courroux
Justement allumés se répandre sur nous ;
Il me semble déjà que sa haine m'accuse,
Qu'il me reproche un trône acquis par une ruse,
135 Et que pour le reprendre et m'en précipiter[26],
Il en rompt les degrés[27] qui m'y firent monter.
Pourquoi, me dira-t-il, cacher votre naissance
Quand je vous fais un don même de ma puissance ?
Pensez-vous assurer des biens inopinés,
140 En abusant un roi qui vous les a donnés ?
Si l'orgueil ruina la fortune d'une autre,
Pensez-vous que la ruse établisse la vôtre ?
Enfin, me dira-t-il, avez-vous prétendu
Par un vice garder ce qu'un vice a perdu ?

---

24. Qui lui sont soumis. On emploierait aujourd'hui le terme
« obédience ».

25. D'après le *Livre d'Esther*, Mardochée a déjà une fonction à
la cour.

26. « Jeter d'un lieu fort haut en un lieu fort bas » (Furetière).

27. Il en brise les marches : il ne s'agit donc plus d'en descendre mais d'être jetée à bas.

145 Ô vous qui de mon sort avez pris la conduite
     Soulagez les ennuis où mon âme est réduite.
     Évitons le péril que je vois approcher,
     Et découvrons enfin ce qu'on ne peut cacher.

MARDOCHÉE

     Ne précipitez rien, montrez de la constance[28],
150 Cachez votre pays, cachez votre naissance,
     Traitez-moi, traitez-moi comme un indifférent,
     Et ne témoignez point que je vous sois parent.
     Si ce dessein trahi forme quelque tempête,
     Elle n'éclatera que pour frapper ma tête.
155 Que craignez-vous ?

ESTHER

                    Les Juifs, peuple odieux au roi,
     Les Juifs de qui je sors me donnent de l'effroi.
     Si le roi les déteste et leur montre sa haine,
     De la fille d'un Juif fera-t-il une reine ?
     Espérerai-je alors en l'amour d'un grand roi ?
160 Figurez-vous le reste, et craignez avec moi.
     Hélas ! quelle aventure à la mienne ressemble ?
     Il me hait sans le croire[29], et m'aime tout ensemble,
     Il m'aime sans savoir pour qui brûlent ses feux,
     Et comme il hait les Juifs, il me hait avec eux[30].

---

28. Persévérez.
29. Sans le savoir (du fait qu'Esther est juive).
30. Pointe accompagnée d'antithèse. Corneille lui-même appré-
ciait ces « picoteries », assez longuement développées et qui se
prêtent aux renversements (v. 165-172).

THAMAR

165 Si par notre malheur jusqu'ici manifeste
Il brûla pour les juifs d'une haine funeste,
Par un effet d'amour qui peut tout surmonter
Il aimera les Juifs parce qu'il aime Esther.

ESTHER

Peut-on dire qu'il m'aime, et que son cœur me suive,
170 Puisqu'il ne pense pas brûler pour une Juive,
Et que je lui serais un objet odieux
Sans le voile trompeur qui me cache à ses yeux ?

THAMAR

Mais qui sait dans la Perse où vous fûtes gardée
Que vous tenez le jour des princes de Judée ?
175 Qui le sait que nous trois ? Quand les Juifs ruinés
Furent dans Babylone esclaves amenés[31]…

ESTHER

Ha ! je sais que ma mère avec eux opprimée
Encore dans ses flancs me tenait enfermée ;
Et comme elle craignait que l'orgueil des vainqueurs
180 Destinât aux vaincus de nouvelles rigueurs,
Ne pouvant éviter le périlleux orage
Qui menaçait les Juifs de leur dernier naufrage,
Je sais qu'elle tâcha par d'innocents efforts

---

31. Le thème de la captivité de Babylone est constant dans la pensée juive et chrétienne. Selon Flavius Josèphe, Esther vivait à Babylone lorsqu'elle se présenta au concours des beautés. Mardochée la suivit à Suse.

De garantir le fruit qui naîtrait de son corps.
185   Mais hélas ! en malheurs la fortune fertile
A rendu trop souvent la prudence inutile.

MARDOCHÉE

Mais vous savez aussi que par le soin des Cieux,
Qui voulurent en vous relever vos aïeux,
Je vous fis élever loin d'un peuple profane,
190   Même par des Persans qui vous crurent persane[32]
Ainsi non seulement vous évitez nos maux,
Mais on vous donne un sceptre au lieu de nos travaux,
Et par un coup du Ciel qui bénit notre peine
Même de nos vainqueurs vous devenez la reine.
195   Verrions-nous des effets et plus grands et plus doux,
Quand même le futur eût dépendu de nous ?
Vous pourriez-vous donner plus de biens et de gloire
Quand vous disposeriez des fruits de la victoire ?
Le Ciel commence ainsi quelque chose de grand,
200   Le Ciel achèvera l'œuvre qu'il entreprend.

ESTHER

Soit que par vos raisons ma raison se rappelle,
Soit que le Ciel m'inspire une force nouvelle,
Je sens que dans mon cœur autrefois abattu
Succède à la faiblesse une mâle vertu.
205   Et par cette vertu que le Ciel me suggère,
Je sens bien qu'il nous aime et qu'il veut que j'espère.

---

32. Situation traditionnelle dans les romans, légendes, etc. *Cf.*
par exemple, *Oedipe roi* et… *Athalie*. Ce doit être là les « innocents efforts » dont il est parlé au v. 183.

MARDOCHÉE

Mais si mes sentiments sont pour vous une loi,
Défiez-vous d'Haman, ce flatteur d'un grand roi.

ESTHER

D'Haman à qui je suis, et vénérable et chère !

MARDOCHÉE

210   Défiez-vous de lui comme d'un adversaire
Qui dessous une langue où le miel est semé,
Cache à votre malheur un cœur envenimé.

ESTHER

Toutefois…

MARDOCHÉE

Croyez-moi, comme il feint, il faut feindre,
Je le connais assez pour vous le faire craindre.
215   Il vous offre ses vœux, mais ses vœux et ses soins
Des sentiments du cœur sont de mauvais témoins.
Redoutez donc Haman par mes expériences[33],
Mais ne l'irritez point avec vos défiances,
Et de la vertu seule écoutant les leçons,
220   Défiez-vous de lui sans montrer vos soupçons[34].
Comme son intérêt est la cause infidèle
Qui fait briller pour vous la flamme d'un faux zèle,

---

33. En vertu des expériences que j'en ai faites.
34. Que votre rigueur morale n'entraîne pas d'imprudence.

Que ce soit là pour vous une règle, un arrêt
De ne le regarder que par votre intérêt.
225   La cour où vous entrez est fertile en malices[35],
C'est un théâtre ouvert à tous les artifices,
Où l'ami le plus franc est toujours un menteur,
Où le plus défiant est le meilleur acteur.
Je vous l'ai dit cent fois, je vous le dis encore,
230   Redoutez à la cour quiconque vous adore[36].

ESTHER

Je suivrai les chemins que vous m'avez montrés.

MARDOCHÉE

Mais j'aperçois Haman, je passe, et vous, rentrez.

SCÈNE III

HAMAN, THARES.

HAMAN

J'ai l'âme dans les soins[37] comme aux fers attachée.
Mais qui vient de passer, n'est-ce pas Mardochée ?

THARES

235   C'est lui.

---

35. Méchancetés.
36. Lieu commun.
37. Soucis, tourments intérieurs.

HAMAN

       Cet insolent, ce Juif audacieux
Qui semble défier les puissances des cieux,
Qui croit qu'en me choquant il élève sa gloire[38],
Et que me dédaigner lui soit une victoire,
Triste loi des grandeurs ! vains charmes des esprits,
240 Qui ne contentent point comme blesse un mépris !
La Fortune me rit, un roi me favorise,
Tout le monde m'adore, un seul Juif me méprise,
Et ce mépris tout seul occupant tous mes sens
Du monde universel empoisonne l'encens[39].

THARES

245 Tout excès est permis contre cette insolence.

HAMAN

Mais d'un trait plus mortel cet esclave m'offense.
C'est par lui seulement que mes profonds respects
Sont à l'esprit d'Esther des hommages suspects.
Oui, je suis averti que par ses artifices
250 Esther prend mes devoirs pour de mauvais offices :
Enfin c'est par lui seul que l'espoir m'est ôté,
Et que l'horreur se joint à ma captivité[40].

---

38. Cette attitude de Mardochée, conforme au récit biblique, est en contradiction avec les conseils qu'il donne à Esther aux v. 218-220.

39. Cf. *Livre d'Esther*, V, 11-13.

40. On peut comprendre : c'est à cause de lui qu'Esther dont je suis captif (amoureux) a horreur de moi.

THARES

Seigneur, que dites-vous ? Hé quoi, que peut-il faire ?

HAMAN

Sache, mais que dirai-je ? Hélas il se faut taire,
255   Aussi bien de ton bras l'inutile vigueur
Ne peut rompre des fers qu'on porte dans le cœur.

THARES

Ce discours est obscur, je ne puis le comprendre.

HAMAN

Ne pouvant pas m'aider, tu ne dois pas l'entendre[41].

THARES

Si l'amour, ce transport si cruel et si doux,
260   Était un mouvement qui fût digne de vous,
Comme dans vos discours je vois briller sa flamme,
Je vous demanderais s'il règne dans votre âme ?

HAMAN

Si tu crois que l'amour si fertile en langueur
Soit une passion indigne de mon cœur,
265   Ne la croirais-tu pas et ridicule et folle

---

41. Comme tu ne peux pas m'aider, il est inutile que tu le com-
prennes. Sens normal du verbe *entendre*.

Si je te répondais qu'Esther est mon idole[42] ?
Hélas ! j'aimais Esther, et mon cœur amoureux
Allait lui découvrir la grandeur de ses feux,
Quand le soin de ce Juif, quand le soin de ce traître
270 Aux yeux mêmes du roi la força de paraître.
Mais enfin si l'amour ne me peut soulager,
La vengeance a des biens qui peuvent m'alléger.
Lorsqu'une passion nous gêne et nous possède,
Une autre passion est souvent son remède.

THARES

275 Faut-il perdre ce Juif ? prononcez-en l'arrêt,
Commandez seulement et l'orage est tout prêt.

HAMAN

T'engager à sa perte injuste ou légitime,
C'est hasarder ta vie ou du moins ton estime ;
Et ce n'est à mon gré se venger qu'à demi
280 Qu'exposer un ami pour perdre un ennemi.
J'attends l'occasion tant de fois désirée.

THARES

Mais cette occasion vous est-elle assurée ?
Non, non, ne cherchez point un secours incertain
Lorsque vous le trouvez assuré dans ma main.
285 Laissez agir pour vous ma fureur animée,
Je tiens l'occasion dans mes mains enfermée.
Vous savez que c'est lui qui rompit ces desseins

---

42. Le rival malheureux est un personnage fréquent en tragédie, au comportement variable : l'Infante du *Cid*, Maxime de
Cinna, Sévère de *Polyeucte*, Antiochus de *Bérénice*, etc.

Par qui le sceptre même approcha de vos mains,
Et dont l'heureux effet, déjà prêt à paraître,
290   Du roi que vous servez vous eût rendu le maître[43].
Croyez-moi, croyez-moi, lorsqu'on peut se venger
En différer le coup, c'est le mettre en danger,
Prévenez la fortune amoureuse du change[44],
Vengez-vous hardiment devant que l'on se venge,
295   Frappez, perdez[45], tuez, servez-vous de ma main,
Tel peut vaincre aujourd'hui qui ne le peut demain :
C'est enfin un effet de parfaite prudence
Que de prendre toujours la plus proche assistance.

HAMAN

Je suivrais ton conseil, j'employerais ton bras,
300   Mais la perte d'un seul ne me contente pas,
Il faut qu'avecques lui sa nation périsse,
Et que par l'infamie il aille au précipice.

THARES

Ce dessein est bien grand.

HAMAN

                        Aussi dans ce dessein
Je veux que le roi m'aide et me prête la main.

THARES

305   Le roi ! M'est-il permis de savoir ce mystère ?

----

43. Allusion au complot découvert par Mardochée, et dans
lequel, chez Du Ryer, Haman est impliqué.
44. Changement.
45. Sens actif : « faites périr », comme aux vers 412, 422, etc.

HAMAN

À qui me doit servir je ne dois pas le taire[46].
Tu sais bien que les Juifs dans la Perse arrêtés,
Sont des peuples suspects et du roi détestés.
Tu sais bien que les Juifs sont des objets de haine,
310 De qui chacun souhaite, ou la perte ou la peine.
Je veux par mes raisons persuader au roi
De purger son État de ce peuple sans foi[47],
De le faire passer par le fer et la flamme,
De ne rien épargner de cette engeance infâme.
315 Ce Juif présomptueux se promet aujourd'hui
D'être de son pays le salut et l'appui :
Mais quoi qu'il entreprenne et quoi qu'il s'imagine,
Lui seul de son pays il sera la ruine.
Quoi ! ce dessein t'étonne et te trouble les sens ?

THARES

320 Quoi ! Seigneur, pour un seul perdre tant d'innocents ?

HAMAN

Homme ignorant des biens dont la vengeance abonde !
Ha pour les posséder je perdrais tout un monde ;
Oui, j'aime à voir couler le sang des innocents
Lorsqu'il sert de remède aux douleurs que je sens ;
325 Oui, mes yeux le verront couler avecques joie,
Pourvu que dans ses flots mon ennemi se noie.

---

46. Réciproque exacte du vers 258.
47. Expression inspirée probablement par la prière pour les juifs du Vendredi saint, où ceux-ci étaient qualifiés de « *perfidi* », littéralement : égarés dans la foi.

THARES

Mais si le sien suffit pour éteindre ses jours,
Ne suffira-t-il pas pour vous donner secours[48] ?

HAMAN

Il ne suffira pas pour éteindre la flamme
330   Que le dépit allume et nourrit dans mon âme,
La vengeance est un bien savoureux seulement
Quand l'esprit offensé le cueille abondamment

THARES

Mais du mépris d'un seul tous ne sont pas complices.

HAMAN

S'ils n'ont part à l'offense, ils l'auront aux supplices,
335   Et si je hais les Juifs, et si de tous côtés
Ma haine les destine à cent calamités,
Hélas ! l'amour d'Esther, cette amour inhumaine[49]
Les venge des malheurs dont les charge ma haine[50].

THARES

Mais enfin…

---

48. Comprendre : pour apporter du soulagement à votre soif de
vengeance.

49. « D'une extrême cruauté », car cet amour le torture.

50. Pour le spectateur, ce vers a un sens plus profond que pour
Haman, qui ne sait pas qu'Esther est juive.

HAMAN

Mais enfin à mon cœur, à mes yeux

340 Un seul Juif a rendu tous les Juifs odieux.
Si ce que j'entreprends te semble illégitime,
Sache que c'est vertu que d'user bien du crime[51].
Sache qu'en un esprit touché comme le mien
Le crime qui le venge est le souverain bien.

ACTE II

SCÈNE PREMIÈRE

THARES, HAMAN, VASTHI.

THARES

345 Seigneur, votre vengeance est-elle préparée,
La ruine des Juifs a-t-elle été jurée ?
Enfin le roi contre eux prend-il votre parti ?

HAMAN

Mais que vois-je ? la reine.

THARES

Oui, Seigneur, c'est Vasthi.

---

51. Théorie morale assez cynique, mais à tout prendre acceptable (et souvent mise en pratique). Le v. 344 est beaucoup plus
audacieux.

HAMAN

Évitons son abord, sa disgrâce m'étonne[52].

VASTHI

350 Donques Haman me fuit, donques Haman m'aban-
[donne !
Haman qui me plaçait au nombre de ses dieux
Tandis que ma couronne éclatait à ses yeux !
Haman qui m'adora tandis que l'apparence,
Tandis que ma grandeur flatta son espérance !
355 Ayant accoutumé durant notre bonheur
De lever tes regards pour me voir dans l'honneur,
Trouves-tu difficile en ce destin étrange
D'abaisser tes regards pour me voir dans la fange ?

HAMAN

Ayez, ayez pour moi de meilleurs sentiments,
360 Si j'eus part à vos maux, j'ai part à vos tourments,
Et mon cœur animé d'une vertu plus haute
Vous conserve le rang qu'un monarque vous ôte.
Mais par quelle aventure êtes-vous en ces lieux
Que votre adversité vous doit rendre odieux,
365 Et d'où l'ordre du roi trop prompt et trop injuste
Avait comme[53] exilé votre personne auguste ?

---

52. Sens fort.
53. L'adverbe atténue le mot *exilé*, suggérant que la décision
n'est pas encore prise officiellement et peut donc être rapportée.

VASTHI

Je viens pour l'accuser de sa brutalité[54],
Je viens lui reprocher son inhumanité,
Je viens, je viens enfin par une noble audace
370 Mériter aujourd'hui ma honte et ma disgrâce

HAMAN

Mais vous vous exposez.

VASTHI

On ne s'expose pas
Lorsque pour s'alléger on cherche le trépas.
Moi, moi je pourrais voir une indigne rivale
Monter dessus mes pas au rang d'où je dévale !
375 Je suis reine, mourons pour un titre si beau ;
Pour les rois, pour les rois le trône ou le tombeau.
Il n'est point de milieu que les rois puissent prendre
Quand le sort irrité les contraint de descendre ;
Le trône ou le tombeau, tout le reste est honteux.

HAMAN

380 Ne vous exposez point à des chemins douteux,
Attendez ou craignez.

VASTHI

Moi ! j'en suis incapable,

---

54. Le terme a un sens très fort : être brutal, c'est agir de façon inhumaine, comme un animal dépourvu de raison.

Pour craindre et pour trembler de quoi suis-je coupable.
Un roi capricieux, bizarre en ses projets,
Donne de grands festins aux peuples ses sujets ;
385   Et pour faire éclater et la fête et sa grâce
Il veut que je me montre à cette populace,
Comme si prodiguant ses biens de toute part
Il voulait la repaître avecque mes regards.
Hé bien j'ai refusé de plaire à son caprice,
390   J'ai refusé ma vue au peuple son complice,
J'ai voulu conserver la majesté des rois,
En quoi cette action blesse-t-elle les lois ?

HAMAN

Mais elle offense un roi que peu de chose offense.

VASTHI

D'un monarque aveuglé ne prend point la défense.

HAMAN

395   Vous deviez à ses vœux accorder ce plaisir.

VASTHI

J'ai satisfait, Haman, à son lâche désir,
Puisqu'il ne me faisait une loi si cruelle
Qu'afin de m'obliger de paraître rebelle,
Qu'afin que mon refus qu'il avait souhaité
400   Donnât quelque couleur[55] à sa brutalité.
Car enfin a-t-il fait le choix d'une princesse

---

55. Raison, apparence.

Pour lui faire remplir la place que je laisse ?
Non, non, tu le sais bien, mais de tous les côtés
Ayant fait assembler les plus rares beautés,
405 Comme s'il affectait à sa honte et[56] ma peine
Que sa brutalité vous choisit une reine,
Parmi tant de beautés que ne fit-il un choix
Qui me pût condamner quand je l'accuserois ?
Mais la brutalité sans respect des couronnes
410 Affecte[57] le plaisir et non pas les personnes.
Une fille du peuple, et vous l'avez souffert,
Une fille du peuple, ha ! ce penser me perd.
Ce penser me remplit de fureur et de rages.
Démons assez puissants pour venger tant d'outrages,
415 Si l'on me préférait le sang de quelques rois,[58]
Constante en mon malheur je me consolerois.
Mon plus grand mal n'est pas de quitter la couronne,
Un sage quelquefois la fuit et l'abandonne :
Mais le plus grand des maux dont je sente les coups,
420 C'est de céder le trône à de moindres que nous.

HAMAN

Certes ce mal est grand, certes il est extrême,
Et pour m'en garantir je me perdrais moi-même.

VASTHI

J'arme aussi contre Esther ce que j'ai de pouvoir.
Comme c'est aujourd'hui qu'on la doit recevoir,
425 Je viens, je viens moi-même à la mort toute prête
Pour différer au moins cette funeste fête.

---

56. Construction elliptique : *et à ma peine*.
57. Regarde, considère.
58. On attendrait le singulier ; le pluriel est pour la rime.

HAMAN

Ô dessein digne enfant d'un esprit généreux,
À qui le juste Ciel doit un succès heureux.

VASTHI

Pourrais-tu voir enfin dans un trône adorable
430 Une esclave de Perse et vile et méprisable ?
Pourrais-tu sans murmure obéir à sa voix
Toi qui fus en état de lui donner des lois ?

HAMAN

Non, non, Madame, non, il faudra que j'expire
Si le bonheur d'Esther la conduit à l'empire.
435 Ha s'il lui faut un trône, il me faut un tombeau,
Et la grandeur d'Esther est enfin mon bourreau[59].

VASTHI

Aujourd'hui toutefois elle sera ta reine.

HAMAN

Esther femme du roi ! c'est là, c'est là ma peine,
Mais c'est là seulement le plus grand de mes maux,
440 Parce que c'est de là que naissent vos travaux[60].

---

59. Ces vers ne sont pas une hyperbole de courtisan flatteur :
Haman est parfaitement sincère, au point qu'il éprouve le besoin
de reprendre son rôle de flatteur au v. 440.
60. Peines, épreuves, souffrances.

VASTHI

Garde, garde toujours cette ardeur qui te presse,
Puisque c'est le seul bien que mon destin me laisse.
Mais enfin il est temps de s'opposer aux coups
Qui sont déjà tout prêts à tomber dessus nous.

HAMAN

445 Oui, madame, il est temps de montrer son courage,
Puisque déjà l'éclair vous annonce l'orage.
Allez, allez sans crainte en ce funeste jour
Troubler par votre aspect le calme de la cour ;
Votre seule présence aujourd'hui nécessaire
450 Retardera[61] le cours d'une si grande affaire,
Et je ne doute point que le retardement
Ne guérisse le roi de son aveuglement.
Il considèrera d'une âme plus égale
Sa honte et son honneur, vous et votre rivale[62].
455 Et quand du haut d'un trône il jettera les yeux
Ouverts par la raison pour un choix glorieux,
Ne craignez rien, Madame, espérez la victoire,
Il est roi, c'est assez, il choisira la gloire[63].
Allez donc maintenant par un noble attentat[64]
460 Ou remonter au trône ou troubler tout l'État.

---

61. En homme habitué à la cour, Haman sait que gagner du
temps est toujours un conseil valable.
62. Chiasme.
63. Optique toute cornélienne.
64. « Outrage ou violence qu'on tâche de faire à quelqu'un »
(Furetière). L'*attentat* consiste pour Vasthi à oser se présenter
devant le roi après avoir été chassée : c'est effectivement un crime
de lèse-majesté.

VASTHI

L'un ou l'autre est mon but.

HAMAN

                    Suivez donc cette voie.

VASTHI

Mais va sonder le roi devant que je le voie.

HAMAN

J'embrasse avec plaisir votre commandement,
Mais votre seul aspect peut agir puissamment.
465 Vos pleurs seront des traits qui perceront son âme,
Vos pleurs rendront la force à sa première flamme,
Rallumeront l'amour, éteindront le courroux,
Et sans ouvrir la bouche, ils parleront pour vous.
J'irai si vous voulez par des raisons pressantes
470 Présenter un obstacle à ses flammes naissantes,
Mais pour toucher un cœur et rompre des prisons,
Une larme souvent fait plus que cent raisons.
Voir enfin une reine en sa misère extrême
Réduite à n'employer pour elle qu'elle-même,
475 La voir en suppliante esclave des malheurs,
Mouiller les pieds d'un roi par les eaux de ses pleurs,
C'est sans doute un spectacle assez, assez capable
De toucher le plus dur et le plus indomptable.
Poursuivez donc, madame, allez jusques au bout,
480 N'employez que vos pleurs, vos pleurs obtiendront
                                        [tout[65].

———————

65. Prudent, Haman veut bien donner son appui, mais sans trop
se compromettre. D'ailleurs, Vasthi le lui reprochera violemment
aux v. 520-526.

VASTHI

Moi que par des soupirs et par des armes lâches
À ma condition je fasse quelques taches !
Non, non, ce noble orgueil qui m'anima toujours
Doit m'animer encore au dernier de mes jours,
485 Et la fortune injuste autant qu'elle est volage
Peut m'ôter les grandeurs et non pas le courage.
Pour sortir de mes maux, pour vaincre mes malheurs
J'ai du sang à verser, mais je n'ai point de pleurs.
Moi gémir, moi pleurer !

HAMAN

     C'est pourtant dans vos larmes
490 Que vous devez trouver de la force et des charmes.

VASTHI

Le trône me serait une autre adversité
S'il fallait le devoir à cette lâcheté ;
Et toutes les grandeurs me seraient odieuses
Si je les achetais par des larmes honteuses.

HAMAN

495 Les pleurs qui font régner sont toujours glorieux.

VASTHI

En toute extrémité les pleurs sont odieux.

HAMAN

Si des pleurs répandus par un cœur d'Amazone

Sont des chemins honteux pour remonter au trône,
Le seul prix de ce trône est capable d'ôter
500 La honte des chemins qu'on tient pour y monter.

VASTHI

Hé bien, hé bien, Haman, puisque le sort me presse,
J'irai par des soupirs témoigner ma faiblesse,
Et sans considérer l'éclat de notre sang
Nous[66] irons par des pleurs redemander un rang
505 De qui ces mêmes pleurs en lâchetés insignes
Aux yeux de l'univers nous déclarent indignes.
Mais que dis-je insensée en mon ressentiment !
Si l'on croit que le roi me chassa justement
N'irai-je pas moi-même à moi-même infidèle
510 Témoigner par mes pleurs que je suis criminelle ?
N'irai-je pas enfin moi-même contre moi
Justifier ainsi l'injustice du roi ?
Moi demander pardon, c'est tacher mon estime[67]
Puisqu'enfin tout pardon présuppose le crime.

HAMAN

515 Que ferez-vous enfin ? Quoi ?

VASTHI

                              Tout ce que je puis.

------

66. Au niveau infra-conscient, ce « nous » atténue l'humiliation
de la démarche en indiquant le passage de la personne au personnage social : une princesse, à la rigueur, peut s'abaisser, mais non
« l'altière Vasthi ».
67. Mon honneur. L'*estime* est ce que je vaux.

HAMAN

Troublerez-vous l'État ?

VASTHI

Je vaincrai mes ennuis[68].

HAMAN

Le trouble de l'État est le dernier remède.

VASTHI

Oui, mais sonde le roi avant que je m'en aide.

HAMAN

Mais, Madame…

VASTHI

Vas-y.

HAMAN

Mais, Madame…

VASTHI

Crains-tu ?

---

68. Je comprends : « je dominerai la douleur de cet abaissement », plutôt que « je supporterai mon sort. »

HAMAN

520   Moi, Madame, ha plutôt…

VASTHI

                    Montre donc ta vertu,
Ne me fais pas juger en ce malheur extrême
Que tu veux m'employer pour t'épargner toi-même,
Et que par un dessein, qui te ferait rougir,
Tu feins de conseiller pour t'exempter d'agir.
525   Crains-tu de voir le roi, crains-tu pour moi l'orage ?
Crains-tu de t'exposer ?

HAMAN

                        Vous blessez mon courage,
Madame épargnez-moi.

VASTHI

            Ne t'épargne donc pas.

HAMAN

Votre service seul a pour moi des appas.
Remettez en mes mains le soin de vos délices,
530   Esther a des attraits, moi j'ai des artifices.
Mais ne vous montrez point.

VASTHI

            Je vais chez Tiamis[69],

_____

69. Personnage inconnu, qui n'a d'existence que par ce vers.

Où ma calamité[70] m'a laissé des amis.

SCÈNE II

HAMAN, THARES

THARES

Seigneur, que faites-vous ? Le Ciel vous est propice,
Voulez-vous, malgré lui vous faire un précipice ?
535 Et croyez-vous enfin combattre impunément
D'un monarque offensé le juste sentiment ?

HAMAN

Tharès, le roi me croit, nous éteindrons sa flamme,
Il est roi des Persans, je suis roi de son âme[71].

THARES

Cet empire[72] est un bien qu'on ne peut trop priser,
540 Mais il est dangereux d'en trop souvent user.
Plaignez si vous voulez le sort de cette reine,
Mais fuyez le hasard de partager sa peine,
Si le Ciel la veut voir d'un regard rigoureux,
Qu'elle soit malheureuse, et demeurez heureux.

---

70. « Misère, trouble infortune ». Lorsque Furetière publie son *Dictionnaire* (1690), « il ne se dit plus guère en français que des malheurs généraux », ce qui est le sens actuel.
71. Excès de confiance de la part d'Aman, s'apparentant à l' *hybris* des Grecs, toujours punie par les dieux.
72. Puissance.

HAMAN

545 Qu'elle soit malheureuse et reine déplorable
     Si je puis par ses maux n'être pas misérable.
     Mais qu'elle soit heureuse et vive dans l'honneur
     Si ma félicité dépend de son bonheur.
     Il m'importerait peu, quoi que je lui promette,
550 Qu'elle fût dans le trône ou qu'elle fût sujette
     Si je ne connaissais que mes maux et mes biens
     Par un lien fatal sont attachés aux siens.
     Peut-elle choir d'un trône où tu la vis montée
     Que dans le même instant Esther n'y soit portée ?
555 Et puis-je y voir Esther sans perdre en même jour
     Cet agréable espoir que me donne l'amour ?
     Non, non, pour éviter cette mortelle peine,
     Qu'elle demeure esclave et que Vasthi soit reine.
     Allons parler pour elle, allons parler au roi,
560 L'adoucir pour Vasthi, c'est l'adoucir pour moi.

THARES

Ha Seigneur ! triomphez de cette amour naissante.

HAMAN

On ne triomphe point d'une amour si puissante.

THARES

Mais l'amour, ce tyran des esprits enchantés[73],
Peut être le poison de vos prospérités.

---

73. Sens fort : des esprits qu'il envoûte.

HAMAN

565 Il n'importe, exposons d'une ardeur non commune
      Pour les biens de l'amour les biens de la fortune,
      Puisque par mille maux je ressens à mon tour
      Que la fortune même en fait moins que l'amour.

THARES

      Quoi pour un bien léger, quoi pour un bien qui passe,
570 Pour de vaines beautés tenter votre disgrâce ?

HAMAN

      Et ces vaines grandeurs où tu vois tant d'appas
      Comme les autres biens ne passent-elles pas[74] ?

THARES

      Aimez, mais autre part.

HAMAN

                              Quand on est dans les gênes
      Hélas, il n'est plus temps de faire choix des chaînes.
575 Ne me contredis plus, mon amour est ma loi,
      Enfin tu me déplais. Repassons chez le roi.
      Mais il sort.

---

74. Malgré son ambition et son orgueil, Haman est décidé à sacrifier sa fortune à son amour, car celui-ci lui cause plus de souffrance que celle-là de plaisir, et il justifie son attitude par le pire des lieux communs.

SCÈNE III

LE ROI, HAMAN.

LE ROI

        Cher Haman, la douceur et la grâce
Dans le trône des rois vont enfin trouver place.
Ainsi cette superbe[75] autrefois mon amour,
580   Et comme de mon cœur l'idole de ma cour[76],
Vasthi reconnaîtra par de sensibles marques
Combien il est fatal de déplaire aux monarques,
Et que même une reine esclave de la loi
Toute reine qu'elle est, est sujette du roi.

HAMAN

585   Jusqu'ici vos bontés vainquant votre justice
Semblaient se contenter de montrer son supplice[77],
Et pour moi j'avais cru que son juste remords
Ne ferait pas sur vous d'inutiles efforts ;
En effet quand je songe à cette sainte flamme[78]
590   Qui confondait vos cœurs et n'en faisait qu'une âme,
Quand je songe à vos feux qui furent son trésor,
Aux feux dont vous brûliez, dont elle brûle encor,
Je ne saurais penser que pour cette princesse

---

75. « Cette orgueilleuse ».
76. Comprendre : qui était l'idole de la cour comme elle l'était de mon cœur.
77. Comprendre : de lui faire peur. On montrait souvent aux accusés les instruments de leur supplice pour les faire parler, dans l'espoir d'en être dispensé.
78. Expression à connotation chrétienne, assez inattendue dans la bouche d'Haman.

Au défaut de l'amour la pitié ne vous presse,
595   Et qu'au ressouvenir de ses calamités[79]
Vous puissiez résister à vos propres bontés.

LE ROI

Si l'injuste refus de son obéissance
En moi seul outragé terminait son offense,
Peut-être qu'en mon cœur les traits de la pitié
600   Referaient un passage à ceux de l'amitié.
Mais comme moi l'Etat a part à cette injure,
Son orgueil a touché le peuple qui murmure[80],
Et si je sais régner souffrirai-je un affront,
Qui refroidit mon peuple et me rougit le front ?
605   Non, un roi doit venger par des peines plus dures
Les affronts de l'Etat que ses propres injures :
Il peut tout pardonner étant seul offensé,
Mais il doit tout punir quand l'Etat est blessé[81].
Enfin comme le peuple est dedans nos provinces
610   Un esclave qui fait la force de ses princes,
Bien que par cent liens on puisse l'arrêter,
Il faut pour en jouir quelquefois le flatter[82].

---

79. Voir note 61.

80. Affirmation assez surprenante : le peuple est vraiment très vite informé ! Dans le *Livre d'Esther*, ce sont les sept Sages qui entourent le roi, qui se montrent choqués.

81. Dans la Bible, comme chez Japien Marfrière, les sages qui entourent le roi lui conseillent la fermeté : sinon toutes les femmes vont se croire autorisées à désobéir à leurs époux ; ici, on change d'optique : dans l'esprit de la monarchie française tel qu'il a été affirmé ou confirmé par Richelieu, le roi est assimilé à l'État.

82. Lieu commun, illustré par divers théoriciens. Voir par exemple, Philippe de Béthunes, *Le Conseiller d'État* (1632).

HAMAN

Quoi Sire aux passions d'un peuple téméraire
Vous pourriez immoler une reine si chère !
615 Quoi Sire un lâche esclave aujourd'hui respecté
Se vanterait jamais qu'un roi l'aurait flatté[83] !
Et qu'on aurait donné la chute d'une reine
À l'appréhension de tomber dans sa haine.
Oui Sire, il faut qu'un roi maître et père des lois
620 Soutienne de son peuple et la gloire et les droits ;
Mais en pensant aussi soutenir sa défense,
Il ne faut pas d'un peuple augmenter l'insolence,
Et quoi que vous fassiez n'est-ce pas l'augmenter
Que de lui faire voir qu'on tâche à le flatter ?
625 Le peuple est dangereux si l'on ne le maîtrise,
Il pense qu'on le craint lorsqu'on le favorise,
Et sur cette croyance autorisant ses droits
Quelquefois il devient le tyran de ses rois.
Qu'aujourd'hui pour lui plaire et contenter sa haine
630 À ses ressentiments on immole sa reine,
Peut-être que ce monstre inconstant et sans foi
Demandera demain qu'on immole son roi.

LE ROI

Le peuple est inconstant, mais enfin son caprice
Ne doit pas m'empêcher de lui rendre justice.
635 Que s'il en abusait il apprendrait qu'un roi
Peut se la rendre aussi contre un peuple sans foi.

---

83. Il ne semble pas qu'Haman assimile le peuple dans son
ensemble à des esclaves ; mais il prend l'exemple le plus bas qu'il
puisse trouver.

HAMAN

Vous voulez à l'État épargner une injure,
Vous voulez apaiser le peuple qui murmure,
Et certes ce dessein nous peut bien enseigner
640 Qu'il est digne d'un roi qui sait l'art de régner ;
Mais pour rendre un Etat florissant et durable,
Sire le peuple seul n'est pas considérable,
Comme pour composer ce grand éclat des cieux
Les petits astres seuls n'ont pas assez de feux.
645 Si par le choix d'Esther, par ce choix populaire
Au murmure d'un peuple on pense satisfaire,
Ce choix peut exciter des maux plus apparents[84]
Puisqu'il peut exciter le murmure des grands.
Comme Esther est sans nom et d'obscure naissance
650 Ils n'iront qu'à regret sous son obéissance,
Ils n'auront pour Esther que des hommages feints,
Au travers de leur feinte on verra leurs dédains,
Et pourrez-vous souffrir dans le pouvoir suprême
Qu'on méprise à vos yeux la moitié de vous-même ?
655 Et comme enfin les grands sont du corps de l'Etat,
Et le plus noble sang et le plus grand éclat,
Vous pourrez-vous venger de ce mépris injuste
Qu'il n'en coûte à l'Etat son sang le plus auguste[85] ?
Sire, pour détourner le cours de ces malheurs
660 Dont vous ressentirez vous-même les douleurs,
Quelque[86] raison fait voir qu'il est juste d'éteindre
Pour tous également tous sujets de se plaindre.

---

84. L'édition originale écrit *apparans ;* la rime est donc meilleure.
85. Si les grands refusent de rendre hommage à Esther, vous serez obligé de les punir et donc de faire couler le plus noble sang de l'Etat.
86. Un peu de raison.

Que si par une reine un grand peuple outragé
Témoigne par ses cris qu'il veut être vengé,
665 Il ne demande pas, trop injuste en sa haine[87],
Que de son sang obscur on lui donne une reine,
Et qu'un sceptre adorable aux yeux de l'univers
Soit porté par des bras destinés pour des fers.
Mais pourvu qu'on témoigne à cette populace
670 Qu'on veut bien l'apaiser, et lui faire une grâce,
Il n'importe à ses vœux qu'on joigne à votre rang
Ou bien un sang ignoble ou bien un noble sang[88].
Ainsi faisant le choix d'une adorable fille
Où la beauté soit jointe à l'illustre famille,
675 Vous rendrez en tous lieux pour affermir la paix
Et le peuple content et les grands satisfaits.

LE ROI

Esther, me dites-vous, ne sort pas d'une race,
Qui donne à ses beautés une nouvelle grâce !

HAMAN

Non Sire

LE ROI

Esther n'est rien ?

---

87. Il n'est pas injuste en sa haine au point de demander…
88. Comprendre : en répudiant Vasthi pour plaire au peuple,
mais en la remplaçant par une autre princesse de haut rang, vous
rendrez tout le monde content. Peu importe à Haman le sort de
Vasthi, du moment que le roi n'épouse pas Esther.

HAMAN

Non Sire.

LE ROI

                                    Mais dis-moi,
680 Qu'étais-tu, qu'étais-tu, sans l'amour de ton roi ?
     Quelle était ta fortune en la paix, en la guerre,
     Devant que ma faveur t'élevât de la terre ?
     Apprends par ton exemple, Haman, apprends enfin
     Que bien souvent les rois sont maîtres du destin,
685 Et qu'ayant dans ses mains vos fortunes encloses
     Un roi, comme les dieux, fait de rien toutes choses[89].
     Qu'Esther sorte du sang le plus bas de l'Etat,
     Un seul de mes regards lui donne de l'éclat :
     Dans sa bassesse même, et dans son impuissance,
690 Mon choix et mon amour lui servent de naissance ;
     Mon choix et mon amour qui l'élèvent aux cieux,
     Lui tiennent lieu de sceptre et de gloire, et d'aïeux.
     Comme c'est par le jour que le soleil fait naître,
     Qu'il se montre soleil, et qu'il se fait connaître,
695 C'est aussi par l'éclat que donne notre choix,
     Que ceux de notre rang témoignent qu'ils sont rois[90].
     Aussi, bien que tes soins soient d'un sujet fidèle,
     Fais taire ces raisons qui partent de ton zèle ;
     Ôte de ton esprit tous les soins que tu prends,
700 Et ne m'oppose point le murmure des grands :
     Je sais, je sais régner, et ma main souveraine
     Peut faire aux moins zélés adorer une reine.

---

89. Ce pouvoir de créer *ex nihilo* n'a jamais appartenu aux dieux païens, mais au seul Dieu de la Bible.

90. Cette comparaison du roi avec le soleil, que Louis XIV devait porter à son zénith, est très fréquente dans l'antiquité orientale (voir *Esther*, éd. E.J. Campion et Gethner, *op. cit.*, p. 88).

HAMAN

Sire, en ce grand dessein, j'ai cru que mon devoir
M'obligeait à montrer ce que j'ai pu prévoir ;
705   J'ai parlé librement pour vous donner des marques
Que j'ignore cet art qui flatte les monarques,
M'étant imaginé dans cet événement,
Que c'est aimer son roi que parler librement.

LE ROI

Je mets entre les biens aux princes souhaitables,
710   D'un fidèle sujet les libertés aimables ;
Ainsi j'aime ton zèle, Haman, et tu me plais,
Quand même ton ardeur s'oppose à mes souhaits.
Mais pour récompenser une amour si fidèle,
Comme j'attends Esther au trône où je l'appelle,
715   Je veux, mon cher Haman, qu'Haman seul ait l'hon-
                                                    [neur
De conduire une reine au faîte du bonheur.
Va donc au-devant d'elle, avance et me l'amène,
Afin que de tes mains je reçoive une reine[91].

HAMAN

Cet honneur est trop grand.

LE ROI *en s'en allant*

                              Il est digne de toi.
720   Va.

---

91. Cruauté inconsciente du roi, redoublement par avance des
honneurs qu'Haman devra rendre à Mardochée. Ce rôle d'Intro-
ducteur des reines n'existe ni dans la Bible ni dans Flavius
Josèphe.

HAMAN

Je vous obéis.

SCÈNE IV

HAMAN, THARES.

HAMAN

Mais hélas malgré moi !
Quelle horrible disgrâce à nos yeux manifeste
Est plus que cet honneur effroyable et funeste !

THARES

Mais il faut obéir[92].

HAMAN

Va, va trouver Vasthi,
Dis-lui qu'à son malheur le Ciel a consenti,
725   Et que c'est seulement en excitant l'orage
Qu'elle peut désormais empêcher son naufrage[93].
Qu'elle vienne, dis-lui.

---

92. Pour parler ainsi, Tharès est au courant de ce qui vient d'être dit : il a donc assisté, sans que sa présence soit mentionnée, à la scène précédente.

93. Pointe ou inattention ? D'ordinaire l'orage cause plus de naufrages qu'il n'en empêche. À vrai dire, cette sédition possible contre le roi, suscitée par Vasthi, est singulièrement vague, d'autant qu'il ne sera dit nulle part que le complot fomenté par Haman – découvert au cinquième acte – impliquait la reine.

THARES

Mais…

HAMAN

Mais obéis-moi.

THARES

Souffrira-t-on Seigneur, qu'elle approche du roi ?

HAMAN

Va, rends-lui ce devoir sans tarder davantage,
730 Je disposerai tout pour lui faire un passage.

ACTE III

SCÈNE PREMIÈRE

LE ROI, ESTHER, HAMAN,
ET TOUTE LA COUR[94].

HAMAN

Avancez, belle Esther, et montez dans les cieux,
Puisqu'un trône est le Ciel d'un prince glorieux.

---

94. Scène à grand spectacle, la seule où soit mentionnée la présence d'un grand nombre de figurants.

LE ROI

Approchez, chère Esther, venez prendre la place
Que vous donne l'amour, que vous donne la grâce,
735 Et par un juste arrêt du plus grand de nos dieux[95],
Régnez avec un roi, sur qui règnent vos yeux.
Le Ciel qui pour régner vous avait destinée,
S'oublia de vous rendre en naissant couronnée ;
Et quand je mets le sceptre en de si belles mains,
740 Du Ciel qui vous forma j'achève les desseins[96].
Peuple qui vois Esther par mon choix soutenue,
Crois que c'est à tes yeux une reine inconnue
Que je tire aujourd'hui d'un état languissant[97],
Puisque toutes beautés sont reines en naissant[98].

ESTHER

745 Sire, c'est en esclave, et non en souveraine,
Que j'approche d'un roi, qui me regarde en reine ;
Et pour toutes beautés, ô monarque puissant,
Je n'apporte à vos pieds qu'un cœur obéissant.
Je ne me considère au trône d'un empire
750 Que comme une vapeur que le soleil attire,
Et dont le corps léger ne s'élève si haut,
Que pour s'apesantir et retomber bientôt.

---

95. Quel est ce dieu ? Le destin ? Ou bien le roi parle-t-il inconsciemment du Dieu des Juifs ?

96. La royauté en tant que telle a un caractère sacré : aussi le roi est-il prophète sans le savoir.

97. D'attente obscure. Furetière donne comme exemple : « Les courtisans languissent longtemps à la cour dans l'espoir de faire fortune ».

98. Ces quatre vers forment un parfait madrigal. D'après Perry Gethner (*op. cit.*, p. 88), cet éloge de la beauté aurait pu être inspiré par le *Panégyrique d'Hélène*, d'Isocrate, dont Du Ryer avait publié une traduction.

Bien que le nom de reine et grand et vénérable
Puisse assouvir un cœur de gloire insatiable,
755   Je ne l'estime pas, ce nom si glorieux,
Pour nous mettre en un rang où nous devenons dieux,
Mais pource qu'en rendant ma fortune parfaite,
Il me rend d'un grand roi la première sujette,
Et qu'en me faisant voir les biens que je vous dois,
760   Il m'apprend d'autant mieux à respecter mon roi[99].

LE ROI

Cette soumission aussi rare que belle
Vous rend digne du trône où le Ciel vous appelle :
Je ne recherche point si parmi vos aïeux
Je pourrais rencontrer, ou des rois, ou des dieux ;
765   Les trônes sont des biens d'une auguste puissance,
Qui sont dus au mérite autant qu'à la naissance.
La grâce[100] et les vertus ont su vous y porter,
Par de plus beaux degrés vous n'y pouviez monter.
Montez donc, chère Esther, par des marches si belles,
770   A des prospérités qui seront immortelles,
Et comblez le bonheur d'un monarque amoureux,
Que la seule grandeur ne saurait rendre heureux.

HAMAN *à l'écart*

Puis-je être le témoin des maux que j'appréhende ?
Mais j'aperçois Vasthi.

---

99. Esther parle en femme qui a un grand usage de la cour,
sans aucune faute de ton.
100. Mot ambigu : peut-être le roi ne songe-t-il qu'au charme
physique, mais c'est bien la grâce divine qui est l'auteur de l'exal-
tation d'Esther.

SCÈNE II

LE ROI, VASTHI, ESTHER, MARDOCHÉE.

LE ROI

Que vois-je ! qui vous mande ?

VASTHI

775   Je ne viens pas ici le flambeau[101] dans les mains
Allumer la discorde et rompre vos desseins ;
Non, non je ne viens pas par mon triste spectacle
À vos félicités présenter un obstacle ;
Quand j'aurais le pouvoir, je n'ai pas les désirs
780   D'outrager un grand roi dont j'aime les plaisirs.
Le sort qui me fait choir du trône à la misère
M'a rendu malheureuse et non votre adversaire.
Je viens donc sans secours, et moi seule pour moi,
Vous montrer dans les fers la compagne d'un roi.
785   Je viens donc maintenant, non pour avoir ma grâce,
Non pour rompre le trait dont le coup me menace ;
Mais pour savoir au moins parmi tant de travaux
Par quel grand attentat j'ai mérité mes maux.
Je ne demande point quel charme inévitable
790   D'un changement d'amour vous a rendu capable ;
Je vois dans un objet[102] si doux et si charmant,
Les puissantes raisons de votre changement ;
Mais je n'aperçois point dans le cours de ma vie,
La cause des malheurs dont je suis poursuivie.

---

101. Attribut normal des furies, mais appliqué parfois à la discorde, surtout par les modernes.
102. Ce mot désigne évidemment – peut-être ironiquement – Esther. Pour *charme*, voir note 10.

795   Faites donc voir mon crime, et que votre équité
      Découvre les raisons de ma calamité,
      Afin qu'en mon malheur voyant votre justice,
      Je cesse de blâmer mon juge et mon supplice,
      Et qu'enfin mon dépit, mes cris, et mon transport,
800   Vous respectant toujours, n'accusent que mon sort.

LE ROI

      Vous saurez mes raisons, vous saurez vos offenses
      Quand vous regarderez vos désobéissances ;
      Mais vous saurez de plus qu'aux yeux d'un potentat
      Cette nouvelle audace est un autre attentat.

VASTHI

805   Sire, si cette audace et noble et légitime
      Aux yeux des potentats doit passer pour un crime,
      L'innocence assurée aux yeux des potentats
      Est sujette à former de pareils attentats[103].

LE ROI

      Le trouble d'un Etat que votre orgueil outrage,
810   Est de votre innocence un ample témoignage[104].
      Retirez-vous, Madame, et montrez une fois
      Que votre esprit soumis, peut recevoir des lois.
      Enfin n'augmentez point cette coupable audace,
      Qui pourrait rendre juste une injuste[105] disgrâce.

———————

103. Comprendre : si c'est un crime de chercher à savoir pourquoi on est condamné, ceux qui sont sûrs d'être innocents le commettront toujours.
104. Réponse ironique.
105. Le roi ne veut pas dire que la disgrâce de Vasthi est injuste, mais que, même si elle l'était, son audace la rendrait juste.

VASTHI

815   Ce crime en mon malheur serait mon réconfort,
S'il devenait si grand qu'il méritât la mort.
Mais si quelque raison, qui doive être couverte,
Vous oblige à cacher les raisons de ma perte,
Au moins en regardant mon sort et ma douleur,
820   Dites-moi, pour raison, j'ai voulu ton malheur.
Alors me soumettant, chacun m'entendra dire,
Je veux bien endurer, car le roi le désire.

LE ROI

Retirez-vous, Madame, il suffit une fois
De tenter le péril, et de déplaire aux rois[106].

VASTHI

825   Si je suis criminelle, achevez mon supplice ;
Quiconque sort d'un trône, aime le précipice[107].

LE ROI

Ainsi vous y courrez.

VASTHI

              Ne m'arrêtez donc pas,
Et donnez seulement plus de pente à mes pas.
On mérite la mort et les maux qu'elle donne,
830   Quand on a mérité de perdre une couronne.

---

106. Le roi veut mettre fin à la conversation, mais Vasthi ne se
laisse pas faire.
107. L'abîme, autrement dit la catastrophe.

Que si de mon bonheur quelques rayons restés,
Me font croire innocente en mes adversités,
Comme mon désespoir peut troubler vos provinces,
Comme il peut émouvoir vos peuples et vos princes,
835 Prévenez mes forfaits, et qu'un dernier effort
M'empêche par ma mort de mériter la mort[108].

LE ROI

Faites votre devoir, vivez on vous l'ordonne,
C'est assez pour un coup[109] de perdre une couronne.

VASTHI

Non, non, délivrez-vous de mes tristes soupirs,
840 Et par ma perte entière assurez vos plaisirs ;
Donnez, donnez mon sang, et la mort que j'espère,
À l'établissement d'une reine si chère.
Et si l'amour d'Esther doit vous rendre content,
Rendez par mon trépas son triomphe éclatant.

ESTHER

845 Ha, Sire, regardez d'un œil plus pitoyable
Une grande princesse, une princesse aimable,
Et ne m'élevez point à des prospérités
Qu'elle puisse accuser de ses calamités[110].

---

108. Comprendre : comme je peux devenir coupable en trou-
blant l'Etat par ma disgrâce, faites-moi périr pendant que je suis
encore innocente, et ainsi l'Etat restera calme. Il ne s'agit pas de
chantage, au moins ouvertement ; mais d'une culpabilité occa-
sionnelle en quelque sorte.

109. En une seule fois.

110. Voir note 61.

Pourrais-je bien jouir, sans remords et sans peine
850 D'une félicité qui ruine une reine ?
Quelque bien qui succède à nos ambitions,
La grandeur est funeste à ces conditions.
Regardez ma bassesse et de quelle distance
Du trône où vous régnez s'éloigne ma naissance,
855 Vous direz que le Ciel, qui peut tout ici-bas,
Nous éloigna si fort pour ne nous joindre pas.
Mais d'un autre côté regardez la puissance
D'où cette grande reine a tiré sa naissance,
Vous verrez que le Ciel qui la veut soutenir,
860 Ne vous rendit égaux qu'afin de vous unir.
Considérez en elle, et le sang, et la grâce ;
La faire choir du trône et me mettre en sa place,
C'est au trône du jour porter l'obscurité,
C'est chasser de l'autel une divinité,
865 Et par un changement aussi nouveau qu'étrange,
C'est y mettre en sa place une idole de fange[111].
Hâ Sire, pour la reine, Hâ Sire, pour Esther,
Faites votre justice à même heure éclater,
Nous rendant toutes deux où le Ciel nous adresse,
870 La reine à sa grandeur, Esther à sa bassesse ;
Tout l'honneur que je cherche, et que j'ai prétendu,
C'est de céder le trône à qui le trône est dû.

LE ROI

Bientôt ma volonté vous sera manifeste,
Attendez un destin ou propice ou funeste.

---

111. Perry Gethner, *op. cit.*, estime que ce vocabulaire païen
pourrait être une ruse d'Esther pour cacher son origine.

MARDOCHÉE

875　Que je crains justement[112].

LE ROI

Mes amis suivez-moi.

MARDOCHÉE *demeure*

Vous en qui j'espérai, Cieux, inspirez le roi.

SCÈNE III

VASTHI, ESTHER, *Mardochée demeure*.

VASTHI

Belle et charmante Esther, épargnez-vous la peine,
À ma confusion de défendre une reine ;
Ne me secourez point dans un sort si douteux,
880　Le secours d'une esclave est un secours honteux ;
Et que me servirait où je suis méprisée,
La faveur d'une esclave en reine déguisée ?

ESTHER

Au moins à faire voir qu'en sa captivité
Cette esclave garda sa générosité ;

---

112. Bien que, normalement, les arguments d'Esther aient dû
faire sur le roi un effet contraire et accroître son amour devant
tant de noblesse, Mardochée se demande si elle n'en a pas trop
fait – en toute sincérité, bien sûr. L'attente imposée par le roi lui
paraît dangereuse.

885   Et qu'en vous remettant un sceptre qu'on lui donne,
Sa générosité mérite une couronne.
Pardonnez ce transport à mon ressentiment,
Un injuste mépris l'excite justement.

VASTHI

Déjà la vanité s'empare de votre âme.
890   Mais enfin, qu'êtes-vous ?

ESTHER

Ce que je suis, Madame,
Telle que d'un grand roi l'ordonnera l'arrêt,
Esclave s'il le veut, et reine s'il lui plaît.

VASTHI

L'aspect d'une grandeur à vos yeux inconnue,
Vous charme, vous séduit, et vous ôte la vue.

ESTHER

895   Non, non, je me connais, mais je respecte en moi,
Et l'amour, et la grâce, et le choix d'un grand roi.

VASTHI

Mais quand le roi charmé par une amour si basse,
Vous tirant du néant vous mettrait en ma place,
Pensez-vous que l'Etat pendant à vos genoux,
900   Eût pour vous les respects que vous avez pour vous ?
Ne vous abusez point, ne croyez point des fables,
Un sceptre est méprisé dans des mains méprisables,
L'honneur n'est pas honneur quand il est mal donné,

Et vous feriez d'un trône un autel profané.

ESTHER

905 Si le trône est pour moi comme un char de victoire,
Le roi qui m'y conduit, lui gardera sa gloire,
Puisqu'aux ambitieux le trône si charmant[113]
N'emprunte son éclat que du roi seulement.

VASTHI

Ainsi dans son néant la bassesse se flatte.

ESTHER

910 Par elle des grands rois la gloire même éclate.
Plus notre sort est bas, plus en le rehaussant
Se montre le pouvoir d'un monarque puissant.

VASTHI

Mais craignez ses faveurs ainsi que des menaces.

ESTHER

C'est faire tort aux rois que de craindre leurs grâces[114].

---

113. Inversion : « le trône qui charme tellement les ambitieux ». Les deux femmes se livrent à un assez curieux débat politique entre la théorie féodale et la théorie absolutiste.

114. C'est ce que Mardochée disait à sa nièce aux v. 67-74.

VASTHI

915   C'est se mettre en péril que de trop s'y fier[115].

ESTHER

Qui se résout à tout se peut humilier.
Quoi qu'il faille trouver, le port ou le naufrage,
Comme un présent du Ciel, je garde le courage.
Qu'il m'ôte cet espoir, qu'il semblait me donner,
920   Qu'il arrête la main qui vient me couronner,
Qu'il montre à ma fortune un visage farouche,
Qu'il me fasse tomber du degré que je touche[116],
Il me laisse bien plus qu'il ne saurait m'ôter,
Puisqu'il me laisse un cœur qui peut tout supporter[117].

VASTHI

925   Espérez néanmoins un sort plus salutaire,
L'amour étant pour vous, rien ne vous est contraire,
Espérez, espérez un bel événement,
Puisqu'en ce grand procès le juge est votre amant.

---

115. Les vers 890 à 915 sont un débat rhétorique sur le pouvoir royal, que l'on trouve également chez Corneille (*Le Cid*, I, 3, v. 157-164, éd. 1660), mais il prend ici tout son relief dans l'opposition entre féodalité et absolutisme, qui conduira à la Fronde.

116. Les marches du trône.

117. Ce débat prend pour Esther figure de palinodie : prête à renoncer au trône devant le roi, elle se montre maintenant toute prête à l'accepter. Attitude expliquée par les vers 916-924, qui sont une véritable profession de foi stoïcienne.

SCÈNE IV

MARDOCHÉE, ESTHER.

MARDOCHÉE

Hélas sur qui des deux doit tomber la tempête !

ESTHER

930 À tout événement le Ciel me verra prête.

MARDOCHÉE

Si vous ne méritez que le plus grand des rois
Brûle de votre amour et soutienne son choix,
Faites voir pour le moins par un cœur magnanime,
Que d'un roi si puissant vous méritez l'estime.
935 Je le confesse, Esther, nos ennemis sont grands,
Quelques-uns sont cachés, quelques-uns apparents,
Et tous à tous enfin joignent leur artifice,
Pour vous faire tomber du trône au précipice.
J'ai su même qu'Haman, que vous comptez pour vous,
940 Vous attaque en secret, et nous attaque tous[118].

ESTHER

Haman dont les discours témoignent tant de zèle !

MARDOCHÉE

Lui, lui, de qui le cœur est un cœur infidèle.

---

118. Première allusion, très discrète, à l'édit contre les Juifs.

Il vous rend des respects à vos yeux complaisants ;
Mais c'est un ennemi qui vous fait des présents.

ESTHER

945   Que fais-je à ce méchant, pour en être opprimée ?

MARDOCHÉE

Ce que fait aux méchants l'innocence estimée.
Mais enfin attendez avec un front égal,
Ou le trône, ou les fers, ou le bien, ou le mal[119].

SCÈNE V

MARDOCHÉE, HAMAN, ESTHER.

MARDOCHÉE

Enfin Haman revient. Qu'apporte-t-il ?

HAMAN

                                              Madame,
950   Que j'ai de part aux maux qui traversent votre âme ;
Et que je suis touché de ce triste destin,
Qui semble des grandeurs vous fermer le chemin.

MARDOCHEE *à part*

Le méchant.

---

119. Exhortations bien inutiles après les propos d'Esther.

HAMAN

Mais au moins ai-je cet avantage
D'avoir tâché pour vous de détourner l'orage,
955   Et de contribuer avec votre vertu,
Afin de vous garder un rang qui vous est dû.

ESTHER

Certes quand la fortune en disgrâces féconde
Nous rend et le mépris et le rebut du monde,
Ce nous est un bonheur, et bien grand et bien doux
960   Que d'avoir des amis généreux comme vous[120].

HAMAN

Mais ce m'est un malheur de manquer de puissance.

ESTHER

La volonté suffit, et j'en ai connaissance.

HAMAN

Que n'ai-je sur le prince un moment de pouvoir,
On vous verrait madame, où je voudrais vous voir[121].

ESTHER

965   Que n'ai-je le pouvoir de qui je suis sujette,

----

120. Naïveté, ou épreuve ? ou feinte après ce qu'a dit Mardochée ?
121. Vers à double sens, de même que les deux suivants.

On vous verrait de même où mon cœur vous souhaite.
Mais enfin, faut-il vaincre, ou faut-il succomber ?
Faut-il monter au trône, ou faut-il en tomber ?
Qu'a résolu le roi ?

HAMAN

Rien encore, Madame,
970   Mais enfin…

ESTHER

Mais parlez.

HAMAN

Mais c'est vous percer l'âme.

ESTHER

Non, non, ne craignez point.

HAMAN

Le roi presque rendu,
Entre Esther et Vasthi demeure suspendu.

MARDOCHÉE

Quoi Seigneur, il balance ?

HAMAN

Oui, mais de telle sorte
Qu'il paraît…

ESTHER

Dites tout.

HAMAN

                    Que la reine l'emporte.
975 Il semble que pour elle un rayon de pitié
     Rallume dans son cœur sa première amitié.
     Mille raisons d'Etat qu'il pèse et qu'il ramène,
     Semblent venir en foule au secours de la reine.
     Enfin j'ai par mes soins voulu l'en divertir,
980 Mais pour y rêver seul, il nous a fait sortir.
     Ainsi je crains pour vous.

ESTHER

                    Il faut au moins attendre,
     Je ne tomberai pas, je saurai bien descendre.

HAMAN

     Il est même honorable en cette extrémité
     De quitter librement ce qui nous eût quitté.

ESTHER

985 Avez-vous ordre, Haman, de tenir ce langage ?
     Et de me préparer à mon proche naufrage ?

HAMAN

     Non pas, mais dans les biens qui vous seraient offerts,
     Je crains pour vous les maux que d'autres ont soufferts.
     Quoi qu'en votre faveur le roi veuille résoudre,

990   Comme le trône est haut, il est près de la foudre :
       Et tel y croit monter afin de vivre heureux,
       Qui monte seulement en un lieu dangereux.

ESTHER

       Si le trône est un lieu dangereux et funeste,
       Qu'attaque incessamment la colère céleste,
995   Je ferai voir un cœur, et ferme et généreux,
       En montant sans trembler sur un lieu dangereux.

HAMAN

       Vous venez d'éprouver qu'à l'instant qu'on y monte
       On peut au premier pas rencontrer de la honte ;
       Croyez qu'un lieu si haut doit être redouté,
1000   Et lorsque l'on y monte et lorsqu'on est monté.
       On trouve quelquefois avecques moins d'ombrage,
       Et dans un moindre sort, un plus grand avantage[122].

ESTHER

       Il ne m'importe, Haman, si le roi, si les Cieux
       Me destinent à choir d'un lieu si glorieux,
1005   Je ferai voir alors une vertu si haute,
       Qu'on croira que je donne un sceptre que l'on m'ôte.

HAMAN

       L'exemple de Vasthi vous doit épouvanter.

---

122. Allusion à son projet de mariage avec Esther ; que celle-ci
ne peut évidemment pas comprendre.

ESTHER

Il m'apprend les chemins que je dois éviter.

HAMAN

Si l'orgueil la fit choir, on peut, on peut de même
1010 Tomber par mille endroits de ce degré suprême,
Puisque de tous côtés le trône infortuné
Est un siège d'honneur, de gouffres couronné[123].

ESTHER

On peut, on peut périr, et c'est là mon attente ;
Mais ce n'est pas périr que périr innocente.

HAMAN

1015 Mais Madame, ce mal des maux le plus affreux,
Ce seul tourment des cœurs que l'on croit généreux,
La honte qui nous tue, et qui nous persécute,
Accompagne toujours cette mortelle chute.

ESTHER

Bien qu'un trône éminent fût le Ciel de l'honneur,
1020 Bien qu'il fût ici-bas le souverain bonheur,
Bien que la gloire suive aussitôt qu'on y monte,
En tomber innocent, c'est en tomber sans honte.

---

123. Métaphore hardie, qu'un Boileau aurait certainement
condamnée.

HAMAN

Mais enfin c'est tomber.

ESTHER

           Mais c'est vaincre en tombant
Et se faire un appui mêmes[124] en succombant.
1025 Quand le Ciel nous fait choir, quand un roi nous rebute,
La honte est dans la cause et non pas dans la chute.
Enfin sans m'abaisser par une lâche peur,
Enfin sans m'élever par un espoir trompeur,
Quoi qu'on ait résolu, ma gloire ou ma disgrâce,
1030 Si le roi m'appela, j'attendrai qu'il me chasse.

HAMAN

Je vous souhaite un sort plus heureux et plus doux,
Et pour vous dire tout, un sort digne de vous[125].
Mais on apporte ici les marques de l'empire.
Un sceptre, une couronne ! Hâ quel est mon martyre !

---

124. Forme archaïque, admise en poésie.
125. Que s'est-il passé hors scène ? Le roi a-t-il hésité, pesé les raisons d'Etat ? On peut être sûr, en tout cas, qu'Haman s'est appliqué à les faire valoir. N'étant pas sûr de son succès, il vient de s'efforcer, à coup de lieux communs et d'après l'exemple de Vasthi, dans les vers 983-1032, d'amener Esther à refuser formellement le trône d'elle-même. Cette scène produit d'ailleurs un habile effet de suspens.

SCÈNE VI

ZETHAR, ESTHER, MARDOCHÉE, HAMAN.

ZETHAR

1035 Voyez dans ces grands biens qui vous sont présentés
D'un roi qui vous chérit les justes volontés.
Votre illustre vertu[126] mérita la couronne,
Par les mains de l'amour un grand roi vous la donne ;
Vos yeux ont su le vaincre, il veut vous témoigner,
1040 Que qui surmonte un roi mérite de régner.
Recevez donc Madame, et le sceptre et sa gloire,
Comme présents d'un roi qui paie une victoire,
Et tenant sous vos pieds les dangers abattus,
Jouissez sans douleur du prix de vos vertus.

ESTHER

1045 Comme de cet honneur trop grand et trop insigne,
Mes propres sentiments me déclarent indigne,
Je reçois cet honneur dont mes yeux sont surpris,
Ainsi qu'une faveur et non pas comme un prix.
Mais enfin de ce sceptre et de cette couronne
1050 Allons rendre un hommage à la main qui les donne,
J'ai déjà trop tardé.

HAMAN

Désespérerons-nous[127] ?

---

126. La vertu, comme le mérite sont des qualités intrinsèques,
même si elles demeurent en puissance, car, hormis sa générosité
dans les vers 830 à 870, on n'a guère eu à admirer que sa beauté.
127. Réplique en aparté.

MARDOCHÉE

Cieux, assurez ces biens s'ils nous viennent de vous.

SCÈNE VII

HAMAN, MARDOCHEE.

HAMAN

Enfin un bel effet succède à votre attente.

MARDOCHÉE

Le seul plaisir du roi rend mon âme contente.
1055   Quiconque a pour son roi d'avantageux désirs,
Des plaisirs de son roi fait ses propres plaisirs.

HAMAN

Il vous en doit sans doute une ample récompense.

MARDOCHÉE

Je la reçois Seigneur, plus grande qu'on ne pense.

HAMAN

La fortune d'Esther vous promet du support.

MARDOCHÉE

1060   Je me tiens satisfait et content de mon sort.

HAMAN

Espérez d'autres biens, le Ciel vous le commande.

MARDOCHÉE

Que pourrai-je espérer ? j'ai ce que je demande.

SCÈNE VIII

HAMAN, THARES.

HAMAN

Il nous quitte en vainqueur, il rit de mon courroux,
Et triomphe en effet, puisqu'il vit malgré nous.
1065 Ha Tharès ! que de maux, que d'horreurs, que de
[gênes,
Et que mon cœur sans force est accablé de chaînes !
Fallait-il, ma raison, te laisser désarmer,
Fallait-il voir Esther ? mais fallait-il l'aimer ?
Je la perds, je me meurs, un ennemi me brave,
1070 Et de mes passions je demeure l'esclave.
Hélas qui l'eût pensé ! qu'un roi, qu'un grand vain-
[queur
Dans des liens si bas dût arrêter son cœur ?
Lâche roi, mais que dis-je, au mal qui me surmonte[128],
Je veux[129] que d'un grand roi cet amour soit la honte ;
1075 Et si j'étais placé dans le nombre des rois,
Esther est le seul bien que je souhaiterois.
Ô Ciel, ta cruauté n'eût-elle pu paraître

---

128. A en juger d'après le mal qui me surmonte.
129. Je prétends.

Sans me rendre en amour compagnon de mon maître ?
Fortune, dieux, destins, grands auteurs de mon mal,
1080 Je vous rends vos grandeurs, ôtez-moi mon rival[130].

THARES

Plutôt, que d'un rival l'autorité suprême
Vous dérobe à l'amour et vous rende à vous-même[131].
Il est fort, il est roi.

HAMAN

         Cessons de soupirer,
Et parce qu'il est roi commençons d'espérer.

THARES

1085 Près d'un si grand rival votre amour persévère !

HAMAN

C'est parce qu'il est roi que mon amour espère.
Il ne faut qu'un soupçon pour ébranler les rois,
Qui du bien de l'Etat se composent des lois[132] :
Il ne faut qu'un soupçon pour éteindre la flamme
1090 Que la plus forte amour allume dans leur âme.
Esther n'est pas encore en ce lieu de plaisirs

---

130. Non pas absolument : « faites périr le roi », mais « changez son esprit ».
131. Comprendre : puisque vous ne pouvez rien contre votre rival, qui est le roi, renoncez à cet amour et retrouvez votre raison.
132. Qui règlent leur conduite sur le bien de l'Etat. Autrement dit, par souci de l'Etat, le roi éteindra son amour. *Cf*. v. 1109-1110.

Où l'ambition même assouvit ses désirs ;
Puisque le jour[133] me reste au milieu des supplices[134],
Il reste à mon amour cent nouveaux artifices.

THARES

1095   Que faites-vous Seigneur ? que voulez-vous tenter ?

HAMAN

Je résous de me perdre ou de me contenter.

THARES

D'où viendrait du secours à l'espoir qui vous reste ?

HAMAN

Les Juifs me serviront, les Juifs que je déteste.

THARES

Eux qui vous ôteraient la force et le pouvoir?

HAMAN

1100   Eux que ma haine attaque, et qu'elle fera choir.
Je sais que Mardochée espère en la victoire
Qui va porter Esther au trône de la gloire,
Je crois même qu'Esther se déclarant pour lui
Fait espérer aux Juifs sa grâce et son appui ;

---

133. On peut comprendre soit la vie, soit la journée, utilisable
pour ses projets.
134. Les tourments causés par son amour.

1105 Je veux par elle-même aujourd'hui m'en instruire,
Et puis montrer au roi combien elle peut nuire.
Ainsi par des soupçons aisés à fomenter
Dedans l'esprit du roi nous détruirons Esther,
Étant trop assuré qu'il préfère en son âme,
1110 L'amour de son Etat à l'amour d'une femme.
Si l'orgueil de Vasthi précipita son sort,
Pour faire choir Esther un soupçon est trop fort[201].

ACTE IV

SCÈNE PREMIÈRE

MARDOCHÉE, ESTHER, THAMAR.

ESTHER

Pourquoi ne vois-je en vous que des marques de
[crainte ?
De quel trait de douleur votre âme est-elle atteinte ?
1115 Et pourquoi sans parler vous vois-je épouvantés,
Lorsque le Ciel me porte où vous me souhaitez ?
Vous avez désiré comme un bonheur extrême
De voir dessus mon front briller le diadème ;
Et quand l'amour du Ciel contente vos désirs,
1120 L'un en jette des pleurs, et l'autre des soupirs.
D'où vient ce changement, d'où viennent ces alarmes ?
Ce mal qui vous fait peur, qui vous tire des larmes,
Et dont par vos soupirs je sens déjà les coups,
L'apportons-nous au trône ou bien l'y trouvons-nous ?

---

135. Suffit largement.

MARDOCHÉE

1125 Il faut mourir Esther, si le Ciel favorable
N'achève par vos mains un[136] œuvre mémorable.
Déjà le fer est prêt qui doit trancher vos jours,
Il faut mourir Esther, ou chercher du secours.

ESTHER

Hé bien il faut mourir.

MARDOCHÉE

              Mais non pas sans défense,
1130 Puisqu'il s'agit ici de sauver l'innocence.

ESTHER

Quel sort ! quelle fortune ! et qu'en dois-je espérer ?

MARDOCHÉE

De combattre, de vaincre, et de vous assurer[137],
Ou de mourir au moins rayonnante de gloire,
Si nos propres malheurs vous ôtent la victoire.

ESTHER

1135 Mais enfin de quels maux sommes-nous menacés ?

---

136. Le mot est encore indifféremment féminin ou masculin.
137. D'assurer votre pouvoir.

MARDOCHÉE

De tous les maux, Esther, l'un sur l'autre amassés.
Que votre esprit travaille à se faire une image
D'horreur, de trahison, de flamme, de carnage
D'innocents poursuivis, de trônes renversés[138],
1140 Vous verrez de quels maux nous sommes menacés.
Enfin pour dire tout, ce peuple misérable
Qui languit dans les fers dont la Perse l'accable,
Les Juifs dont vous sortez, les Juifs de qui je sors
Sont aujourd'hui vivants, et demain seront morts.

ESTHER

1145 Hélas !

MARDOCHEE

    Moi qui vous parle, et qu'en votre misère
Vous avez tant de fois regardé comme un père,
Moi-même dont les soins tant de fois témoignés,
Sont le premier degré du trône où vous régnez,
Peut-être qu'en ce jour où règnera le crime
1150 Je serai des méchants la première victime,
Et le premier objet affreux, ensanglanté,
Sur qui vous jetterez votre œil épouvanté.
Enfin, enfin des Juifs la perte est arrêtée.

---

138. Obscur : le seul trône qui risque d'être renversé, c'est
celui d'Esther, à moins qu'il ne désigne la situation que certains
juifs ont pu acquérir. Je penche pour la première interprétation,
mais la rime exigeait le pluriel.

ESTHER

N'est-ce point par la crainte une chose inventée ?

MARDOCHÉE

1155   Vous savez que Tharès, de Thamar amoureux,
        Par l'hymen qu'il attend, croit devenir heureux.

ESTHER

Je le sais.

MARDOCHEE

              Ce Tharès, qui ne craint que pour elle,
        Lui vient de découvrir cette trame mortelle,
        Lui vient de découvrir que l'on a résolu
1160   D'exercer sur les Juifs un pouvoir absolu,
        Qu'on doit ensevelir dans le même naufrage
        Les vieillards, les enfants et tout sexe et tout âge,
        Et sans considérer le mérite ou le rang
        En étouffer la race et l'éteindre en leur sang[139].
1165   Voilà nos maux, Esther.

ESTHER

                    Quoi Thamar…

_____

139. _Cf. Livre d'Esther_, IV, 13-14, et Racine,
          Le fer ne connaîtra ni le sexe ni l'âge
                              (_Esther_, I, 3, v. 178).

THAMAR

Oui Madame,
Il m'a dit l'œil en pleurs et la crainte dans l'âme,
Que si je ne fuyais pour sortir du danger,
Mêmes entre vos bras on viendrait m'égorger.

ESTHER

D'où sait-il ce malheur ?

THAMAR

Il ne veut point le dire,
1170 C'est assez, m'a-t-il dit, que l'on vous en retire,
Et qu'enfin vous sachiez que pour ce grand dessein
Le roi donne sa voix, son pouvoir, et sa main.

MARDOCHÉE

Ce n'est donc pas à tort, que mon esprit en peine
L'a soupçonné pour nous d'une mortelle haine.
1175 Dès l'heure que mon soin découvrit l'attentat
Qui menaçait ses jours de même que l'État,
(Il vous en resouvient de ces noires pratiques
Qui faisaient le chemin à tant d'actes tragiques,
Et qui dessus le roi tombant de toutes parts,
1180 Déjà près de son sein approchaient les poignards)
Enfin depuis ce temps que la bonté céleste
Découvrit par mes soins un dessein si funeste,
Trop de signes certains témoignent à mes yeux
Que les Juifs sont au roi des peuples odieux.
1185 Quelle grâce a suivi ce signalé service,
Par qui je le retins penchant au précipice ?
Hélas, on jugerait qu'en ce moment fatal

Je fis un autre mal de découvrir ce mal.
C'est à vous maintenant de calmer tant d'alarmes,
1190 C'est à vous de marcher et de prendre les armes ;
Et puisqu'en ce haut rang le Ciel vous fait asseoir,
C'est à vous d'opposer le pouvoir au pouvoir.

ESTHER

Hélas !

MARDOCHÉE

Consultez-vous[140] ?

ESTHER

                    Le danger m'épouvante.

MARDOCHÉE

Le danger vous étonne, ou la gloire vous tente !

ESTHER

1195 Le danger qui vous suit, non celui qui me perd,
Tient mon cœur à la crainte incessamment ouvert.

MARDOCHÉE

L'infortune des Juifs, leurs douleurs et leurs craintes
Ont besoin de secours et non pas de vos plaintes.
Ce n'est pas les aider que de craindre pour eux,

---

140. Réfléchissez-vous ? c'est-à-dire : hésitez-vous ?

1200 Et c'est agir pour vous qu'aider ces malheureux :
     Car enfin croiriez-vous éviter les tempêtes
     De qui le coup mortel tomberait sur leur tête,
     Et que leur mauvais sort respectant votre rang
     N'allât pas jusqu'au trône épuiser votre sang ?
1205 Si pour sauver les Juifs votre bras ne s'emploie,
     Le Ciel pour les sauver peut faire une autre voie,
     Il peut fendre la terre en des chemins nouveaux,
     De même que pour eux il sut fendre les eaux[141].
     Mais aussi redoutez que le ciel qu'on outrage
1210 Ne laisse sur vous seule éclater cet orage,
     Pour avoir négligé des peuples malheureux,
     Et retenu le bien qu'il vous donna pour eux.
     Croyez-vous que le Ciel vous rende souveraine,
     Et vous donne l'éclat et le titre de reine,
1215 Pour briller seulement de l'illustre splendeur
     Que répandent sur vous la pourpre et la grandeur ?
     Croyez-vous aujourd'hui posséder la couronne
     Pour jouir seulement des plaisirs qu'elle donne ?
     Que si vous abusant par un nouveau désir
1220 Vous croyez que les rois sont nés pour le plaisir,
     Croyez que le plaisir des princes équitables
     Consiste à secourir les peuples misérables[142].
     Dans le même moment que des cœurs inhumains
     Arment contre les Juifs de sanguinaires mains,
1225 Un roi qui vous chérit vous donne une puissance
     Capable d'étouffer cette injuste licence ;
     Pensez-vous que ce dieu qui fait tout sagement
     Nous fasse voir en vain ce grand événement ?
     Non, non, c'est pour un bien que cette grâce éclate,

---

141. Allusion au passage de la Mer rouge.
142. Lieu commun, djà exprimé par Sénèque (*De Clementia*, I, 26), repris par tous les prédicateurs.

1230 C'est pour vous témoigner qu'il faut que l'on combatte ;
      Le pouvoir qu'il vous donne avecques tant d'éclat
      Est pour vous le signal qu'il donne du combat[143].

ESTHER

      Pensez-vous donc qu'Esther peu forte et magnanime[144]
      Comme un faible soldat ait besoin qu'on l'anime ?
1235 Si j'ai peur maintenant, hélas ! hélas j'ai peur
      De manquer de succès, non de manquer de cœur.
      Je n'ai pas souhaité cette grandeur suprême
      Pour jouir des plaisirs que donne un diadème ;
      Mais je n'ai souhaité son pouvoir et ses biens
1240 Qu'afin d'en secourir l'infortune des miens.
      Et si le trône même où le Ciel m'a portée
      De cet aimable espoir n'eût mon âme flattée,
      Quoi qu'un trône ait de grand, et d'illustre, et d'heu-
                                                    [reux,
      Je l'eusse refusé comme un bien dangereux.
1245 Comme par la grandeur si pompeuse et si chère
      D'un esprit étonné chacun me considère,
      On considèrerait mon courage indompté
      Par l'illustre refus d'un trône rejeté[145].
      Enfin, enfin les Juifs jusqu'ici déplorables[146]
1250 Verront faire pour eux des efforts favorables,
      Ils auront part aux biens dont me comble le roi.
      Ou j'aurai part aux maux qui les comblent d'effroi.

---

143. Les vers 1227-1232 sont le seul passage d'*Esther* où l'on
sente quelque peu la présence du « Dieu des Juifs »

144. Effet d'antithèse : magnanime bien que peu forte.

145. On peut comprendre : de même que chacun considère que
j'ai l'esprit étonné par la grandeur que je reçois, de même on
considèrerait que mon courage est indompté par le refus du trône.

146. Sur lesquels on devrait pleurer, c'est-à-dire : dignes de pitié.

Noble et chère patrie, autrefois florissante,
Maintenant dans les fers esclave et languissante,
1255 Si je ne puis t'aider ni te rendre ton rang
Au moins dans ce dessein je te rendrai mon sang ;
J'opposerai mon sein aux couteaux effroyables,
Qui doivent égorger tes enfants misérables,
Et malgré les fureurs qui les font succomber,
1260 Pas un ne tombera qu'on ne m'ait vu tomber.
Si je ne méritais l'honneur de la couronne
Quand un roi m'a donné l'éclat qui m'environne,
Comme[147] pour mon pays je la prodiguerai,
Au moins en la perdant je la mériterai[148].

MARDOCHÉE

1265 Allez donc mériter cette éclatante gloire
Ou par votre défaite ou par votre victoire.

ESTHER

Mais avant que d'user d'un remède fatal
N'est-il pas à propos d'être assuré du mal ?
Peut-être sur un bruit avez-vous pris l'alarme.

MARDOCHÉE

1270 Un si funeste bruit veut au moins que l'on s'arme.

ESTHER

Mon courage est tout prêt. Mais Haman vient me voir.
Retirez-vous d'ici, j'en pourrai tout savoir.

---

147. Alors que.
148. Réciproque de l'idée exprimée aux vers 835-836.

SCÈNE II

HAMAN, ESTHER.

HAMAN

Ravi de vos honneurs, ravi de votre gloire,
Je viens avecques vous célébrer la victoire,
1275 Et consacrer encore à votre majesté
Mon courage, mon sang, et ma fidélité.
Enfin votre vertu justement couronnée,
Arrête sous vos pieds la fortune enchaînée.
Et si le Ciel répond à nos justes souhaits,
1280 Le trône aura pour nous une éternelle paix.

ESTHER

Dans l'état glorieux où l'on me considère
La paix est le seul bien que le Ciel me peut faire ;
Mais cette paix me manque, elle fuit de mon cœur
Comme d'un lieu funeste où le trouble est vainqueur,
1285 Et n'ayant pas la paix que j'appelle à mon aide,
Je ne crois pas avoir les biens que je possède.

HAMAN

Qui pourrait vous troubler où[149] le Ciel libéral
Sous le comble des biens semble étouffer le mal ?
Si vos prospérités vous font des adversaires,
1290 Ne sont-ils pas sans force, ou bien vos tributaires ?
Les efforts de Vasthi sont vains et superflus,
Son orgueil l'a fait choir pour n'en relever plus[150],

---

149. Adverbe relatif sans antécédent : là où.
150. Emploi absolu : de sorte qu'elle ne s'en relèvera plus.

Et le roi s'en assure, et la traite de sorte,
Qu'elle est même en vivant comme une reine morte.
1295 Enfin il la relègue en des lieux écartés
D'où son bras ne peut nuire à vos prospérités[151],
Enfin elle est détruite, et sa dernière audace
D'un monarque amoureux vous confirme la grâce.
D'où vient donc le souci qui semble vous saisir ?

ESTHER

1300 Le malheur de Vasthi ne fait pas mon plaisir ;
Bien que pour m'agrandir le Ciel la persécute,
Bien qu'un roi si puissant m'élève par sa chute,
Si j'étais insensible aux traits de sa douleur,
J'aurais mieux que son rang mérité son malheur.
1305 Mais enfin d'autres maux qui m'attaquent moi-même
Portent jusqu'à mon cœur leur violence extrême,
Et parmi les honneurs viennent m'ôter la paix,
Qui fait seule aujourd'hui mes vœux et mes souhaits.
Un peuple, un peuple esclave, Haman, le peut-on croire,
1310 M'empêche de goûter les douceurs de la gloire.

HAMAN

Un peuple ?

ESTHER

Oui les Juifs dans nos fers arrêtés
Séparent le repos de mes prospérités.

---

151. On ne précise pas autrement le sort de Vasthi. On sait que,
à Constantinople, les favorites répudiées finissaient leur vie dans
le Vieux Sérail, mi-palais, mi-prison.

Et m'ôtant le repos, qui vaut une couronne,
Ils m'ôtent plus de biens que le sceptre n'en donne.

HAMAN

1315   Quoi leur calamité[158] vous donne du souci ?

ESTHER

Non, non, j'ai pour ce peuple un courage[159] endurci,
Et je crains que ma main ne soit pas assez forte
Pour l'arrêter[160] au moins dans les chaînes qu'il porte.

HAMAN

Les Juifs seraient pour vous des objets odieux !

ESTHER

1320   Je les vois, je les hais comme des factieux,
De secrets sentiments à mon repos contraires
Les peignent dans mon cœur comme des adversaires.

HAMAN

Toutefois Mardochée espère en votre appui.

ESTHER

Jusqu'ici l'ayant craint j'ai tout souffert de lui ;
1325   Mais il saura bientôt quelle est la différence

---

158. Voir note 61.
159. Au sens de « cœur ».
160. Le maintenir.

De moi dans la faiblesse à moi dans la puissance.
Et si le roi s'accorde à mon ressentiment,
Tous les Juifs avec lui sauront ce changement.

HAMAN

Non, non, ne doutez point que le roi n'autorise
1330   Contre ce peuple ingrat une juste entreprise ;
Haïr et détester ces barbares sans foi,
C'est avoir dans le cœur les sentiments du roi,
Et condamner enfin cette engeance mutine,
C'est avecques le roi prononcer leur ruine[161].

ESTHER

1335   Le roi veut donc les perdre.

HAMAN

                    Oui Madame, et les Cieux
Qui défendent les rois et qui veillent sur eux,
Vous inspirent peut-être une si juste haine,
Pour avancer leur perte aussi bien que leur peine.
Par eux ce grand Etat est plein de factions,
1340   Par eux la porte s'ouvre à cent divisions ;
Ils méprisent nos lois secrètes[162] et publiques,
Ils sont les artisans de cent actes tragiques,
Et peut-être bientôt ces monstres de l'enfer

---

161. Haman est bien vite convaincu. Il ne se demande pas pourquoi Esther déteste les Juifs : son prétendu ressentiment contre Mardochée est un argument bien faible, mais, comme le dira Molière : « On est aisément dupé par ce qu'on aime » (*Tartuffe*, IV, 4, v. 1357).

162. Les « lois secrètes » sont les coutumes, non écrites.

Feraient d'un trône d'or un trône tout de fer[163].
1345 Mais ils sont peu contents de causer ces misères,
      Leur orgueil criminel en veut à nos mystères.
      Et leur religion bravant les immortels
      Attaque insolemment nos dieux et nos autels.
      Déjà de leur venin les provinces s'infectent,
1350 Déjà par leurs erreurs nos peuples les respectent,
      Présage malheureux de ces noirs attentats,
      Qui traînent avec eux la chute des États,
      Car enfin quelle flamme et quels malheurs éclatent
      Quand deux religions dans un Etat combattent ?
1355 Quel sang épargne-t-on, ignoble ou glorieux,
      Quand on croit le verser pour la gloire des dieux ?
      Alors tout est permis, tout semble légitime,
      Du nom de piété l'on couronne le crime ;
      Et comme on pense faire un sacrifice aux dieux,
1360 Qui verse plus de sang paraît le plus pieux.
      Le roi qui voit ces maux et qui connaît leur source
      Veut se montrer bon prince en arrêtant leur course.
      Ainsi par un arrêt rendu secrètement
      Il a de tous les Juifs conclu le châtiment[164].

ESTHER

1365 Quand doit s'exécuter cet arrêt salutaire ?

---

163. Allusion aux quatres âges du monde : or, argent, airain et
fer. Un trône de fer symbolise les temps de violence.
164. Cette longue tirade est totalement anachronique : les Juifs
ne faisaient point de prosélytisme et ne s'en prenaient nullement
aux dieux des autres peuples, surtout de leurs vainqueurs ; cette
attitude est plutôt celle du christianisme des martyrs ; mais la
deuxième partie de la tirade fait allusion aux guerres de religion
françaises.

HAMAN

On va mettre la main à cette grande affaire.

ESTHER

Mais par quelle clarté favorable à l'Etat
A-t-on de ces méchants découvert l'attentat ?

HAMAN

C'est par mes soins, Madame, heureux et nécessaires
1370 Que le roi reconnaît ses secrets adversaires,
Et c'est par mes conseils que son bras irrité
Va faire choir sur eux le foudre mérité ;
Mais Madame pressez cet effet équitable
Qui doit rendre pour vous le trône inébranlable,
1375 Et par le grand succès de ce coup important
Affermissez un bien qu'on vous donne inconstant.
Comme vous avez part aux honneurs de l'empire,
Vous devez avoir part au soin de le conduire ;
Et si par vos vertus vous méritez ce rang
1380 Qu'une autre sans vertu ne devrait qu'à son sang,
Faites juger aussi que notre aimable reine
Mérite par ses soins le rang de souveraine.

ESTHER

Je ferai mon devoir.

HAMAN

Je vous ai dit le mal.

ESTHER

Vous m'avez fait un bien qui n'eut jamais d'égal.
1385 Mais je perdrai bientôt le jour et la puissance
Ou vous en recevrez la juste récompense[165] ;
J'y vais songer Haman.

SCÈNE III

HAMAN, THARES[166].

THARES

Ha Seigneur quel effet !

HAMAN

Si j'étais sans amour, j'en serais satisfait.
Hélas pour contenter mon amour abusée
1390 Il fallait à mes vœux la trouver opposée.
Si j'attaque les Juifs par moi seuls malheureux,
Il fallait voir Esther me combattre pour eux.
Ainsi par des soupçons qui refroidissent l'âme
D'un roi qui la chérit j'eusse alerté la flamme ;
1395 Et si Vasthi tomba par de nobles dédains,
Esther eût pu tomber et tomber dans mes mains.
Ô trop cruel amour ! n'es-tu dedans mon âme
Armé contre moi-même et de fer et de flamme,

---

165. Vers à double entente.
166. L'édition originale porte ici *THARSIS*, et de même dans toutes les répliques de la scène. Erreur de lecture, corrigée dans l'édition de 1737. D'après sa première réplique, il est probable que Tharès a assité, muet, à la scène précédente.

Que pour faire des maux aussi longs que mes jours,
1400 De tout ce que j'emploie à me donner secours ?
Mais que veux-je, et que puis-je, où tout est impos-
                                        [sible ?
Veux-je arracher du trône une reine invincible ?
Hélas je le voudrais ! et pour ce grand dessein,
À toute cruauté s'engagerait ma main ;
1405 Oui pour me contenter je pourrais entreprendre
De mettre tout en sang, de mettre tout en cendre.
À quelque extrémité qu'on porte la rigueur,
On n'achète point trop le repos de son cœur.

THARES

Cédez à l'impossible.

HAMAN

                    Il faut bien que je cède,
1410 Et que le temps au moins devienne mon remède.

THARES

Cependant...

HAMAN

                    Cependant il faut se consoler
Par l'espoir de ce sang que nous verrons couler ;
Et tâcher d'adoucir une amour inhumaine
Par le contentement que recevra ma haine ;
415 Mais de la mort des Juifs cache bien le dessein.

THARES

Il est mieux que mon cœur caché dedans mon sein.

HAMAN

Mais remettre si loin[167] la mort de Mardochée,
C'est faire une autre plaie à mon âme touchée ;
Il faut pour satisfaire à mon ressentiment
1420 Que ce Juif orgueilleux ait à part son tourment.
Comme c'est par lui seul qu'Esther me fut ôtée,
Je veux voir de son sang la terre ensanglantée,
Et je pourrais douter que l'on l'eût répandu
Si parmi d'autre sang il était confondu.
1425 Il n'est point de secours si prompt, si salutaire,
Qui soulage à l'égal du sang d'un adversaire,
Il n'est point de spectacle et plus grand et plus beau
Que de notre ennemi le meurtre et le tombeau.

THARES

Représentez au roi que c'est par cet infâme,
1430 Que l'Etat va brûler d'une funeste flamme ;
Représentez au roi que ce Juif odieux
Est le père et le chef de tous les factieux :
Et cependant Seigneur, puisqu'il faut qu'il périsse,
Faites de ce méchant préparer le supplice[168] ;

---

167. *Si loin* ? Dans la pièce, le massacre des Juifs est imminent,
mais dans la Bible, il est prévu pour onze mois plus tard. L'expression, d'ailleurs, montre l'impatience d'Haman à se venger de
Mardochée.

168. Allusion discrète à la potence de cinquante coudées, que,
selon la Bible, Haman fait dresser par le conseil de sa femme,
pour y pendre Mardochée. Du Ryer respecte également les bienséances en faisant proposer le supplice de Mardochée non par une
femme et des amis, mais par un simple confident.

1435 Car je ne doute point que sur votre rapport
     Un roi qui sait régner ne résolve sa mort.

HAMAN

     Je suivrai ton conseil qui me fait par avance
     Goûter avec plaisir les fruits de la vengeance.
     Je ne crains plus qu'Esther renverse mon dessein,
1440 Elle me prêtera son pouvoir souverain ;
     Et si par elle seule une amour inhumaine,
     Me remplit de fureur, et me comble de peine,
     Par elle une vengeance égale à mes désirs
     Me va remplir de joie et combler de plaisirs.
1445 Enfin il n'est plus rien que mon âme appréhende,
     Allons trouver le roi.

SCÈNE IV

ZETHAR, HAMAN, THARES.

ZETHAR

                    Seigneur, le roi vous mande[169].

HAMAN

     En sais-tu le sujet ?

---

169. Dans la Bible, Aman se rend au palais de grand matin,
dans sa hâte d'obtenir le supplice de Mardochée, au moment où le
roi se demande comment récompenser celui-ci. Pour des raisons
d'unités et de liaison de scènes, Du Ryer invente le personnage
épisodique de Zethar.

ZETHAR

On peut bien le penser.
Il parle de service et de récompenser.
Enfin, enfin Seigneur, sa royale justice
1450 Se prépare à payer quelque illustre service.

HAMAN

À qui destine-t-il un si beau traitement ?

ZETHAR

À vous Seigneur, à vous, n'en doutez nullement,
De la façon qu'il parle, il fait assez entendre
Que ce prix est un bien que vous devez attendre.

HAMAN

1455 Va Zéthar, je te suis. Le Ciel peut-il pour nous
Se montrer aujourd'hui plus propice et plus doux ?
Mon amour lui[170] déplut, je l'apprends par ma peine,
Mais au moins il fait voir qu'il approuve ma haine.
Ainsi mon cher Tharès, puisque l'amour du roi
1460 Cherche de nouveaux biens à répandre sur moi ;
Pour soulager les maux dont mon âme est touchée,
Allons lui demander le sang de Mardochée.

---

170. *Lui*, comme *il* au vers suivant, désigne *le Ciel*. La douleur
que ressent Haman est une preuve de sa désapprobation. Haman,
comme les autres personnages, invoque « le Ciel », divinité ou
ensemble de divinités vagues, sans qu'on voie bien la différence
avec la religion d'Esther ou de Mardochée.

ACTE V

SCÈNE PREMIÈRE

LE ROI *accompagné.*

Certes quand mon esprit revoit cet attentat
Qui menaçait mes jours, ma gloire et mon Etat[171],
1465 Et que je songe enfin que le rare service
Qui me fit triompher dessus mon précipice,
Demeure enseveli comme dans le mépris,
Sans qu'une récompense en témoigne le prix ;
Je crois contribuer à ces sourdes pratiques
1470 D'où naissent tous les jours tant d'accidents tragiques,
Ayant toujours jugé que les princes ingrats
Sont complices contre eux des plus noirs attentats[172].
Quoi je devrai mes jours aux soins de Mardochée,
Il aura découvert cette trame cachée,
1475 Il aura conservé ma gloire et ma splendeur,
Ses bras auront été l'appui de ma grandeur,
Et je ne montrerai pour de si grands services
Que de l'ingratitude, et que des injustices !
Non, non, ayant dessein d'apprendre à m'obéir,
1480 Ne pas récompenser c'est apprendre à trahir.
Je veux que Mardochée ait une récompense
Qui montre en même temps sa gloire et ma puissance,
Je veux que Mardochée ait un prix de sa foi
Digne d'un bon sujet, et digne d'un grand roi[173].

---

171. *Cf.* Racine, *Esther*, II, 3, v. 529-532.
172. Il n'est pas question ici de lecture des chroniques du règne. Le roi se rappelle brusquement qu'il n'a pas récompensé un service rendu et en éprouve des remords.
173. *Cf.* Racine, *Esther*, II, 5, v. 587-590.

1485 Mais Haman ne vient point ; il faut qu'il me conseille,
      Et suivre son conseil en affaire pareille[174].

SCÈNE II

ZETHAR, LE ROI, HAMAN.

ZETHAR

Sire, Haman est ici.

LE ROI

                    Qu'il entre, je l'attends.

HAMAN *en entrant*.

Enfin nous allons vaincre et nous rendre contents.

LE ROI

      Haman, comme en faveur de l'heureux hyménée,
1490 Dont le Ciel qui nous aime amène la journée,
      Comme en faveur d'Esther je veux de tous côtés
      Répandre heureusement mes libéralités,
      Tirer les criminels de la crainte des gênes
      Et porter le bonheur même au milieu des chaînes,
1495 Comme je veux enfin pour comble de bienfaits,
      Qu'un oubli général efface tous forfaits…

---

174. Zeugma.

HAMAN

Quoi Sire, voulez-vous que ce peuple perfide
Qui s'allait signaler par votre parricide,
Voulez-vous que les Juifs, prêts à faire un effort,
1500 Vivent par vos faveurs pour vous donner la mort ?

LE ROI

Non, non, ils périront, quand un prince fait grâce,
Jamais le factieux n'y doit avoir de place[175].
Mais comme mes faveurs vont jusques aux cachots
Porter aux criminels le jour et le repos,
1505 Je veux, je veux, Haman, comme en une victoire,
Sur ceux qui m'ont servi répandre aussi ma gloire,
Montrer que la vertu peut seule me ravir,
Et par la récompense apprendre à bien servir.

HAMAN

C'est aussi d'un grand roi le plus noble exercice,
1510 Puisque récompenser, c'est rendre la justice.
Ouvrez donc aujourd'hui vos libérales mains,
Soyez égal aux dieux qu'adorent les humains,
Et puissent vos sujets par une belle envie,
Avecques tant d'ardeur vous consacrer leur vie,
1515 Que votre Majesté puisse aussi désormais
Donner autant de prix qu'elle aura de sujets.

LE ROI

Haman, j'aime un sujet généreux et fidèle,

---

175. *Cf.* Philippe de Béthunes, *op. cit.*, p. 358.

De qui de grands effets m'ont témoigné le zèle,
Je l'estime, je l'aime, et lui dois tant de biens,
1520 Que c'est trop peu pour lui du haut rang que tu tiens.
Dis-moi de quels honneurs ma puissance royale
Doit envers sa vertu se montrer libérale ?
Dis-moi, que dois-je faire afin de l'honorer
Autant que ma grandeur le peut faire espérer ?[176]

HAMAN

1525 Comme mieux qu'un sujet un prince magnanime
D'un fidèle sujet sait le prix et l'estime,
Il n'appartient aussi qu'aux princes valeureux
De savoir honorer des sujets généreux.

LE ROI

Parle je le souhaite, et je te le commande.

HAMAN

1530 À vos commandements il faut que je me rende.
Puisqu'un sujet fidèle et prudent à la fois
Est le plus grand trésor que possèdent les rois,
Jugeant en sa faveur, Sire, j'oserai croire
Qu'on ne peut le combler d'une trop haute gloire,
1535 Et qu'un prince régnant ne doit rien réserver,
Ou pour se l'acquérir, ou pour le conserver.
Si donc de vos faveurs la splendeur immortelle
Doit luire abondamment sur un sujet fidèle,

---

176. *Cf*. Racine, *Esther*, II, 5, v. 585-586 :
    Dis-moi donc : que doit faire un prince magnanime
    Qui veut combler d'honneur un sujet qu'il estime ?

Si vous lui destinez des honneurs sans égaux,
1540 Faites-le revêtir des ornements royaux,
Faites dessus son front briller le diadème,
Faites-le voir au peuple en ce degré suprême,
Et que quelqu'un des grands publie à haute voix
Qu'ainsi sont honorés ceux qu'honorent les rois[177].
1545 Que si quelque envieux ose attaquer sa vie,
Immolez à son bien l'envieux et l'envie.
Enfin pour le combler d'honneur et de plaisirs,
On doit tout accorder à ses justes désirs.

LE ROI

J'estime ton avis, et pour mieux te l'apprendre,
1550 Ton avis est celui que ton prince veut prendre.
Connais-tu Mardochée ?

HAMAN

Oui Sire.

LE ROI

C'est celui
Que j'aime, que j'honore, et qui fut mon appui.

HAMAN

Quoi Sire, Mardochée est ce sujet fidèle ?

---

177. Les vers 1540-1544 reproduisent littéralement le texte du
Livre d'Esther, IV, 7-9.

LE ROI

C'est lui, mon cher Haman, dont j'honore le zèle,
1555 Ce n'est qu'en sa faveur que j'ai pris tes avis,
Ce n'est qu'en sa faveur qu'on les verra suivis.
Enfin j'ai souhaité que ta main généreuse
M'aidât à relever la vertu malheureuse.

HAMAN

Quoi Sire, à Mardochée un même honneur qu'au roi ?

LE ROI

1560 Tu l'as ordonné tel, tel il l'aura de moi.

HAMAN

Mais il fit son devoir s'il vous rendit service.

LE ROI

Et je ferai le mien si je lui rends justice.

HAMAN

Sire il faut à son rang mesurer vos bienfaits.

LE ROI

Je les dois mesurer par les biens qu'il m'a faits.

HAMAN

1565 Ils peuvent être grands sans devenir extrêmes.

LE ROI

Ils me sembleraient bas s'ils n'étaient pas suprêmes.
Quoi, veux-tu t'opposer à tes propres conseils ?
À qui destinais-tu ces honneurs sans pareils[178] ?

HAMAN

Aux princes seulement, ces appuis des provinces.

LE ROI

1570   Haman, de bons sujets me tiennent lieu de princes ;
Je sais bien estimer la noblesse du sang,
Mais la fidélité me plaît plus que le rang[179].

HAMAN

Mais Sire…

LE ROI

Mais enfin, pour tirer Mardochée
De cette obscurité dont sa gloire est cachée,
1575   Pour rendre avec usure à sa fidélité
Le bien que je lui dois, et qu'elle a mérité,
Je veux en sa faveur devant que tu sommeilles,
Te voir exécuter ce que tu me conseilles.
Je veux rendre par toi ses honneurs sans égaux ;
1580   Fais-le donc revêtir des ornements royaux,
Fais briller sur son front l'éclat du diadème,

---

178. Question piège ; mais Haman ne manque pas de présence
d'esprit.
179. Lieu commun.

Fais-le voir à mon peuple en ce degré suprême ;
Toi-même en sa faveur.publie à haute voix
Qu'ainsi sont honorés ceux qu'honorent les rois.
1585 Que si quelque envieux ose noircir sa vie,
Immole à son repos l'envieux et l'envie ;
Enfin quelques grands biens qu'il puisse demander,
À qui m'a tout sauvé je dois tout accorder.
Va m'obéir Haman, va-t-en me satisfaire,
1590 Exécute cet ordre ou crains de me déplaire.
Et montre par l'ardeur que j'espère de toi,
Que tu chéris les cœurs qui chérissent leur roi.

SCÈNE III

HAMAN *seul*.

Moi que par des honneurs sans bornes et sans
                                        [exemples,
Même à mon ennemi je bâtisse des temples !
1595 Et qu'à ma dignité moi-même injurieux,
Je mette ma victime au nombre de mes dieux !
Non, non, tombe sur moi pour me réduire en poudre
Et des rois et des dieux la disgrâce et la foudre ;
Nous aurons triomphé parmi de si grands coups
1600 Si l'heur d'un ennemi ne lui vient pas de nous ;
Nous aurons en mourant obtenu la victoire
Si nous ne servons pas à le combler de gloire.
Quel plus horrible coup me peut épouvanter ?
Quel plus cruel destin me peut persécuter ?
1605 Je pense recevoir un honneur, un salaire,
Et j'en viens décerner à mon propre adversaire !
Je crois trouver sa mort sans peine et sans combat,
Et je viens à sa vie apporter de l'éclat !
Si le voir seulement, et même comme infâme,
1610 Est un tourment des yeux qui passe jusqu'à l'âme

Le voir en même temps et vivre et triompher,
N'est-ce pas proprement ce que l'on nomme enfer ?
Si je résiste au roi, ma disgrâce est jurée,
S'il lui faut obéir, ma honte est assurée ;
1615 Lequel est, dieux cruels, le moins rude pour moi,
Ou de me voir l'objet de la haine d'un roi,
Ou de me voir contraint comme par la victoire
De mettre un ennemi dans le char de la gloire ?
Perdons, perdons plutôt cette vaine faveur
1620 Qui n'est douce qu'aux yeux et qui gêne le cœur.
Tomber au précipice est une loi plus douce,
Que d'en faire sortir l'ennemi qu'on y pousse ;
Et la faveur des rois n'est faveur qu'à demi,
Quand elle ne sert pas à perdre un ennemi.
1625 Que fais-je malheureux, ou bien que veux-je faire ?
Veux-je ajouter ma perte aux biens d'un adversaire ?
Veux-je par mon malheur, dont il sera charmé,
Lui donner le plaisir de me voir opprimé ?
Il chérira ma perte, il chérira ma cendre
1630 Bien plus que les honneurs que je pourrais lui rendre,
Puisque l'adversité d'un ennemi défait
Contente bien autant que l'honneur satisfait.
Comme de mes conseils, hélas le peut-on croire !
J'ai de mon ennemi sollicité la gloire ;
1635 Veux-je par ma disgrâce et par mes longs tourments
Contribuer encor[180] à ses contentements ?
Pourrais-je enfin prétendre, ô fortune infidèle,
D'être au vouloir d'un prince impunément rebelle,
D'un prince rigoureux, et dès le même jour
1640 Qu'il n'a pas épargné sa femme et son amour !
Ô redoutable effet d'un destin sanguinaire !
Qui veut ou que j'honore un infâme adversaire,

---

180. Nous conservons la forme *encor*, bien que *encore*, du fait
de l'élision, soit possible.

Ou que je sois réduit pour comble de douleurs,
À le rendre content par mes propres malheurs.
1645 Mais enfin il est Juif, donnons-en connaissance ;
Mais comme je craignis, je crains son innocence,
Je redoute aujourd'hui ce que j'ai redouté,
Je redoute ma fraude et sa fidélité.
Si je vais l'accuser, son service l'excuse,
1650 Il peut sauver les Juifs du succès de ma ruse ;
Je crains que tout le mal ne tombe dessus nous,
Et qu'en faveur d'un seul on ne pardonne à tous.
Recourons toutefois à ce dernier remède ;
Que ma fraude m'opprime, ou que ma fraude m'aide,
1655 Remontrons qu'il est Juif et tentons pour le moins
Ce qui peut m'affranchir et de peine et de soins,
Mais le voici, feignons…[181]

SCÈNE IV

HAMAN, MARDOCHÈE[182].

HAMAN

                    Enfin les dieux propices
Joindront la récompense à vos rares services.
Triomphez maintenant de ces longues douleurs
1660 Qu'une éternelle crainte ajoute à vos malheurs ;
Votre fidélité vous gagne une victoire
Qui vous couronnera d'une immortelle gloire.

---

181. Monologue « délibératif ». *Cf. Cinna*, IV, 2.
182. Cette confrontation est prise dans Flavius Josèphe (*Histoire ancienne*…, XI, 6-10).

MARDOCHÉE

Cesse, cesse, orgueilleux de tes prospérités,
D'ajouter la risée à nos calamités ;
1665 Et crois méchant esprit, âme dénaturée,
Que le bien des méchants n'est jamais de durée[183].

HAMAN

N'outragez point celui qui vous doit honorer.

MARDOCHÉE

Flatterai-je celui qui me doit massacrer ?

HAMAN

Vous oubliez sans doute et mon rang, et le vôtre.

MARDOCHÉE

1670 Nous savons votre rang, nous connaissons le nôtre ;
Enfin je sais cruel, qui nous sommes tous deux,
Je suis un misérable, et vous êtes heureux ;
Mais si le roi de Perse est encore équitable
Je serai bienheureux, vous serez misérable.

HAMAN

1675 Déjà l'événement répond à vos désirs,
Puisque même le roi travaille à vos plaisirs.

---

183. *Cf.* : « Le bonheur des méchants comme un torrent s'écoule » (Athalie, II, 7, v. 688).

MARDOCHÉE

Il y travaillera pour la honte d'un traître,
Et s'il nous veut ouïr, et s'il peut vous connaître[184].

HAMAN

Enfin… Mais il revient, je crains quelques malheurs.

SCÈNE V

LE ROI, ESTHER, HAMAN, MARDOCHÉE

LE ROI *parlant à quelqu'un des siens*.

1680   Esther, me dites-vous, vient me trouver en pleurs ?
Haman, suivez votre ordre.

HAMAN

                                  Ô loi trop inhumaine !
Toutefois espérons, je vois venir la reine.

ESTHER

Sire, qu'Haman demeure.

---

184. Mardochée n'est pas encore au courant de l'honneur que
veut lui faire le roi… et Haman ne se presse pas de l'en informer.
À la différence du récit biblique, l'ordre royal n'est pas exécuté :
Haman n'en a pas le temps.

LE ROI

Arrêtez près de moi,
Et recevez d'Esther cette première loi.

ESTHER *remettant aux pieds du roi la couronne et le sceptre.*[185]

1685 Sire, puisque le Ciel, d'où dépend notre gloire,
Attache de si près ma perte à ma victoire,
Sire, puisque le Ciel ne veut que d'un moment
Séparer ma grandeur de mon abaissement,
Je remets à vos pieds ces marques glorieuses
1690 Qui perdraient leur éclat dans des mains malheu-
[reuses,
Aimant bien mieux les rendre à votre Majesté,
Que de les voir ravir par mon adversité.

LE ROI

Quelle raison vous force à rendre une couronne
À l'instant bienheureux que le Ciel vous la donne ?
1695 Que craignez-vous Esther, et d'où vient cet effroi ?
Craignez-vous les présents et l'amitié d'un roi ?

ESTHER

Hâ Sire, si les traits d'une affreuse tempête
Déjà prêts de tomber ne pendaient sur ma tête,

---

185. Modification du spectacle : Du Ryer répugne aux usages
du despotisme oriental. Le sceptre continue néanmoins à jouer un
rôle, mais c'est celui d'Esther, auquel elle se montre, une fois de
plus, prête à renoncer. La cérémonie du mariage, en effet, n'a pas
encore eu lieu (voir v. 1489-1490).

      Ou que cet attentat plein de rage et d'horreur
1700 Contre moi seulement fit agir sa fureur,
      On ne me verrait pas par une juste plainte
      Au calme de la cour donner la moindre atteinte,
      Et je perdrais la vie avec la liberté
      Plutôt que de troubler votre tranquillité.
1705 Mais le coupable auteur d'un si sanglant orage,
      Sur un peuple innocent veut étendre sa rage,
      Il veut de votre Etat faire un funeste étang,
      Qui ne soit composé que de pleurs et de sang ;
      Et pour combler l'horreur d'une trame si noire,
1710 Il va jusques à vous attaquer votre gloire.

LE ROI

      On veut vous attaquer ! De quelle lâche main
      Pourrait sortir l'effet de ce cruel dessein ?
      Quelle rigueur, quels maux, quels tourments légitimes
      Ne sont pas dus, Haman, à l'auteur de ces crimes !

HAMAN

1715 Il n'est pas de tourments ni d'inhumanité
      Qui ne soit moindre encor que cette impiété.
      Pour perdre le coupable et lui faire un supplice,
      Même la cruauté peut devenir justice.
      Mais ne différez point, Sire, et n'épargnez rien,
1720 Laisser vivre un méchant, c'est nuire aux gens de
                               [bien[186].

---

186. Réplique à effet théâtral, certes, mais peu vraisemblable :
Haman aurait bien dû se douter de quelque chose, même si Esther
a su le persuader de son antisémitisme.

LE ROI

Parlez, parlez, Esther, montrez le misérable
Qu'un si noir attentat a rendu si coupable.
Bien que contre moi seul il tournât son effort
Pour vous avoir fait craindre il mérite la mort[187].
1725 Parlez, parlez enfin, montrez-nous cet infâme.

ESTHER

Hâ Sire, c'est Haman.

LE ROI

Vous Haman ?

HAMAN

Moi Madame !

ESTHER

Oui traître, oui méchant, Sire pardonnez-moi,
Si je semble oublier le respect de mon roi ;
C'est le premier tourment que nous devons aux traîtres
1730 Que de les mépriser à l'aspect de leur maître.
Sire, il vous ressouvient de ce grand attentat
Qui tramait votre perte, et celle de l'État,
Et de qui Mardochée eut l'honneur et la gloire,
De vous faire obtenir une heureuse victoire.

---

187. Casuistique subtile et galante : le roi semble compter pour
rien l'attaque dirigée contre lui ; le grand crime est d'avoir causé
de la frayeur à la reine.

1735 Le traître dont la main devait l'exécuter,
      Le traître qui s'enfuit quand on crût l'arrêter,
      Enfin…

LE ROI

      L'a-t-on trouvé ?

ESTHER

                          Les Juifs, ces misérables
      Qu'on vous a figurés comme de grands coupables,
      Et qui voudraient mourir pour votre Majesté,
1740 L'ayant suivi partout, l'ont enfin arrêté.
      Jusques ici, méchant, tu parais sans offense,
      Et brillant de l'éclat que donne l'innocence,
      Mais écoute, et bientôt on verra tes forfaits,
      Si déjà sur ton front on n'en voit des effets.
1745 Sire, ce prisonnier que les Juifs ont su prendre,
      Et que dans vos prisons les Juifs viennent de rendre,
      Ce complice d'Haman l'accuse des desseins
      Qui poussaient contre vous ces criminelles mains,
      Et pour le confirmer le Ciel voulut permettre
1750 Que l'on surprît un Grec qui portait cette lettre.

HAMAN

Hélas !

LE ROI *après avoir lu la lettre.*

      Haman écrire aux ennemis des miens,
      Recommander un traître aux Macédoniens[188] !

---

    188. Sur ce nouveau complot, voir le texte grec du *Livre d'Esther* (XVI, 10-14) et Flavius Josèphe, *Antiquités*, XI, 6, 12.

HAMAN

Moi Sire ?

LE ROI

Toi méchant.

HAMAN

Ô dieux quelle imposture !

LE ROI

Reconnais-tu ta main? vois-tu ton écriture ?
1755 Ce sont là deux témoins qui procèdent de toi,
Dont tu ne peux combattre et démentir la foi[189].

ESTHER

Cependant c'est par lui, c'est par ses artifices
Qu'on destine les Juifs à d'horribles supplices.
Et je venais enfin solliciter pour eux,
1760 N'espérant qu'aux bontés d'un prince généreux ;
Mais Sire, mais le Ciel ami de l'innocence,
A fait en même temps éclater sa puissance,
Et pour les affranchir de leurs calamités
Il a joint son pouvoir avecques vos bontés[190].
1765 Ainsi dans le moment que malgré la menace
Je venais à vos pieds vous demander leur grâce,
Ils ont fait un effort dont le fruit est pour vous,

---

189. Cette accusation n'est nullement dans le récit biblique.
190. Perry Gethner observe que c'est ici la première fois
qu'Esther affirme sa foi en la providence.

Et qui doit en amour changer votre courroux.
Ils ont dans vos prisons amené le perfide
1770 De qui la main s'arma pour votre parricide,
Et par les soins du Ciel qui les garda toujours,
Ils ont avec ce traître amené leur secours.
S'il est vrai maintenant que les Juifs soient des traîtres,
Des infracteurs de lois, des ingrats à leurs maîtres,
1775 Pour nous répondre, Haman, sortez pour un moment
Ou de la modestie, ou de l'étonnement,
Les Juifs que vous blâmez les eût-on vus paraître
Avecques tant d'ardeur à la prise d'un traître ?
Et si les factions, et si les attentats
1780 Du faible Mardochée étaient les seuls ébats,
Aurait-il découvert ces attentats funestes,
Qui rendent au soleil vos crimes manifestes ?
Mais si l'ingrat Haman eût gardé pour son roi
Quelques ressentiments[191] et d'amour et de foi,
1785 Eût-il de Mardochée attaqué l'innocence,
Comme un fort[192] opposé contre sa violence ?
Viendrait-il aujourd'hui vous demander secours,
Pour perdre un innocent qui conserva vos jours ?

LE ROI

Quoi barbare artisan d'aventures tragiques,
1790 Voudrais-tu m'engager dans tes lâches pratiques ?
Il ne te suffit pas de troubler notre paix,
Tu veux donc que ton prince ait part à tes forfaits[193] ?

---

191. Sentiments profonds.
192. Sens militaire.
193. En couvrant de son autorité la tuerie que tu prépares.

ESTHER

Je ne demande pas qu'on perde ce coupable[194],
Mais qu'un peuple innocent vous trouve favorable.
1795 Si l'on détruit les Juifs, on me perd avec eux,
Et vous me haïssez s'ils vous sont odieux.
Il ne faut plus cacher Esther à votre vue,
Il faut rompre le voile, et qu'elle soit connue ;
Ce n'est pas un défaut de sortir comme moi
1800 D'un peuple malheureux mais fidèle à son roi.
Ce peuple infortuné[195] fut celui de mes pères,
Il eût été le mien sans nos longues misères,
Et s'il n'eût point senti la colère des Cieux,
Je règnerais au trône où régnaient mes aïeux[196].

LE ROI

1805 Quoi vous sortez des Juifs ! leurs rois sont vos
[ancêtres !

ESTHER

Oui, je sors des grands rois qu'ils connurent pour
[maîtres,
Et lorsqu'à mon amour votre cœur s'est rendu,
Toujours grand, toujours haut, il n'a point descendu.

---

194. Modération traditionnelle dans les pièces françaises, mais qui n'existe nullement dans la Bible.

195. *Cf.* Racine, *Esther*, III, 4, v. 1030.

196. Il n'y a pas de raison d'appliquer aux protestants ce plaidoyer pour les Juifs. La Régence est une époque de paix religieuse.

LE ROI

Quoi vous sortez des Juifs ?

ESTHER

                    Oui Sire, et Mardochée,
1810 Qu'attaque injustement une haine cachée[197] ;
      Lui qui vous conserva, lui qui veille pour vous,
      Fut frère de mon père, et prince parmi nous.

HAMAN

Quelle étrange aventure, et qu'en faut-il attendre ?

ESTHER

      Sire, après ce discours qui vous a dû surprendre,
1815 Je remets à vos pieds ma grandeur et mon sort
      Pour attendre de vous ou ma vie, ou ma mort.

LE ROI

      Vivez, régnez Esther, et gardez la puissance,
      Comme un don de l'amour, et de votre naissance.
      Il fallait que le Ciel couronnât devant moi,
1820 Celle qu'il destinait pour compagne d'un roi.
      Je ne saurais des Juifs, peuple juste et fidèle,
      Avec plus de splendeur récompenser le zèle,
      Qu'en donnant à la Perse et joignant à mon rang,
      Une reine qui sorte, et d'eux et de leur sang[198].

---

197. *Cf.* Racine, *Esther*, III, 4, v. 1128-1129.
198. Il n'est pas question de la révocation de l'édit contre les Juifs. Négligence de l'auteur ?

MARDOCHÉE

1825 Il faut mourir pour vous pour mériter ces grâces[199].

LE ROI

Il ne faut que marcher dessus les mêmes traces.
Mais toi méchant esprit, exécrable à jamais,
Sur qui jusques ici j'ai perdu mes bienfaits,
Toi qui de l'innocent voulait faire à ton crime
1830 Ainsi qu'à ta fureur une injuste victime,
Coupable et digne objet de la rigueur des rois,
Attends, attends les maux que tu lui préparois.
Et crois que ma justice encore trop humaine
Aux biens que je te fis, mesurera ta peine.
1835 Vous, gardes, saisissez ce butin des enfers[200],
Et que la seule mort l'arrache de nos fers.

ESTHER

Ha Sire, en sa faveur écoutez la clémence !

LE ROI

La clémence est un crime en pareille occurrence,
Et quelque beau laurier qu'on en puisse cueillir,
1840 Pardonner aux méchants, c'est montrer à faillir[201].
Mais enfin que les Juifs reprennent leur franchise[202],

---

199. Mardochée se montre soudain bien courtisan !
200. Image violente, à rapprocher de « tison d'enfer », employé pour désigner un méchant homme, selon Furetière.
201. Reprise de l'idée exprimée par Haman au v. 1720.
202. Leur situation dans l'État, avec ses éventuels privilèges.

Qu'ils soient plus honorés que l'on ne les méprise,
Et qu'en faveur d'Esther on voie en même jour
Triompher l'innocence aussi bien que l'amour.

MARDOCHÉE

1845 Ô Ciel ! c'est de toi seul que ce bien va descendre,
Et ce n'est qu'à toi seul que nous devons le rendre[203].

FIN

---

203. Un des rares propos vraiment religieux de la pièce.
Racine, avant le dernier chœur, clôturera le dialogue d'une façon
moins plate :

Ô Dieu, par quelle route inconnue aux mortels
Ta sagesse conduit ses desseins éternels !

EXTRAICT DU PRIVILEGE
du Roy

Par grâce et Privilege du Roy, donné à Paris, le quinziesme jour de Juillet mil six cent quarante-trois : Il est permis à Anthoine de Sommaville, & Augustin Courbé, Marchands Libraires à Paris, de faire imprimer, vendre et débiter en tous lieux de nostre obeyssance, une Piece de Theatre, intitulée *Esther, Tragedie de P. Du Ryer* : Et deffences sont faites à tous Imprimeurs & Libraires, ou autres, sinon de leur consentement, d'en faire imprimer, vendre ny distribuer aucune autre que de l'Impression qu'ils ont fait faire, soubs les peines portées par lesdites Lettres.

Achevé d'imprimer pour la premiere fois le 30 Mars 1644.

Les Exemplaires ont esté fournis.

III. THÉMISTOCLE

LES TRAGÉDIES PROFANES DE DU RYER

Lucrèce

En 1636, probablement avant *Le Cid*, en même temps que la *Lucrèce romaine* d'Urbain Chevreau, Du Ryer fait jouer sa première tragédie, *Lucrèce*, qu'il publie en 1638. Le sujet en est tiré de Tite-Live (I, 57-59), que l'auteur suit assez fidèlement.

Collatin vante inconsidérément sa femme, Lucrèce, devant Tarquin et l'invite à aller l'admirer à sa toilette, malgré son ami Brute, qui le juge imprudent. Brute essaie aussi de détourner Tarquin de tenter Lucrèce. Celui-ci feint d'être convaincu mais il est furieux contre Brute.

Pour l'aider dans son entreprise, Libane, esclave de Tarquin fait croire à Lucrèce que son mari la trompe, mais ses femmes la consolent. Tarquin arrive alors et tente de la séduire, sans succès ; il accuse lui aussi Collatin. Lucrèce, qui a réussi à faire avouer Libane, a l'intention de tout dire à son mari. Cornélie, sa confidente, le lui déconseille. Les domestiques mâles ayant été écartés par Tarquin, Lucrèce envoie ses femmes à leur recherche ; elle est donc seule lorsque celui-ci survient et se livre à une nouvelle tentative de séduction – allant jusqu'à proposer un partage :

Souffrez que, pour le moins, Lucrèce soit à deux.

N'obtenant rien, il la menace de la tuer, de tuer aussi
son esclave et de la déshonorer en prétendant qu'il a
fait justice des deux coupables.

Pour sauver son honneur, Lucrèce se voit obligée
de céder, mais, le viol une fois commis, elle poursuit
Tarquin, poignard en main, puis elle écrit à son père
et à son mari, les priant de venir. À la dernière scène,
elle fait un long récit des événements et supplie son
mari de la venger. Son père, Collatin et Brute le lui
promettent, et elle se suicide. Après une assez
longue déploration des uns et des autres, Brute
décide de chasser les tyrans de Rome.

Tout se passe dans la maison de Collatin entre un
matin et le matin suivant. Les références romaines
donnent de la couleur locale. Du Ryer supprime le
personnage inutile de Valerius, qui existait chez Tite-
Live, et nuance les caractères. Lucrèce, parfaitement
héroïque, certes, ne croit pas les calomnies sur son
mari. Tarquin, comme chez l'historien latin, s'efforce d'abord d'obtenir un consentement, mais il
devient ensuite tout à fait cynique et méchant. Le
jeune Collatin est un peu ridicule, comme le sage
Brute, sorte de philosophe néo-stoïcien, le souligne
aux spectateurs, mais il est puni beaucoup plus qu'il
n'a péché. On peut trouver étrange que Lucrèce
envoie toutes ses femmes à la recherche de ses
autres domestiques, restant ainsi absolument seule ;
mais la conduite de la pièce est rapide, vigoureuse,
les caractères bien distincts, les vers assez fermes, à
l'exception du dernier acte, où l'on peut trouver des
longueurs.

Alcionée

La deuxième tragédie de Du Ryer marque un
retour à l'esprit de ses tragi-comédies. Le nom de

tragédie n'est justifié que parce qu'elle se termine par une mort – peu justifiée. *Alcionée*, jouée sans doute en février 1637 à l'Hôtel de Bourgogne, et publiée en 1640, est tirée du chant trente-quatre du *Roland furieux* de l'Arioste.

Le héros, Alcionée, est un simple général, devenu rebelle parce que le roi lui a refusé la main de sa fille, Lydie ; vainqueur il redemande sa main ; cette fois le roi serait d'accord et Lydie l'aime. C'est par amour pour elle qu'Alcionée a rendu sa couronne à son père, contre la main de sa fille. Mais le roi désire un gendre de rang plus élevé et ne veut plus tenir une promesse obtenue par quelqu'un qui s'est rebellé contre son souverain ; pour s'en délivrer, il remet la décision à sa fille.

Dans des stances, au début du troisième acte, Lydie se demande si elle doit aimer Alcionée ou le haïr. Elle se déclare prête à obéir au roi son père, mais Alcionée voudrait qu'elle consente à l'épouser de son propre chef et non par obéissance. Le roi déclare à sa fille que s'il n'a pas fait d'opposition, c'est qu'il comptait sur son refus. Alors, finalement, Lydie refuse Alcionée. Celui-ci est choqué et désespéré de l'attitude de la princesse. Conseillé par ses amis, il décide de s'exiler, mais ne peut supporter l'idée de vivre loin de celle qu'il aime : il se tue à ses pieds.

Elle ne veut pas, elle veut ; le roi ne veut pas, puis il veut bien ; elle ne veut pas, etc. Toute l'action est contenue dans ce mouvement ; il s'en fallait de presque rien pour que le dénouement fût heureux et que la pièce devînt tragi-comédie. Lydie parle souvent comme une héroïne cornélienne et Alcionée, dans sa passivité hautaine, a quelque chose de Nico-

mède[1], mais l'esprit de la pièce est plutôt racinien :
par certains aspects, *Alcionée* est une *Bérénice*
inversée. La pièce pose le problème du conflit entre
les exigences sociales et celles de la passion, en laissant une ambiguïté : est-ce le devoir ou l'orgueil qui
fait agir Lydie ?

La scène est à Sardes, capitale de la Lydie (l'héroïne porte le nom de son pays) ; deux salles du
palais et quelques heures suffisent pour conduire au
dénouement. Le seul événement est le suicide du
héros et il n'arrive qu'à la fin. Toute l'action est inté-
rieure, dans l'évolution des caractères, les choix qui
se présentent. Il y a deux personnages d'envieux,
Alcire et Callisthène. Le roi est un politique sans
scrupules. Alcionée répond aux exigences
d'Aristote : il est très sympathique, mais il a néanmoins été un rebelle, et de ce fait mérite une punition.

Scévole

Avec *Scévole*, la plus célèbre pièce de Du Ryer,
jouée en 1644 et imprimée en 1647, on revient à
l'histoire romaine et à Tite-Live. Tarquin et son allié
Porsenna assiègent Rome. Junie a été faite prison-
nière, mais est bien traitée par Porsenna, qui jadis
avait demandé sa main. Dans le camp étrusque, elle
rencontre Scévole, son amant, venu subrepticement
dans le dessein de tuer le roi ennemi. Elle le per-
suade de la laisser essayer d'abord de convaincre
pacifiquement Porsenna de lever le siège : il y
consent, mais elle échoue. En revanche, Porsenna lui
offre son fils et la couronne d'Étrurie. Elle refuse,
voudrait pourtant détourner Scévole de son projet, à

---

1. Ce n'est pas un emprunt : *Nicomède* sera joué treize ans plus
tard.

la fois parce qu'elle l'aime et parce que Porsenna lui est sympathique. Scévole s'obstine mais se méprend et poignarde quelqu'un d'autre. Arrêté et menacé de la torture, il se brûle la main droite, comme on sait (hors scène). Porsenna est prêt à envoyer Scévole au supplice ; cependant, sensible à l'intervention de son fils, Arons, qui lui rappelle que Scévole lui a naguère sauvé la vie, influencé par son amour pour Junie et impressionné par le courage du Romain, irrité en outre par l'orgueil et l'ingratitude de Tarquin, il décide de lever le siège et rend leur liberté à Scévole et Junie, qui pourront devenir époux.

La pièce est vivement menée, avec la péripétie d'une fausse nouvelle : au début du quatrième acte on vient annoncer que Scévole a réussi ; mais elle comporte aussi des effets rhétoriques : au troisième acte, on assiste à une *controversia* en règle entre Arons, qui conseille à son père d'abandonner le siège et Marsile, qui plaide pour le contraire ; Junie, elle aussi, se montre éloquente, lorsqu'elle essaie de persuader Porsenna de rompre son alliance avec Tarquin ou lorsqu'elle demande à Arons d'intervenir en faveur de Scévole. Et l'auteur ne manque pas d'inclure dans sa tragédie le récit de l'exploit d'Horatius Coclès.

Le ton de *Scévole* est héroïque d'un bout à l'autre : hormis Tarquin, le mauvais roi, tous les personnages ruissellent de vertu et de noblesse d'âme. Nous sommes à la fois dans le climat d'*Horace* et dans celui de *Cinna :* sur ce plan au moins on ne saurait nier l'influence de Corneille ; on a même quelque peu l'impression que Du Ryer s'efforce de rivaliser avec lui. L'action dure quelques heures ; pour le décor, le *Mémoire* de Mahelot indique simplement : « Théâtre est des tante [*sic*] et pavillons de guerre. »

THÉMISTOCLE

La dernière tragédie de Pierre Du Ryer, *Thémistocle*, fut jouée au cours de l'hiver 1646-1647[2], vraisemblablement au Marais, puisque aucune note la concernant ne figure sur le *Mémoire* de Mahelot. En même temps, à l'Hôtel de Bourgogne on donnait l'*Héraclius* de Corneille. La pièce eut-elle du succès ? Sans doute, du moment qu'elle connnut trois éditions au XVIIe siècle : l'édition originale de Sommaville, une édition pirate, en Elzévir, parue en 1649 à Leyde, et une édition officielle chez Claude Rivière, à Lyon, en 1654. Mais surtout, elle figure en 1705, dans le troisième volume du *Théâtre français*, publié par la Compagnie des Libraires, et encore dans le troisième volume de la même collection, avec *Esther*, lors de l'édition de 1737. En tout cas, elle ne passa pas inaperçue : Gillet de la Tessonnerie, dans son *Déniaisé*, joué peu après, fait dire à deux rivaux qui se vantent des divertissements qu'ils ont offerts à leur belle :

ARISTE : J'ai fait voir à Daphnis dix fois *Héraclius*.
CLIMANTE : Moi, vingt fois *Thémistocle* et peut-être encor plus.

La *Bibliothèque poétique*, en 1727, cite un passage de la scène 1 de l'acte III, et Marmontel juge *Thémistocle* « composé avec sagesse [...] avec une simplicité assez noble, d'un ton asez élevé[3] ». Il semble le placer, au-dessous de *Scévole*, mais au même rang

---

2. C'est l'opinion de Lancaster ; d'autre, se fondant sur une lettre de Conrart du 2 décembre 1647 où il dit avoir vu « depuis peu » Thémistocle, la repoussent d'une saison.

3. *Bibliothèque poétique*, p. 306-314.

qu'*Alcionée*, parmi les meilleures pièces de Du Ryer.
Les frères Parfaict y consacrent huit pages. Ils sont
assez sévères : « Ce n'est pas dans les ouvrages de
M. Du Ryer ni dans ceux de ses contemporains, qu'il
faut chercher des plans réguliers, des caractères sou-
tenus et ce qu'on appelle l'économie du théâtre ».
Mais le public n'avait pas encore formé son goût et
« n'était pas accoutumé à raisonner sur la justesse
d'un poème ni à en remarquer les défauts ». Ils citent
une lettre envoyée au *Mercure* par un certain Gourdon de Bach, de Toulouse, le 20 septembre 1721, où
il prend la défense de l'*Alcibiade* de Campistron, tragédie dont on a dit qu'elle était « une copie bien res-
semblante » de *Thémistocle*, « non seulement pour la
conduite totale, mais même pour quantité de vers
copiés tout de suite[4] ». Voici cette lettre :

> À Dieu ne plaise que je veuille attaquer Du Ryer,
> mais son *Thémistocle* est peut-être le plus mauvais et
> le moins suivi de tous ses ouvrages. Thémistocle
> n'aime ni son pays, ni la Perse, ni la maîtresse que Du
> Ryer lui donne, c'est un personnage ambigu, équi-
> voque, qui ne saurait attacher. Mandane et Palmis,
> mère et fille, parentes de Xercès, sont (ou peu s'en
> faut) des visionnaires[5] dont les sentiments n'ont rien
> d'intéressant, ni de déterminé. Xercès soutient assez
> mal le caractère de roi. Artabaze, premier ministre,
> n'est qu'un méchant, qu'on ne punit point ; la seule
> Roxane, confidente de Mandane, est véritablement
> amoureuse de Thémistocle ; cette passion tombant sur
> un personnage bas, fait un misérable effet. Enfin, Thé-
> mistocle, contre la vérité de l'Histoire, épouse Palmis,
> et Xercès promet à Thémistocle de ne jamais faire la
> guerre à la Grèce ; voilà à peu près le caractère et la
> catastrophe de *Thémistocle*.

---

4. Maupoint, *Bibliothèque des théâtres*, p. 8.
5. C'est-à-dire des folles.

Les Parfaict, au cours de leur analyse, commentent l'œuvre :

> Cette Roxane est d'un caractère nouveau et bien singulier, confidente des amours de Palmis et de Thémistocle, sans espoir de toucher le cœur de ce dernier qu'elle aime, ni oser seulement lui déclarer ses sentiments, elle ne se rebute pourtant point et ne cesse de le servir, l'avertissant de tout ce qui se trame contre lui[6].

Ils conviennent avec l'auteur de la lettre que *Thémistocle* manque de liaison et de conduite, mais s'élèvent contre l'épithète de « visionnaire » appliquée à Mandane :

> Son caractère est plutôt celui d'une furieuse, uniquement occupée à faire du mal soit à l'un soit à l'autre selon que son caprice la mène et Palmis n'est qu'une précieuse ; à l'égard de Xercès, nous croyons qu'il soutient assez bien son caractère. Il sait à propos faire respecter son autorité et user de la douceur convenable à un grand monarque ; le rôle de Roxane est beau ; si n'étant que simple confidente elle est chargée de presque toute l'intrigue, ce n'est pas sa faute, c'est plutôt celle de l'auteur[7].

Ils reconnaisent néanmoins qu'*Alcibiade* est « infiniment supérieur » à *Thémistocle*, et notent quelques modifications : Palmis, nièce du roi chez Du Ryer, est sa fille chez Campistron. Artémis joue avec Alcibiade le même rôle que Mandane avec Thémistocle, mais Pharnabaze, au contraire d'Artabaze, est un

---

6. En 1721, la Comédie-Française avait repris *Scévole* avec grand sucès ; Baron tenait le rôle principal. À cette occasion, le Mercure faisait l'éloge de Du Ryer et prétendait qu'*Alcibiade* n'était qu'une copie de *Thémistocle*. D'où la lettre de protestation.

7. Fr. et Cl. Parfaict, *Histoire du Théâtre français depuis son origine jusqu'à présent*, Paris, 1734-1747, t. VII, p. 96-104.

rival généreux. Ils préfèrent néanmoins *Andronic* et *Tiridate*[8].

Analyse

Acte I

Les trois premières scènes du premier acte constituent l'exposition de la pièce. Roxane y explique à Hydaspe la situation de Thémistocle, chassé par les Grecs qui redoutent qu'il ne prenne un pouvoir tyrannique, et réfugié à la cour du roi des Perses. Naturellement, il n'y manque pas d'ennemis ; aussi le roi a-t-il accepté qu'on lui fasse un procès en règle et lui a-t-il donné le temps d'apprendre la langue perse pour pouvoir se défendre. Nous savons aussi que Mandane sœur du roi, qui l'avait toujours soutenu, le déteste depuis qu'il lui a appris incidemment lui-même qu'il était responsable de la mort de son amant, Cambise, tué à Salamine.

Mais Thémistocle a un autre protecteur, Artabaze, grand seigneur et conseiller du roi. Mandane décide donc de commencer par le détruire ; auparavant, elle veut cependant le faire sonder par Roxane, pour savoir s'il est toujours désireux de protéger son ennemi. Roxane, elle-même secrètement amoureuse de Thémistocle, décide au contraire de faire tout pour sauver ce dernier.

Mais voici Artabaze, qui lui apprend qu'il hait Thémistocle et qu'il ne l'a protégé jusqu'alors que pour complaire à Mandane, afin qu'elle ne lui refuse pas sa fille, dont il est amoureux. Arrive alors Man-

---

8. Tragédies de Campistron, respectivement de 1685 et 1691.

dane, qui ne dissimule plus ses véritables sentiments et donne à Artabaze l'ordre de perdre Thémistocle… lui promettant sa fille Palmis en récompense.

Acte II

Roxane conseille à Thémistocle de fuir ou de se cacher ; elle lui laisse même entendre qu'elle l'aime, mais visiblement, il ne s'en aperçoit pas. Il refuse de fuir, avouant que ce qui l'empêche de quitter la cour, c'est l'amour qu'il éprouve pour Palmis, amour qu'il croit sans espoir. Roxane lui révèle alors qu'Artabaze est son rival. Arrive Palmis, qui avoue à Roxane que, si elle souhaite la perte de Thémistocle, c'est qu'elle l'aime, sentiment dont elle a honte, contre lequel elle lutte et qu'elle se refuse à faire paraître. Cela dit, elle va prendre sa défense auprès d'Artabaze et le sommer de protéger Thémistocle, s'il veut qu'elle lui accorde sa main. Désarroi de celui-ci, puisque Mandane lui a demandé le contraire. À qui obéir ? S'il désire Palmis, ce n'est nullement par amour mais par ambition : épouser la nièce du roi consoliderait sa position à la cour. Après quelque débat en présence de son confident Pharnaspe, il décide de satisfaire Mandane. Ce qui lui importe est moins l'amour de Palmis que sa possession.

Acte III

Dans une longue tirade de 118 vers, Thémistocle plaide habilement sa cause devant le roi. Il ne se repent pas de ce qu'il a fait, et qui était son devoir. Il est prêt à se tuer lui-même si le roi l'ordonne, mais il propose plutôt qu'on lui donne un commandement ; comme il connaît ses talents militaires, il accumulera conquêtes sur conquêtes : ce qu'il a fait pour les

Grecs, il le fera pour son protecteur. Le roi lui répond avec bienveillance et le reçoit d'autant mieux que, ignorant leur changement d'attitude, il a déjà la caution de Mandane et d'Artabaze ; ceux-ci, présents sur la scène, ne peuvent que s'incliner devant le désir du roi. Restée seule avec Palmis, Mandane exhale sa rage : elle va travailler à perdre Thémistocle ; mais voici Artabaze qui apporte une bien autre nouvelle : le roi à promis Palmis à Thémistocle. Fureur de Mandane, qui s'affirme prête à se tuer et à tuer sa fille plutôt que de la laisser épouser un banni. Au reste, ce n'est plus son affaire, mais celle d'Artabaze : puisqu'elle lui a promis Palmis, c'est à lui d'empêcher une union qui le lèse. Restée seule, Roxane, dans une tirade qui fait songer à l'Infante du *Cid*, se demande ce qu'elle doit faire : abandonner Thémistocle puisqu'il ne sera jamais pour elle et ne répond pas à son amour, ou l'aider malgré tout. Évidemment, c'est ce dernier parti qu'elle choisit.

Acte IV

Artabaze se vante auprès de Palmis d'avoir défendu Thémistocle pour lui obéir, mais, comme elle paraît prête à se soumettre au désir du roi, il la met en garde contre un mariage indigne d'elle ; elle lui répond qu'il est juge et partie et que lui non plus n'est pas un prince. Resté seul et furieux du mépris de Palmis, Artabaze décide de travailler personnellement à la perte de Thémistocle. Mandane arrivant, il se plaint à elle de l'attitude de sa fille ; mais, à la grande surprise de son interlocuteur, Mandane approuve hautement celle-ci. Elle explique ensuite à Roxane qu'elle a appris que Cambise la trahissait : pour l'écarter d'elle, Artabaze avait chargé sa propre sœur de le séduire ; des lettres de Cambise le prouvent. À la scène suivante, le roi apprend à Artabaze qu'il va bien donner Palmis à Thémistocle ; Mandane arrivant, il lui demande son accord, elle y consent. Artabaze essaie alors d'éveiller la méfiance du roi, tout en se défendant auprès de Mandane d'être hostile à leur ancien ennemi.

Puis le roi annonce à Thémistocle qu'il lui donne Palmis, et qu'il le charge de diriger une expédition contre la Grèce. Désarroi de Thémistocle devant cette proposition : il fait une grande déclaration d'amour à Palmis, mais lui dit qu'il ne combattra pas contre sa patrie. Elle réfute ses arguments (les Perses ont fait pour lui plus que n'ont fait les Grecs) et lui affirme que c'est la manière de lui montrer son amour.

Acte V

Roxane est chargée par Mandane d'exhorter le héros grec à faire ce que lui demande le roi. Elle en profite pour expliquer son amour à Thémistocle, sans toucher beaucoup celui-ci, amour fondé sur la reconnaisssance d'avoir sauvé la vie de son père à Salamine ; elle est donc décidée à travailler à son bonheur ; c'est pourquoi elle aussi le pousse à préférer Palmis à la Grèce. Mandane intervient à son tour. Monologue de 34 vers de Thémistocle, troublé et se demandant ce qu'il doit faire. Suit une scène assez confuse, où Artabaze avertit d'abord Thémistocle que tout le monde le hait et le méprise ; il lui fait ensuite la morale en lui conseillant de refuser de se battre contre les Grecs. Thémistocle réfute ces arguments en s'affirmant apatride ou cosmopolite (v. 1694-1704). Enfin il lui conseille d'exiger que le roi lui donne Palmis avant qu'il ne parte en expédition, sous prétexte qu'après coup, on la lui refusera (cela pour irriter le roi). La scène se termine par un échange stichomythique de protestations d'amitié dans lesquelles Thémistocle refuse poliment l'appui que lui promet Artabaze. Le bref monologue qui suit montre qu'il n'est pas dupe. Seul avec Xercès, Artabaze lui annonce perfidement que Thémistocle a l'intention d'exiger la main de Palmis avant de partir en expédition. Le roi l'écoute avec attention, puis, coup de théâtre, il affirme à Artabaze qu'il est ravi de la chose : Thémistocle a raison de vouloir épouser Palmis avant son départ ; c'est bien ainsi que, pour sa part, il l'entendait. Artabaze essaie de l'en détourner, sans succès. Arrivent alors Mandane et Palmis, puis Thémistocle lui-même. Le roi lui annonce qu'il lui donne Palmis avant qu'il ne parte conquérir la Grèce. Thémistocle essaie d'abord de détourner le roi de lui confier cette expédition : il y a d'autres conquêtes plus difficiles et plus belles ; s'il tient à la Grèce, qu'il en confie la charge à un autre, etc. Xercès insiste. Alors, dans une assez longue tirade (48 vers), Témistocle refuse de porter les armes contre sa patrie. Il sait qu'il choisit ainsi la mort, mais surtout regrette de ne pouvoir montrer sa reconnaissance à son protecteur. Nouveau coup de théâtre : le roi félicite Thémistocle – c'était une épreuve pour voir s'il méritait sa confiance ; par égard pour lui, il renonce à la Grèce et lui donne Palmis, qui y consent volontiers. Il lui demande même de devenir ami avec Artabaze, pour que l'euphorie soit totale.

Les Sources

Hérodote, Diodore de Sicile, Plutarque, Cornelius Nepos ont raconté la vie de ce stratège à qui les Athéniens doivent la victoire de Salamine. C'est sur-

tout à Diodore et à Plutarque que Du Ryer a fait des
emprunts. Diodore raconte comment Thémistocle,
accusé par les Spartiates d'être entré dans le complot
de Pausanias et de vouloir livrer la Grèce à Xerxès,
fut acquitté mais frappé d'ostracisme. Il se retira à
Argos, puis chez Admète, roi des Molosses, mais les
Spartiates l'y poursuivirent. Il leur échappa et passa
en Asie où il vécut un an chez un ami, Lysithide, qui
le présenta, assez timidement, à Xerxès. Le roi lui
permit de se défendre et le déclara absous de ce qu'il
avait fait contre la Perse. Mais Mandane, fille de
Darius et sœur de Xerxès, avait perdu ses fils à Salamine. Elle supplie son frère de tirer vengeance de
Thémistocle. Le roi refuse. Alors « elle s'adresse
aux personnages les plus marquants de la Perse et
finit par enflammer la multitude qui se réunit à elle
pour demander le supplice de Thémistocle. » Le roi
établit un tribunal composé de huit citoyens distin-
gués, et l'on accorda à l'accusé un délai assez long[9].
Thémistocle en profita pour apprendre la langue
perse, se défendit en cette langue et fut acquitté. Le
roi s'en réjouit beaucoup et négocia le mariage de
Thémistocle « avec une femme née en Perse, remarquable autant par sa naissance et sa beauté qu'estimée pour sa vertu » ; il lui donna maison, mobilier,
domestiques et les revenus de trois villes, Magnésie,
qui fournissait les grains, Myonte le poisson et
Lampsaque pour ses vignobles. Il vécut assez longtemps, tranquillement, à Magnésie et il y mourut .
Selon certains historiens, poursuit Diodore, Xerxès
voulait tenter une nouvelle expédition contre la

---

9. Selon Plutarque, il demanda un an pour apprendre la langue
(*Vies*, Les Belles-Lettres, 1961, p. 132-140).

Grèce et il demanda à Thémistocle d'y prendre part.
Celui-ci y consentit mais fit jurer au roi de ne jamais
faire aucune guerre aux Grecs sans lui. Après quoi, il
s'empoisonna en buvant le sang du taureau qu'on
venait d'égorger[10].

On comprend les modifications que Du Ryer a
apportées : une mère est inconsolable de la perte de
ses fils, tandis qu'une femme, apprenant que son
amant l'a trompée peut se mettre brusquement à le
haïr, ou à croire qu'elle le hait. D'autre part, le suicide de Thémistocle n'aurait pas eu un caractère suf-
fisamment théâtral et cela aurait été faire tomber un
juste du bonheur dans le malheur, contrairement aux
préceptes d'Aristote. Prudemment, d'ailleurs, il n'a
pas fait Mandane amoureuse de Thémistocle, mais
simplement bienveillante envers lui. Par ailleurs, il
fallait que le héros aimât une princesse de sang royal
pour sauvegarder la dignité de la tragédie et resserrer
l'action.

On peut se demander si l'on ne trouve pas deux
autres traces des historiens anciens dans la pièce de
Du Ryer : la hantise de la mort dans l'âme du héros
au dernier acte : pourquoi s'imaginer que Xerxès est
cruel au point de n'envisager que l'obéissance ou la

---

10. Rapporté également par Plutarque (*ibid.*, p. 137), lequel
note pourtant que d'autres ont parlé de poison. Cornelius Nepos
donne une version toute contraire ; c'est Thémistocle qui prend
les devants et s'offre à Xerxès : « après avoir fait à ce prince bien
des promesses dont la plus agréable était d'accabler la Grèce par
les armes, il se retira en Asie Mineure ». Cornelius Nepos estime
qu'il y mourut de maladie, mais raconte que le bruit courut qu'il
s'était empoisonné lui-même, « désespérant de pouvoir réaliser la
promesse qu'il avait faite au roi de conquérir la Grèce ». Il fut
inhumé secrètement en Attique.

mise à mort[11] ? D'autre part, le fait que Thémistocle paraît succomber un instant à la tentation, peut être un rappel de l'autre version, où il feignait d'accepter de diriger une expédition contre les Grecs, pour la rendre aussitôt impossible par son suicide.

Les noms de différents personnages ont pu être empruntés à Hérodote ou à Plutarque : une Roxane fut l'épouse d'Alexandre le grand, mais Plutarque cite un Roxanès, chiliarque[12] de Xerxès ; Artabaze est le nom d'un général de Darius, devenu satrape, sans rapport avec le personnage de Du Ryer[13] ; en, revanche, toujours dans Plutarque[14], un autre chiliarque de Xerxès se nomme Artaban ; Pharnaspe était le nom du grand-père maternel de Cambyse ; Hydaspe est celui d'une rivière de l'Inde (aujourd'hui du Pakistan) et du dieu de cette rivière. Sur ses bords, Alexandre vainquit Porus. Palmis semble avoir été forgée.

La construction dramatique

La pièce est une galanterie héroïque, qui n'est pas sans quelque parenté avec *Nicomède* : le héros n'agit pas, il se contente de subir les coups. D'autre part l'action se réduit à une succession de modifications brusques de la situation, comme autant de petits coups de théâtre. Le premier de ceux-ci se place au

---

11. Il est vrai que, chasssé de la cour, Thémistocle se retrouverait à la merci de ses ennemis.

12. Officier commandant en principe un millier d'hommes.

13. En 1637, Desmarets de Saint-Sorlin avait donné ce nom au capitan de sa comédie des *Visionnaires*.

14. Plutarque, *op. cit.*, p. 134. Artaban est favorable à Thémistocle, mais Roxanès se méfie de ce « rusé serpent grec ».

début de la pièce : Mandane a changé d'attitude et s'est mise à haïr Thémistocle (v. 193-194). Deuxième surprise : c'est Thémistocle lui-même qui est cause de ce revirement, pour s'être vanté d'avoir fait sombrer le vaisseau commandé par Cambise (v. 238). Troisième information inattendue : Roxane avoue qu'elle aime Thémistocle (v. 290). Quatrième surprise : alors qu'on croyait qu'Artabaze était l'appui de Thémistocle, il proclame qu'il l'a toujours haï. Cinquième information *a priori* sans raison d'être : Thémistocle est amoureux de Palmis (v. 479), laquelle information est suivie d'une autre, également inattendue : Palmis aime Thémistocle (v. 540), au point que, au vers 658, elle demande à Artabaze de prendre sa défense ; si cette demande est naturelle, celui auquel elle s'adresse la rend problématique. Aux vers 859-860, Thémistocle propose à Xercès de se donner la mort : bien qu'il n'y ait pas là une attitude extraordinaire dans une tragédie, c'est malgré tout un élément qui ravive l'attention du spectateur, lequel pourra s'étonner aussi, un peu plus tard, de la naïveté d'un monarque qui semble ignorer tout des intrigues de sa cour.

Retour aux franches surprises au vers 962 : Xercès donne Palmis à Thémistocle. À la fin de l'acte III, une autre question, en parenthèse : que va faire Roxane ? Certes, elle choisit l'abnégation : on s'y attendait un peu, mais enfin ce parti pris de générosité n'était pas acquis d'avance (v. 1021-1054). Quant à Palmis, sa réponse à Artabaze (v. 1070) ne nous étonne guère, mais donne lieu à des réactions intéressantes. Nouveau coup de théâtre aux vers 1697 et suivants : le revirement de Mandane. Sensiblement plus tard, au vers 1403, Xercès propose brusquement à Thémistocle d'aller se battre contre les Grecs.

À partir de ce moment, l'intérêt ne faiblit pas, autour de la question centrale : Thémistocle va-t-il prendre les armes contre sa patrie ? On assiste donc à une série de tentations exercées sur le héros : par Palmis (v. 1481-1522), par Mandane (v. 1591-1596) et, en sens inverse, par Artabaze (v. 1687-1688), qui pousse d'abord Thémistocle à un refus qui irritera le Roi, puis qui lui conseille de demander qu'on le marie à Palmis avant toute chose, espérant que cette audace sera sa perte. Thémistocle ne cédant pas, il va lui-même l'en accuser calomnieusement auprès de Xercès (v. 1766). D'où l'avant-dernier des grands coups de théâtre : Xercès déclare hautement que Thémistocle a raison et qu'il approuve cette exigence prétendue (v. 1809). On assiste ensuite aux efforts de Thémistocle pour éviter un choix crucifiant et à sa détermination finale : la fidélité malgré tout à sa patrie (v. 1939). Alors intervient le dernier et le plus grand des coups de théâtre, la réponse de Xercès (v. 2001-2015) : sa proposition était une épreuve dont Thémistocle est sorti victorieux.

On le voit, les rebondissements de l'intérêt existent partout mais les plus importants sont placés, comme il sied, au cinquième acte, qui est de ce fait le meilleur de la pièce. Point de grandes passions longuement expliquées comme chez Racine, ni d'événements politiques importants comme chez Corneille ; point de grand geste comme dans *Lucrèce* ou *Scévole ;* point de salut ou de massacre d'un peuple entier, comme dans *Esther*, point d'atmosphère tragique comme dans *Saül ;* une seule décision du héros et un seul effet. L'absence d'événements extérieurs l'apparente davantage à *Alcionée.* Cette série de surprises en quoi consiste la pièce, malgré une structure beaucoup plus serrée (deux salles dans le palais, quelques heures), rapproche *Thémistocle* des tragi-comédies et l'on n'est pas étonné de voir Du Ryer revenir ensuite à ce type de pièces « moyennes ». Dans quatre de ses œuvres théâtrales, il avait presque atteint le niveau de Corneille ; il semblerait que conscient du « presque », il ait renoncé au combat et préféré traiter des sujets plus modestes ; mais, pour redonner de l'éclat à ce genre, il fallait avoir le génie de Racine.

Les caractères

Hydaspe et Pharnaspe méritent à peine d'être mentionnés, étant donné la faiblesse de leur rôles. Hydaspe n'est qu'un personnage protatique, destiné à faire rebondir les propos de Roxane. Il représente le Perse moyen, méfiant envers tout ce qui est grec[15] ; Pharnaspe est le confident type, simple interlocuteur d'un protagoniste.

Le Roi

Xercès est le monarque idéal, la justice incarnée, loin de toute passion. On est un peu surpris de le voir approuver les prétendues exigences de Thémistocle, rapportées par Artabaze ; mais cette relative incohérence de caractère est assez bien justifiée. Sa seule action consiste à imposer une épreuve à Thémistocle en lui proposant une félonie. Il est trop sage pour avoir une grande humanité. Sa seule faiblesse est une étrange naïveté : il ne sait pas reconnaître la perfidie d'Artabaze. Il n'en est d'ailleurs jamais détrompé et aucune disgrâce finale ne touche celui

---

15. Depuis Ulysse, les Grecs ont une grande réputation de ruse et de mauvaise foi. *Cf.* le vers de Virgile, "*Timeo Danaos et dona ferentes* » (*Énéide*, II, v. 9).

qui demeure le méchant[16]. Monarque trop parfait sans doute, mais vu son rôle, peu importe.

Roxane

Elle aime et n'est pas aimée ; elle n'est pas la première dans l'histoire du théâtre, mais elle est beaucoup plus vivante que l'Infante du *Cid*. Amour fondé sur la reconnaissance : Thémistocle a libéré son père, prisonnier à Salamine. Au reste, il n'a pas un regard pour elle, même quand elle lui avoue franchement ses sentiments. Elle n'a donc aucun espoir : couvert d'honneur ou d'opprobre, Thémistocle ne sera jamais à elle. Sans la moindre jalousie ni la moindre aigreur, elle se dévoue à ses intérêts (v. 1021-1054). Personnage sympathique, mais sans qualification ni rang nettement indiqué. On n'ose l'appeler confidente, car elle l'est de tout le monde ; elle n'a pas d'autre fonction théâtrale que celle de messagère.

Palmis

On ne demande pas à l'ingénue d'avoir un fort caractère. Elle aime Thémistocle, comme doit aimer une jeune fille bien élevée, et on le lui destine. Son unique rôle va consister à le tenter en lui demandant de choisir entre la Grèce et elle. Les frères Parfaict la qualifient de précieuse. Il est vrai qu'elle raffine sur l'analyse de son amour :

> Son crime est de plaire à mes yeux.
> Et le caprice est tel de mon cœur misérable
> Que plus ce Grec me plaît, plus je le crois coupable.
> (v. 540-542)

---

17. H.C. Lancaster pour qualifier Artabaze et les gens de sa sorte, emploie le mot de « *villain* », malheureusement intraduisible : c'est à la fois le traître, le mauvais conseiller, l'ambitieux sans scrupule, etc.

Ou encore, les vers 594-596 :

> Je résous de l'aimer ou plutôt que je l'aime,
> (Car enfin entre aimer et résoudre d'aimer
> L'espace est si petit qu'on ne peut l'exprimer).

Quant au fait qu'elle veuille garder cet amour secret, c'est le cas de la Pauline de *Polyeucte*, que nul ne songe à appeler précieuse. Enfin, la tentation qu'elle exerce sur son amant ou l'épreuve qu'elle lui impose l'apparenterait plutôt aux héroïnes des romans courtois. Le seul reproche qu'on puisse lui faire est qu'elle manque un peu de force : on n'arrive pas à croire beaucoup à sa passion.

Artabaze

C'est le courtisan parfait : il sert ou dessert Thémistocle au gré de son intérêt (voir n. 3). Le tout est de bien discerner d'où vient le vent. Il a fait semblant d'appuyer Thémistocle parce que Mandane le soutenait tout en intriguant pour le détruire, on ne sait trop comment. Décide-t-elle de le perdre ? Il y travaille aussitôt, avec d'autant plus de joie qu'il est en même temps son rival envieux, catégorie que l'on retrouve presque dans toutes les pièces de Du Ryer : Palmis ne l'aime pas et lui non plus n'éprouve aucun amour pour elle ; s'il désire ardemment l'épouser, c'est parce qu'elle est la nièce de Xercès : il entrerait ainsi dans la famille royale (voir v. 687-719). Malgré sa perspicacité et son cynisme (v. 662-748), il paraît complètement ridicule en IV, 3, lorsque Mandane change brusquement d'avis ; et il se montre, à la scène 6, d'une platitude parfaite : qu'il y ait eu de la part de l'auteur une volonté de caricature n'est pas invraisemblable. Ne pouvant plus compter que sur lui, il fait tout son possible pour perdre Thémistocle dans l'esprit du roi ; il lui suggère une démarche imprudente ou plutôt impudente : exiger la main de Palmis avant de partir en expédition contre les Grecs. Comme Thémistocle n'est pas dupe, il va lui-même le calomnier auprès du roi en lui prêtant cette intention. Le succès en est tout contraire, et l'on ne peut s'empêcher de penser à l'Haman d'*Esther*, dont la situation était symétrique : celui-ci imaginait des honneurs inouïs, pensant qu'ils lui étaient destinés ; de même Artabaze cherche à irriter le roi contre son rival et ne réussit qu'à le faire mieux voir du prince. Haman était pendu : le roi demande seulement à Artabaze de faire amitié avec Thémistocle. Il continuera à intriguer dans l'ombre, mais il ne semble pas dangereux. Assurément, ce n'est pas un personnage sympathique, mais théâtralement il est la cheville ouvrière du quatrième et du cinquième actes, qui risqueraient d'être ternes sans sa présence.

Mandane

Il y a une grande force en Mandane. C'est apparemment ce qui la fait appeler « furieuse » par les Parfaict. À la différence d'Artabaze et même de Thémistocle, elle est tout d'une pièce. Elle met la même ardeur à défendre le héros grec qu'elle en mettait à l'attaquer. Sa principale utilité est d'être la mère de Palmis – et d'ajouter un personnage à la pièce. Elle a d'abord eu pitié de l'exilé et l'a soutenu auprès de son frère. Puis elle apprend qu'il a tué de sa main, à Salamine, son amant Cambise : d'où une haine farouche, qui va brusquement se transformer en vive sympathie, lorsqu'elle saura que Cambise lui était infidèle, par la faute du perfide Artabaze qui, pour favoriser sa carrière personnelle, lui avait jeté dans les bras sa propre sœur. En mettant fin à ses jours, la bataille de Salamine avait ôté au pauvre Cambise la possibilité de se faire pardonner cet écart. Ces brutaux changements de cap ont quelque chose de trop rapide : il est peu vraisemblable que, même si elle veut se venger d'Artabaze, Mandane n'éprouve pas encore quelque sentiment pour son ancien amant – dans une situation analogue l'Hermione d'*Andromaque*, après avoir commandé à Oreste de tuer Pyrrhus, refuse la responsabilité de son acte, ce qui est infiniment plus conforme à la logique de la passion. Enfin, cette vengeance de Mandane n'a pas lieu, au moins avant la fin de la pièce : Artabaze reste toujours bien en cour. Il y a là une certaine incohérence dans le caractère que l'on aurait cru le plus fort de la pièce. Ajoutons qu'elle fait bon marché de sa fille (v. 402). Au moment de son hostilité contre Thémistocle, elle envisage même de se suicider avec elle plutôt que de la laisser épouser son ennemi (v. 972-974). Néanmoins elle reste en marge de l'action et n'intervient guère pour le dénouement.

Thémistocle

Quant au héros de la pièce, son inaction en fait parfois une pâle esquisse de Nicomède, mais loin d'être ce bloc d'ironie dédaigneux des coups, auquel Corneille a su donner vie, il se caractériserait plutôt par une double mélancolie, celle de l'exilé, dont la situation est perpétuellement précaire, et celle d'un homme sans titre, follement amoureux d'une princesse de sang royal. Il ne paraît qu'au deuxième acte et n'agit guère qu'au quatrième et au cinquième, se contentant à l'acte III de prononcer un plaidoyer de 118 vers (v. 749-866). Il sait pratiquer la galanterie en homme de cour (v. 1433-1438), ne détestant pas la pointe :

> Enfin si vous m'aimez, vous digne prix d'un roi,
> Étouffez cette amour, ou bien cachez-la moi,

> De peur que ma vertu sans vigueur et sans armes
> Ne se laisse corrompre à de si puissants charmes,
> Et qu'ainsi votre amour dont je serais charmé
> Ne me rende lui-même indigne d'être aimé.
>
> (v. 1515-1520)

Le plus remarquable chez lui, ce sont ses mouvements d'incertitude au cinquième acte : sa profession de cosmopolitisme, son acceptation du commandement d'une expédition contre les Grecs, puis son choix définitif de l'honneur en font un héros qui, lui, n'a rien de cornélien, moins admirable mais plus original, et donnent à son personnage un caractère que l'on pourrait dire romantique, bien avant la lettre, si les romans du XVIIᵉ siècle ne présentaient souvent, eux aussi, des personnages mélancoliques et hésitants.

Dans quelle catégorie Thémistocle rentre-t-il ? Peut-il être dit « ni tout à fait bon, ni tout à fait méchant » ? Certes, il a nui à la Perse, mais le spectateur ne peut le lui reprocher ; certes, il est amoureux, ce que la morale néo-stoïcienne considère comme une faiblesse[17] ; on peut même aller un peu plus loin : alors que Rodrigue n'hésite que le temps d'une strophe entre son père et sa maîtresse, Thémistocle est vraiment tenté de diriger une expédition contre les Grecs, même s'il n'y cède pas. Quoi qu'il en soit, il ne mérite aucunement la mort, et la fin heureuse semble s'imposer.

Le dialogue

Ce type de caractères commande un style proche du « médiocre » selon la rhétorique latine, bien loin

---

17. Voir Corneille, *Discours de la tragédie*, in *Œuvres complètes*, Paris, Gallimard, « Bibl. de la Pléiade, t. II, p. 145-146.

de celui d'*Esther*. Point de grands effets, peu de ces vers dont Corneille a donné le modèle et qui abondaient dans la tragédie biblique. À peine Thémistocle en prononce-t-il quelques-uns :

> Le supplice est illustre où la gloire nous suit.
> Et lorsqu'un misérable accablé de l'envie
> A perdu comme moi tous les biens de la vie,
> Fût-il même le but de la haine des Cieux,
> Il retrouve ses biens s'il périt glorieux. (v. 516-520).

Ici ou là, une antithèse, comme au vers 476 :

> La fortune est domptable et l'amour ne l'est pas,

un parallélisme,

> Si j'ai quelque vertu [...]
> Puis-je mieux m'en servir et mieux la faire voir
> Que d'aimer sans désir, que d'aimer sans espoir ?
>   (v. 497-500),

voire un oxymore discret :

> ROXANE :   Où vas-tu t'engager ?
> THÉMISTOCLE :   Dans un gouffre agréable.

On remarquera encore un jeu subtil sur les mots *espoir* et *espérance* (v. 489), et l'on aura presque fait le tour des effets rhétoriques. On peut d'ailleurs noter que si les *enfin* sont presque aussi nombreux que dans *Esther* (56)[18], les répétitions gratuites sont quasi inexistantes. Évidemment, le style est différencié selon les personnages : il y a plus de violence chez Mandane, de lyrisme discret chez Roxane, de sécheresse prosaïque chez Artabaze. Il est vrai que Mandane et Thémistocle ont tendance aux tirades et

---

18. Pour comparer avec une tragédie contemporaine, on en compte 21 dans *La Mort d'Agrippine* de Cyrano de Bergerac.

donc à s'exprimer d'une façon relativement oratoire,
avec parfois de la véhémence pour celle-là, de la
mélancolie pour celui-ci ; mais pour Thémistocle
comme pour Artabaze – ou même pour Roxane – les
monologues sont essentiellement délibératifs et les
longues tirades exposent des faits. La fonction infor-
mative du langage domine donc sur les autres, d'autant que les nombreux effets de surprise demandent
après coup une explication qui ne manque jamais.
D'où un style qui non seulement « rase la prose »,
comme on disait jadis de celui de Racine, mais souvent se confond avec elle, comme dans cette
réplique de Roxane à la question d'Hydaspe, inquiet
de la liberté laissée à Thémistocle :

> On veille dessus lui. Cependant tu sauras
> Qu'il a des protecteurs qu'on ne soupçonne pas
> (v. 129-130).

Ces deux alexandrins pourraient être une inattention de prosateur. Dans l'ensemble, hormis dans
quelques cas, la simplicité du propos, la rareté et la
banalité des images, le rythme juste nécessaire font
du dialogue de la prose versifiée, assez habilement
d'ailleurs pour qu'on ne sente pas l'effort et qu'il y
ait une grande aisance dans le discours. Du reste, ne
serait-ce qu'à lire sa *Bérénice*, on s'aperçoit que, si
Du Ryer sait être un poète dramatique de qualité, ce
n'est que par imitation de ses contemporains, tandis
qu'il aurait peut-être été plus original dans la prose.

Cela dit, même si l'on note l'absence des grands
accents de passion, jusque dans les violences de
Mandane, il n'empêche que la discrète souffrance de
Roxane, l'amour bien élevé de Palmis, les plaintes
de Thémistocle, les maladresses d'Artabaze et la
basse continue royale forment une musique de

chambre qui n'est pas sans qualités. Il n'est pas étonnant que la pièce ait été appréciée au XVIIIᵉ siècle, car il y a en elle quelque chose de « sensible ». Roxane et Thémistocle peuvent être considérés comme des personnages « intéressants », mot nouveau qui, à la place de l'horreur et de l'admiration exprimera une certaine complicité entre eux et le spectateur.

APRÈS DU RYER

Thémistocle n'est pas considéré comme la meilleure tragédie de Du Ryer ; on lui a toujours préféré *Scévole*, mais son influence a été considérable. Ainsi, non sans quelque apparence de raison, on a accusé Campistron de l'avoir pillée dans son *Alcibiade* en 1686[19]. Campistron eut ses défenseurs et cela donna lieu à une controverse, assez tardive, à la suite d'un article du *Mercure* de juillet 1721. En 1728, Morei fit éditer à Rome un *Temistocle* sans rapport avec celui de Du Ryer ; en 1729, un jésuite, le P. Folard, publia un *Thémistocle*, également assez différent de celui de Du Ryer pour oser montrer qu'il le connaissait – et ne l'estimait guère[20]. Il lui reproche notamment le repentir de Thémistocle, qui empêche l'admiration ou la terreur : « Il n'était plus ni admirable ni terrible, ni constamment vertueux, ni opiniâtrement irrité, et par ce seul endroit il n'était plus digne de la tragédie ». Et d'insister :

> Qu'on lise le *Thémistocle* de Mr Du Ryer. C'est une pièce fort médiocre quoiqu'elle ait visiblement servi de plan à *l'Alcibiade* : mais son défaut dominant, c'est

---

19. Jean Galbert de Campistron, *Alcibiade*, Paris, 1686.

20. Joseph Melchior de Folard, *Thémistocle*, « avec une lettre de l'auteur à Monsieur du Lieu », Lyon, L. Declaustre, 1729.

le repentir de Thémistocle. Ce héros commet sur le
théâtre le crime de perfidie, et il s'en repent sur le
théâtre. Il dément aux yeux mêmes des spectateurs sa
vertu et sa gloire, jusqu'à jurer la perte des Grecs ; il
dément sa promesse, jusqu'à se repentir d'avoir promis : coupable et repentant sans dignité, quel
spectacle[21] !

En revanche, deux pièces italiennes s'inspirent
fortement de Du Ryer. Le héros du Themistocle de
Métastase (1757)[22] a deux enfants, qui sont dans
l'angoisse du sort de leur père ; comme chez Du
Ryer, il choisit de mourir, mais le roi, touché par sa
fidélité à sa patrie, lui pardonne et fait la paix avec
les Grecs. Cette pièce fut transposée plusieurs fois
en opéra. Quant à Zeno, dont le *Temistocle* est de
1744, pas plus que Métastase, il ne parle de Du Ryer,
mais son influence est évidente[23].

ÉTABLISSEMENT DU TEXTE

Il n'y a pas de variantes significatives entre les
éditions de 1648, 1649 et 1654. Certaines fautes
existent dans les trois, par exemple l'accent est
oublié très souvent sur le *où* adverbe ou relatif ; il
peut arriver aussi que le texte de 1648 soit supérieur
au texte de 1654, ou l'inverse. En ce qui concerne la
ponctuation, comme pour *Esther*, nous la conservons

---

21. Lettre à « Mr du Lieu, chevalier d'honneur de la Cour des
Monnoyes et Présidial de Lyon », publiée avec le texte de *Thémistocle*.
22. Pietro Bonaventura Metastasio, *Témistocle*, joué en 1736,
publié à Turin en 1757.
23. Apostol Zeno, *Temistocle*, in *Poesie di Zeno*, t. 1, Veneziae,
1744.

dans toute la mesure où elle ne choque pas les habitudes actuelles[24]. Ici, également, comme on ne peut pas parler de variantes systématiques, nous n'avons pas cru utile de faire des appels spéciaux, mais, toutes les fois qu'il y a un cas intéressant, nous le signalons dans les notes. De même que nous avons conservé la forme *Haman*, nous conservons l'orthographe des éditions du XVIIe siècle *Xercès* et *Cambise*.

THEMISTOCLE / TRAGEDI-COMEDIE / *DE P. DV RYER* / [*Fleuron aux armes de France et de Navarre, accompagnées d'un L*]/ A PARIS / Chez ANTOINE DE SOMMAVILLE, au Palais dans la / petite Salle des Merciers, à l'Escu de France // MDCXLVIII / *AVEC PRIVILEGE DU ROY*.

THEMISTOCLE, / TRAGEDI-COMEDIE / DE / P. DV-RYER / [*Sphère armillaire en guise de fleuron*]/ *Suivant la copie imprimée* / A PARIS. // CIO I0 XLIX

THEMISTOCLE / TRAGEDIE / DE /M[r]. DU-RYER / [*Vase de fleurs*]/ A LYON / Chez CLAUDE DE LA RIVIERE, rue / Meuniere à la Science // M. DC. LIV / *AVEC PERMISSION*.

Suivent une édition de *Thémistocle* dans le *Théâtre français ou Recueil des meilleurs pièces des anciens auteurs*, Paris, P. Ribou, 1705, t. III, et dans le *Théâtre français ou Recueil des meilleurs pièces de théâtre*, Paris, N. Gandouin, 1737, t. III, ainsi que des extraits dans la *Bibliothèque poétique*, Paris, Briasson, 1743.

---

24. Voir les principes d'édition d'*Esthe*r, p. 83.

THÉMISTOCLE

TRAGEDIE
DE
P. DU RYER

A PARIS

Chez ANTOINE DE SOMMAVILLE, au Palais,
dans la salle des Merciers, à l'Escu de France,

MDCXLVIII

AVEC PRIVILEGE DU ROY

ACTEURS

XERCÈS,	Roi de Perse[1].
MANDANE,	Sœur du Roi.
PALMIS,	Fille de Mandane.
ROXANE,	
THÉMISTOCLE,	Grec.
ARTABAZE	Favori du Roi.
PHARNASPE[2],	
HYDASPE.	

---

1. Selon certains, le roi de Perse qui reçut Thémistocle était non pas Xerxès, mais son fils Artaxerxès. Xerxès mourut en 465 av. J.-C. et Thémistocle en 460. Le décret d'ostracisme avait été pris entre 476 et 471. Tout dépend de la durée des errances de Thémistocle.

2. Le lieu de la scène n'est pas indiqué. L'édition de 1737 ajoute : *La scène est à Perzepolis* [sic].

ACTE I

SCÈNE PREMIÈRE.

HYDASPE, ROXANE

HYDASPE

Qui ne s'étonnerait après tant de traverses
De voir chez les Persans l'ennemi de la Perse ?
Thémistocle à la cour ! Thémistocle en des lieux
Où notre adversité[3] doit le rendre odieux !
5 Ha ! je ne puis le voir, ce Grec qui nous surmonte[4],
Sans rougir aussitôt de colère et de honte ;
Et c'est à mon avis commettre un attentat
Que de voir sans fureur l'ennemi de l'État.

ROXANE

Si tu savais ses maux comme tu sais sa gloire,
10 Tu verrais les Persans vengés de sa victoire.

HYDASPE

Revenu fraîchement en cour et près du roi,
J'ignore cette histoire, au moins apprends-la moi.

---

3. « Le malheur que nous avons éprouvé, notre défaite » ; mais
sans doute accompagné de l'idée que les Perses et Thémistocle
ont été adversaires
4. « Surpasser » (Furetière), parce qu'il a vaincu les Perses.

ROXANE

Je ne te dirai point avec quelle allégresse
Xercès porta la guerre aux peuples de la Grèce,
15 Ni combien de soldats, ni combien de vaisseaux
Le suivirent sur terre ou bien dessus les eaux.
Je ne te dirai point qu'on a cru que la terre
A tremblé sous le faix de tant d'hommes de guerre,
Et que durant leur marche unis ou divisés
20 Les fleuves qu'ils buvaient en furent épuisés.
Tu sais bien que la Grèce en fut épouvantée
Tu sais bien que la Grèce en fut presque domptée
Et que ses habitants lassés des maux soufferts
Tendaient déjà les mains pour être mis aux fers.
25 Mais parmi tant de maux et si près du naufrage,
Thémistocle tout seul conserva son courage.
Ainsi voyant les Grecs sur la terre impuissants
Résister vainement aux efforts des Persans,
Il conseille à la Grèce à qui tout est funeste
30 D'exposer sur les eaux la force qui lui reste,
Et lui fait par son zèle espérer noblement
De changer de fortune en changeant d'élément[5].
En effet son bonheur[6] à son pays utile
Avec deux cents vaisseaux en combattit deux mille[7] ;

---

5. *Cf*. Hérodote, *Histoire*, VIII, 60-61.

6. Sa chance.

7. Thémistocle réussit à attirer la flotte perse dans la rade de Salamine, où le trop grand nombre des vaisseaux les empêcha de manœuvrer quand les Grecs les attaquèrent. Selon Cornelius Nepos (*La Vie des grands capitaines*, « Thémistocle », II, p. 42), la flotte perse était de 1.200 vaisseaux de guerre (1207 selon Hérodote), plus 2.000 vaisseaux de transport. L'armée de Xerxès aurait compté sept cent mille hommes et quatre cent mille cavaliers, chiffre évidemment exagéré. Hérodote, plus modeste, parle de cent mille hommes.

35 Il donne l'épouvante à tous nos combattants,
    Il fit de leurs vaisseaux des sépulcres flottants,
    Et força les Persans enflés de cette guerre
    De céder sur les eaux les lauriers de la terre.
    Enfin par un succès fatal[8] et glorieux
40 Thémistocle chassa le roi victorieux,
    Il rétablit la Grèce en sa première gloire,
    La liberté des Grecs suivit cette victoire ;
    Bref, Thémistocle seul les rendit absolus[9],
    Et s'il n'eût point été les Grecs ne seraient plus.

HYDASPE

45 Me tenir ce discours, c'est me faire un vieux conte,
    Je sais, je sais sa gloire et j'ai vu notre honte.

ROXANE

    Je te l'ai fait revoir avec tous les lauriers
    Que son bras triomphant arrache à nos guerriers,
    Je t'ai dit ce qu'a fait sa force et son adresse
50 Pour te faire mieux voir le crime de la Grèce,
    Et qu'il n'est point de bras ami de la vertu
    Qui n'allât relever Thémistocle abattu.
    À peine eut-il sauvé la Grèce poursuivie
    Que la Grèce le met en danger de la vie.
55 Elle tourne ses mains contre son protecteur,
    Le traite injustement comme un usurpateur,
    Et lorsqu'elle jouit des fruits de sa victoire,
    Elle ne peut souffrir qu'il en goûte la gloire.
    Les Grecs qu'il a sauvés de la captivité

---

8. *Fatal* pour les Perses, *glorieux* pour les Grecs.
9. Totalement libres, n'étant vassaux de personne.

60 L'accusent d'attenter contre leur liberté,
    Et de ses envieux les lâches artifices
    Sont plutôt écoutés que ses rares services.
    On dit qu'il veut régner et se rendre absolu,
    Parce qu'il le pouvait, on croit qu'il l'a voulu,
65 Et sur ce faux soupçon la Grèce criminelle
    Prend pour ambition son courage et son zèle.
    Enfin on veut qu'il meure, on le cherche, on le suit,
    Il cède aux envieux, il se retire, il fuit,
    Et bien que tous les Grecs, chaque État, chaque ville,
70 Après ce qu'il a fait lui doivent un asile,
    Cependant croiras-tu que cet infortuné
    Qui sauva tous les Grecs, s'en vit abandonné[10] ?
    Et n'eût point eu d'asile en ses longues misères
    S'il n'en eût rencontré parmi ses adversaires.
75 Ainsi voyant sa perte et que de toutes parts
    Il était menacé par les mêmes hasards,
    Persécuté partout de la fortune adverse
    Comme dans un cercueil il descend dans la Perse,
    Aimant bien mieux laisser ses propres ennemis
80 Coupables de sa mort que son lâche pays.

HYDASPE

Que fit enfin le roi ? lui fut-il favorable ?

---

10. Les Lacédémoniens surtout étaient hostiles à Thémistocle, qui les avait joués en réussissant à fortifier le Pirée malgré leur opposition (comme une conférence devait en débattre, il s'arrangea pour la retarder au maximum et, pendant ce temps, il fit pousser les travaux à un tel point que c'était mettre les alliés devant le fait accompli). Thémistocle s'étant réfugié auprès d'Admète, roi des Molosses, ils firent pression sur celui-ci au point qu'il ne put qu'aider Thémistocle à s'enfuir, avec un important viatique.

ROXANE

Il fit une action qui le rend adorable[11],
Il lui tendit les bras, et loin de l'outrager
Il borna sa vengeance à pouvoir s'en venger.
85 Enfin comme la cour inconstante et trompeuse
À l'exemple du prince est lâche et généreuse,
La cour plaignit son sort et la cour l'honora
Parce qu'en sa faveur le roi se déclara.
Un rayon de faveur éclaira donc sa vie,
90 Mais bientôt son bonheur excita de l'envie,
On eut pitié de lui tant qu'il fut sans pouvoir,
Et dès qu'il se relève on veut le faire choir.
On fait accroire au roi par une lâche adresse
Que c'est un espion que tient ici la Grèce.

HYDASPE

95 Ce soupçon à mon gré n'est pas sans fondement.

ROXANE

Traite un infortuné plus favorablement.

HYDASPE

Mais qu'en jugea le roi ? Pour moi certes je pense
Qu'il cessa d'être roi s'il fut sans défiance.

---

11. Sens fort : les sentiments de Roxane à l'égard de Thémistocle transparaissent à travers l'exposé objectif de sa situation.

ROXANE

Oui, son âme en suspens écouta les soupçons
100   Qui font aux potentats d'éternelles leçons,
Mais loin de s'emporter à cet excès inique
Où le moindre soupçon pousse un roi tyrannique,
Il aima mieux agir contre un faible oppressé
En juge indifférent qu'en prince intéressé.
105   Ainsi voyant ce Grec au milieu d'un orage
Où le plus innocent a fait souvent naufrage,
Au moins s'il est coupable et s'il doit succomber,
Il veut qu'il se défende avant que de tomber.

HYDASPE

Qu'oppose Thémistocle au sort qui le traverse ?

ROXANE

110   Comme il ne savait pas le langage de Perse,
Le roi qui le plaignait lui donna quelque temps
Pour apprendre à parler la langue des Persans.

HYDASPE

Pourquoi cela, Roxane ?

ROXANE

                            Afin de se défendre,
Pour montrer ses raisons, pour les faire comprendre,
115   Pour employer au moins la langue et le discours
Où sa main ne saurait lui donner du secours[12].

---

12. *Cf.* Diodore, *op. cit.*

Enfin, c'est aujourd'hui qu'il doit plaider sa cause[13],
Enfin c'est aujourd'hui que son destin l'expose,
Et que l'on en doit faire à la postérité
120   Un exemple de gloire ou de calamité.
Juge si ce grand cœur est maintenant à plaindre.

HYDASPE

Mais confesse plutôt qu'il en est plus à craindre.
Quoi donc ! le laisser libre et lui donner du temps
Pour apprendre à parler la langue des Persans,
125   N'est-ce pas au mépris des sûretés publiques
Lui donner les moyens de faire des pratiques[14] ?

ROXANE

On veille dessus lui. Cependant tu sauras
Qu'il a des protecteurs qu'on ne soupçonne pas.
Mandane sœur du roi, cette grande princesse
130   Conçoit de sa misère une noble tristesse.

HYDASPE

Mandane le protège ?

ROXANE

Un esprit généreux
Se déclarerait-il contre les malheureux ?

---

13. Indication tout à fait classique du temps et du moment.
14. « Au pluriel, se dit odieusement des cabales et menées secrètes qu'on fait pour nuire au public, ou au particulier » (Furetière).

Enfin comme les dieux ont soin de l'innocence
Le favori du roi prend aussi sa défense.

HYDASPE

135 Artabaze ?

ROXANE

Artabaze.

HYDASPE

Ô Dieu[15] ! que me dis-tu ?

ROXANE

Que chacun à l'envi doit aider sa vertu[16].

HYDASPE

Si chacun le soutient...

ROXANE

Voudrais-tu le détruire ?

HYDASPE

Pour moi, je ne lui veux ni profiter ni nuire.
Mais j'aperçois Mandane.

---

15. Ce singulier à majuscule existe dans les trois éditions
(1648, 1649, 1654). Celles du XVIIIᵉ siècle corrigent en *Dieux*.
16. *Fureur* (éd. 1654).

ROXANE

                    Elle va chez le roi,
140 Et vient de me mander qu'elle a besoin de moi.
Adieu, je vais la voir.

SCÈNE II

MANDANE, ROXANE.

MANDANE

                    Roxane, il faut t'apprendre
Un secret que je cache et qui doit te surprendre,
Et puisque de tes soins j'attends tout mon secours,
Avecque mes secrets je te fierais mes jours,
145 J'ai trop dissimulé, j'ai trop blessé ma gloire,
Il est temps que ma haine emporte la victoire,
Et qu'enfin ma fureur si prête d'éclater
Rompe l'empêchement qui semblait l'arrêter.
Je veux perdre Artabaze.

ROXANE

                    Artabaze, Madame ?
150 Les délices du roi dont il possède l'âme ?
Lui, lui qui s'est rendu par son zèle et sa foi
Favori de l'État aussi bien que du roi,
Et de qui la grandeur est au peuple si chère
Que le roi qui la fit ne pourrait la défaire.

MANDANE

155 Je veux pourtant le perdre et ne présume pas
Que la faveur soit ferme autant qu'elle a d'appas,

Plus elle monte haut, moins elle devient stable
Et sa propre grandeur est un faix qui l'accable.
Quoi qu'elle semble avoir de fort et de charmant,
160 C'est un corps sans vigueur qu'on abat aisément,
Ainsi par son débris ma haine veut reluire.
Artabaze m'offense et je le veux détruire,
Je veux faire avouer aux plus ambitieux
Qu'un favori n'est pas ce qu'il paraît aux yeux,
165 Et qu'il n'est près du trône où son prince le souffre
Qu'un colosse de verre élevé sur un gouffre.
Au reste ne crois pas que d'un œil envieux
Je regarde aujourd'hui son destin glorieux,
Ce n'est pas sa faveur qui fait naître ma peine,
170 Ce n'est pas sa grandeur qui fomente ma haine,
Ni ce nombre infini d'inutiles flatteurs
Que le moindre revers change en persécuteurs,
Non, non, je le verrais sans haine et sans colère
Quand même il aurait part au trône de mon frère,
175 Je le hais seulement, ce courage endormi,
Parce qu'il semble aimer mon plus grand ennemi,
Parce qu'en lui donnant son aide et sa défense
Il m'ôte le plaisir qu'apporte la vengeance.

ROXANE

Lui, tant de fois tombant soutenu par vos mains,
180 Il rendrait vos bienfaits inutiles et vains,
Lui qui vous doit sa gloire, il voudrait vous déplaire
Jusques à protéger même votre adversaire ?
Ah, qu'ici la vengeance a de justes appas !
Il n'est point de rigueur qu'on ne doive aux ingrats,
185 Il ne faut point punir par des simples menaces
Ces enfants monstrueux de bienfaits et de grâces,
Mais comme ils sont partout des monstres condamnés,
Il les faut étouffer aussitôt qu'ils sont nés,

Pour moi je ferais tout, je ferais plus encore
190 Pour venger les bienfaits qu'un ingrat déshonore,
Mais quel est l'ennemi qu'un autre veut aider ?
Mon zèle me permet de vous le demander.

MANDANE

Thémistocle est l'objet odieux et funeste
Qu'Artabaze défend et que mon cœur déteste.

ROXANE

195 Thémistocle, Madame, à qui votre secours
A jusqu'ici montré qu'il vous devait ses jours,
Par quels crimes cachés ce banni déplorable
Aurait-il mérité que votre main l'accable ?

MANDANE

Il est dans mon esprit un objet odieux
200 Depuis que de la Perse il est victorieux.
Souviens-toi du grand jour où près de Salamine
Il causa des Persans la honte et la ruine,
Où mon frère fuyant avec mille vaisseaux
Remplit de son débris[17] et la terre et les eaux,
205 Thémistocle eut le prix d'une telle victoire ;
Et ma haine naquit aussitôt que sa gloire.

ROXANE

Il est vrai qu'en ce jour d'honneur et de courroux
Ce Grec si renommé fut plus heureux que nous,

---

17. « Ruine ». Furetière note que le mot « se dit plus particulièrement des vaisseaux qui périssent sur la mer ».

Mais devons-nous haïr un illustre adversaire
210   Parce qu'il s'opposa contre notre colère,
     Et que voyant les fers qui devaient le charger
     Il ne nous résista que pour s'en dégager ?
     Ce sont en sa faveur les raisons salutaires[18]
     Que vous-même opposiez contre ses adversaires.

MANDANE

215   Il faut te l'avouer, mon esprit outragé
     Le détesta vainqueur, et l'a plaint affligé,
     D'abord que Thémistocle eut paru dans la Perse
     Chargé de tous les traits de la fortune adverse,
     Son sort prodigieux excita dans mon cœur
220   Ce qui peut en chasser la haine et la rigueur,
     Et bien que sa victoire aux Persans si cruelle
     Rendit comme son nom notre honte immortelle,
     Je crus être vengée, et le voir châtié,
     Puisque je ressentis qu'il me faisait pitié.
225   Mais il te faut montrer mon infortune extrême,
     Je protégeais en lui l'assassin de moi-même.
     Tu sais bien que Cambise, adoré de la cour
     Était l'objet aimé pour qui j'aimais le jour.
     Tu sais bien que ce prince eut d'assez puissants
                                              [charmes
230   Pour excuser[19] ce cœur qui lui rendit les armes
     Pour faire succéder un amoureux transport
     À l'amour d'un époux dont j'ai pleuré la mort,
     Et qui vivait au moins dans ma triste mémoire
     Si Cambise eût été sans vertu et sans gloire.

---

18. « Qui contribuent au salut » (Furetière).
19 Les charmes de Cambise ont été assez forts pour que Mandane, quoique veuve, soit excusable de l'avoir aimé.

235 Enfin Cambise est mort, mais tu[20] ne savais pas
    Que ce Grec eût donné le coup de son trépas.

ROXANE

Qui vous a donc appris cette nouvelle étrange ?

MANDANE

Le même dont il faut que mon amour se venge,
Thémistocle.

ROXANE

Hé comment ?

MANDANE

                              En me représentant
240 Les différents effets de son sort inconstant.
    Ainsi pour mieux montrer par ses rares services
    Des Grecs qu'il a sauvés les noires injustices,
    Cambise, me dit-il, était victorieux,
    Si je n'eusse enfoncé son vaisseau glorieux.
245 Juge, si tu comprends les supplices d'une âme
    Où l'amour est en deuil, où l'amour est en flamme,
    Juge, si tu comprends ces mortelles douleurs
    Ce que je dois à ceux qui font couler mes pleurs,
    Je crois voir de Cambise une affreuse figure
250 S'élever du tombeau qui fut sa sépulture.
    Je crois le voir sanglant qui me montre son cœur
    Qui me vient reprocher d'appuyer son vainqueur,

---

20. *je* (1705-1737).

Et que si mon amour eût été véritable,
Immortelle, constante, à la sienne semblable,
255 De l'esprit et du corps un secret mouvement
M'eût fait connaître à l'œil l'assassin d'un amant,
Mais s'il faut que du sang t'assure de ma flamme,
Tu connaîtras bientôt que tu vis dans mon âme[21].
Oui, Roxane, invincible en des maux si cuisants,
260 Je perdrai Thémistocle et tous ses partisans,
Et si ce n'est assez pour ma douleur extrême,
Comme l'ayant aidé je me perdrai moi-même.
Enfin puisque Artabaze est le plus grand secours
Qui soutienne aujourd'hui sa fortune et ses jours,
265 Il faut perdre Artabaze, il faut, il faut qu'il tombe
Et que sous son débris Thémistocle succombe.
Quoi, ce dessein t'étonne[22] ?

ROXANE

               Il le mérite bien,
Artabaze est puissant.

MANDANE

               Et moi ne puis-je rien ?
Mais afin d'éviter la douleur et la peine
270 Et tous les repentirs que l'imprudence amène,

---

21. Rupture de construction au v. 257 : par un effet d'hypoty-pose, Mandane s'adresse directement à Cambise dans ce vers et dans le suivant.

22. Il y a de quoi : il semble en effet que jusqu'alors Mandane, favorable à Thémistocle, ne se soit guère souciée de Cambise ; ce brusque changement d'attitude est peu justifié. En outre, on se demande pourquoi Thémistocle s'est vanté d'avoir causé la mort de Cambise. Rappelons que *perdre* a toujours le sens actif de *faire périr*.

Roxane, une faveur que j'attends de ta main
Doit ici précéder l'effet de mon dessein.
Attends donc Artabaze en cette même place,
Pour aller chez le roi, c'est par ici qu'il passe.

ROXANE

275   Que lui dirai-je ?

MANDANE

            Tâche à lui faire juger
Qu'en protégeant ce Grec il se met en danger,
Sonde jusques au fond les secrets de son âme,
Sache d'où vient le soin qu'il a pour cet infâme ;
Je sais bien qu'il t'estime, et son affection
280   Cache bien peu de chose à ta discrétion.
Vois donc s'il tient encore un parti si funeste,
Moi je vais chez le roi pour achever le reste.

ROXANE

Je ferai mon devoir.

SCÈNE III

ROXANE (*seule*).

            Oui, malgré ton pouvoir,
Esprit trop furieux, je ferai mon devoir,
285   Mais mon devoir consiste à détourner l'orage
Que ta haine prépare à ce noble courage.
Si l'amour te réduit à ce tragique sort
De venger de Cambise et le sang et la mort,
Tout de même l'amour me force et me convie

290 D'apppuyer de ce Grec la fortune et la vie.
Certes si Thémistocle avait mal combattu,
Que Cambise eût raison de blâmer sa vertu,
Et qu'il pût l'accuser pour obscurcir sa gloire,
Que sa mort fût un meurtre et non une victoire,
295 Moi-même, Thémistocle, abandonnant ton choix,
Je pleurerais Cambise et je le vengerois.
Mais enfin tant d'honneur, de gloire, et de[23] franchise
Signale le combat où demeura Cambise,
Que si même le mort revenait du trépas
300 Il louerait son vainqueur et ne s'en plaindrait pas.
Pardonne donc, Mandane, à ma flamme naissante
Comme j'excuse en toi la douleur d'une amante,
Tu veux perdre ton mal, je veux sauver mon bien,
Et la raison permet ton transport et le mien :
305 Ta douleur est sans doute une douleur extrême,
Il est juste à l'amant[24] de venger ce qu'il aime,
Mais il est juste aussi quand il voit le danger
D'en tirer ce qu'il aime et de le protéger.
Malheureux Thémistocle, au moins à ta défense
310 Tu verras Artabaze et toute sa puissance,
Il te protègera contre... Mais le voici.

---

23. *Et franchise* (1648). Le vers est faux, corrigé en 1705 et
suiv.

24. Double maxime jouant sur le mot *amant* qui, dans ce vers,
s'applique à Mandane et dans les deux suivants à Roxane. Le
masculin généralise, voilant ce que le féminin aurait d'un peu trop
précis.

SCÈNE IV

ARTABAZE, ROXANE.

ARTABAZE

Ha, que c'est à propos que je te trouve ici.

ROXANE

Pour celui qui peut tout, pourrais-je quelque chose ?

ARTABAZE

Tu peux absolument ce que je me propose.
315   Oui tu peux plus que moi dans l'état où je suis
Puisque tu peux m'aider et que je ne le puis.
Je sais bien que Mandane a pour toi cette estime
Qu'on doit à la vertu comme un prix légitime,
Et qu'ayant reconnu ton esprit et ta foi
320   Elle a peu de secrets qui soient secrets pour toi.
Elle aide Thémistocle, au moins en apparence,
Elle embrasse sa cause, elle prend sa défense,
Cependant j'ai connu que depuis peu de jours
Elle ne peut souffrir mes soins ni mon secours.
325   Est-ce que toute seule elle aspire à la gloire
De donner à ce Grec une entière victoire ?
Ou veut-elle montrer que quelque aversion
En retire sa main et sa protection ?

ROXANE[25]

Oui Seigneur.

_____

25. *ROXANE* (1654).

ARTABAZE

Quoi Roxane[26] ?

ROXANE

Elle veut son naufrage.

ARTABAZE

330   Pouvais-je rien ouïr qui me plût davantage ?

ROXANE

Que dîtes-vous Seigneur ? ce Grec est-il pour vous
Comme aux yeux de Mandane un objet de courroux ?

ARTABAZE

Si tu crus quelquefois que la Perse m'est chère
As-tu cru qu'Artabaze aimât son adversaire ?
335   Oui, je le hais, Roxane, et n'avoueras-tu pas
Qu'ici la haine est juste et qu'elle a des appas[27],

ROXANE

Oui Seigneur, mais pourquoi preniez-vous sa défense ?

ARTABAZE

Pour mieux gagner Mandane avec cette apparence.
Comme je veux en tout n'écouter que sa voix

---

26. *Rozane* (1648 et 1654).
27. « Attraits ».

340 Et de ses passions me composer des lois,
     Tant que de Thémistocle elle fit de l'estime
     Je jugeai sa défense et juste et légitime ;
     Mais si sa passion le condamne à mourir
     Je crois qu'il en est digne et le ferai périr.

ROXANE

345 Enfin je suis à vous, Seigneur, que faut-il faire ?

ARTABAZE

Ici, chère Roxane[28] il ne faut rien se taire.
J'aime, et ce feu caché fait ma punition
Si mon cœur qui soupire a trop d'ambition.

ROXANE

Quoi, Mandane est l'objet…

ARTABAZE

                              J'ai du respect pour elle,
350 Et sa fille a l'amour que mon âme recèle.
     Mais pour gagner la fille et m'en rendre vainqueur
     Il faut gagner la mère et me mettre en son cœur.
     Va donc, je t'en conjure avecque ton adresse
     Sonder en ma faveur l'esprit de la princesse,
355 Et vois si cet amour que j'expose à tes yeux
     Ne lui semblera point un vol audacieux[29].

---

28. *Rozane* (1648 et 1654).
29. Parce que, *a priori*, Palmis est un bien qui n'est pas pour lui.

Dis-lui pour la gagner que ma haine est la sienne,
Que son aversion sera toujours la mienne,
Que le soin de lui plaire est mon plus grand souci,
360   Que je hais Thémistocle, et que jusques ici
Rien ne l'a protégé contre ma violence
Que le doute où j'étais qu'elle prît sa défense.

ROXANE

Seigneur...

ARTABAZE

Mais elle vient.

SCÈNE V

MANDANE, ROXANE, ARTABAZE.

ROXANE

Ha que je crains pour toi
Malheureux Thémistocle.

MANDANE

Alliez-vous chez le roi ?

ARTABAZE

365   Oui Madame.

MANDANE

J'en viens, mais il repose encore.

Enfin c'est aujourd'hui qu'un Grec qui vous adore
Doit même par vos soins propices et puissants
Pour la seconde fois triompher des Persans.
Poursuivez, Artabaze, au moins devez-vous croire
370 Que vous partagerez l'honneur de sa victoire,
Et que nos ennemis embrassant vos genoux
S'estimeront heureux d'être vaincus par vous,
Puisque même à l'instant que le sort nous les donne
Loin de les opprimer votre main les couronne.

ARTABAZE

375 Madame, jusqu'ici vos seules passions
Ont fait toute ma haine et mes affections ;
Si j'ai de Thémistocle embrassé la défense
À votre exemple seul il doit mon assistance,
Et quand je relevais ce Grec humilié
380 Votre exemple agissait et non pas ma pitié.

MANDANE

Lorsqu'on est comme vous presque le dieu du temple,
C'est avoir peu de cœur que d'agir par exemple.

ARTABAZE

Lorsqu'on veut comme moi dépendre de vos lois,
On descend de sa place, on renonce à ses droits.
385 J'ai protégé ce Grec, mais s'il est véritable
Que votre haine cherche un fardeau qui l'accable,
Je serai ce fardeau, Madame, et son appui
Si vous le commandez tombera dessus lui.

MANDANE

Oui, je veux qu'il périsse.

ARTABAZE

      Il périra Madame,
390 Il ne vit déjà plus s'il est mort dans votre âme.

MANDANE

Garde de me tromper, ou ne me promets rien.

ARTABAZE

Je sais votre pouvoir, et jusqu'où va le mien.

MANDANE

Au reste assure-toi contre ton espérance
Qu'un service si grand aura sa récompense.
395 Bien qu'il paraisse aux yeux qui te voient si haut
Que ta prospérité soit un bien sans défaut,
Artabaze, pourtant tu peux et tu dois croire
Que je puis à ton sort ajouter de la gloire.
Le roi t'a fait monter presque jusqu'à son rang,
400 Je puis pour t'affermir t'attacher à son sang.
Si tu veux contenter ma haine et ma colère,
Si tu peux me servir, ma fille est ton salaire.

ARTABAZE

Ha madame, à ce prix que ne ferait-on pas ?

Quels dangers à ce prix pourraient manquer d'appas[30] ?

ROXANE (*à l'écart*)

405 Dieux, qui sera pour lui ?

MANDANE

                              Mais par quel artifice
Pourrons-nous aisément ouvrir son précipice[31],
Puisque jusques ici nous l'avons vous et moi
Maintenu dans la cour et dans l'esprit du roi ?

ARTABAZE

Laissez-moi tout ce soin, n'en soyez point en peine,
410 Vous verrez des effets égaux à votre haine.

MANDANE

Mais enfin il est temps d'en faire les apprêts.

ARTABAZE

J'ai des ressorts cachés qui sont déjà tout prêts.
Ne vous informez point des moyens que je tente,
Les effets parleront, et vous rendront contente.

MANDANE

415 Va donc exécuter ce que j'attends de toi,

---

30. Furetière note qu'au sens figuré « on raccourcit le mot » au pluriel.
31. L'abîme où nous le ferons tomber.

C'est servir cet État, et c'est venger le roi.
Sois secrète Roxane, et garde le silence.

ROXANE

Je sais ce que je dois à cette confidence.

ACTE II

SCÈNE PREMIÈRE

THÉMISTOCLE, ROXANE.

THÉMISTOCLE

Ils sont mes ennemis ! et leur inimitié
420 Se couvre lâchement d'un voile de pitié !
Que dites-vous Roxane ? O Dieux, est-il croyable
Qu'il faille se cacher pour perdre un misérable ?

ROXANE

Crois-moi, n'en doute point, songe à ta sûreté.

THÉMISTOCLE

Suis-je si redoutable en ma calamité
425 Qu'on n'ose avant le coup laisser gronder la foudre
Qui doit rendre ce corps à sa première poudre ?

ROXANE

Je te donne un avis, tâche d'en profiter.
Regarde où ton honneur doit enfin te porter.

THÉMISTOCLE

Tout mon honneur consiste à prendre ma défense,
430 À faire voir au roi combien j'ai d'innocence,
Et si mon mauvais sort était le plus puissant,
Tout mon honneur consiste à mourir innocent.

ROXANE

Quoi que tu veuilles faire, il faut craindre la haine
Lorsque la force en main la rend plus inhumaine,
435 Et quelquefois il faut, où manque le bonheur,
Comme exposer l'honneur pour conserver l'honneur.
Fuis et laisse passer cette influence noire
Qui répand son venin jusque dessus ta gloire.
On t'aime en des endroits, où tu ne croirais pas
440 Que l'on voulût pour toi s'exposer au trépas ;
Et de ces mêmes lieux on peut en ton absence
Surmonter la fureur qui bat ton innocence[32].

THÉMISTOCLE

Roxane, je rends grâce à ces cœurs généreux,
Pour avoir des amis, je suis trop malheureux,
445 Et les plus doux destins sont pour moi si contraires
Qu'ils m'en feraient bientôt de nouveaux adversaires.
Enfin quand mon honneur ne s'opposerait pas
À ton pieux conseil, à ma fuite, à mes pas,
Quand même tous les dieux m'ouvriraient un passage,
450 Et qu'ils m'y pousseraient pour éviter l'orage,

---

32. On pourrait parler à propos de ces quatre vers de préciosité tragique. Ce *On* pudique et ces *endroits* désignent évidemment Roxane elle-même, qui propose à Thémistocle de le faire fuir ou de le cacher en attendant que les choses se soient améliorées.

Un obstacle invisible et plus fort que cent fers
M'empêche de passer sur des chemins ouverts[33].

ROXANE

Certes je n'entends point ces paroles obscures,
Si ce n'est que l'amour soit de tes aventures.
455 Quoi, ce lien du cœur arrête-t-il ton corps ?

THÉMISTOCLE

Ha ne m'oblige point à montrer mes transports,
Permets que je me taise.

ROXANE

Achève, tu dois croire
Que j'aime aussi ton bien puisque j'aime ta gloire.
Craindrais-tu de montrer ton âme et ta langueur
460 À qui voudrait t'ouvrir son esprit et son cœur ?

THÉMISTOCLE

Roxane, je sais bien que ton soin favorable
Est le seul bien qui reste à mon sort déplorable.
Mais pourquoi parlerait ce cœur infortuné
S'il parlait seulement pour être condamné ?

ROXANE

465 Parle, et si tu parais aux autres condamnable
Roxane n'est pour toi qu'un juge favorable.

---

33. Correction de 1705 et suiv., à la place de *couverts*, qui n'a pas grand sens.

THÉMISTOCLE

Hélas je te dois trop pour te refuser rien,
Oui, l'amour aide au sort[34] à me priver de bien.
La fortune était faible avec toutes ses armes
470   Si l'amour à ses traits n'eût ajouté ses charmes.
J'ai pu sans trop de peine avec un peu de cœur
Abattre la fortune, et vaincre sa rigueur,
Mais comme si pour moi la vaincre était un crime
Je m'en trouve puni par l'amour qui m'opprime[35].
475   J'ai résisté, j'ai fui, mais j'ai perdu mes pas,
La fortune est domptable, et l'amour ne l'est pas.

ROXANE

Quel en est donc l'objet ?

THÉMISTOCLE

               Quel ? ma chère Roxane,
Une divinité que poursuit un profane.
Veux-tu que je t'étonne ? Enfin j'aime Palmis,
480   Juge si cet amour me doit être permis,
Et si la cruauté de mes fiers adversaires
N'est pas le châtiment de mes feux téméraires.
Tu t'étonnes, Roxane, et je vois dans tes yeux
Que tu vas condamner ce feu prodigieux,
485   Mais que me dirais-tu contre un si grand martyre ?
Hélas je me suis dit tout ce qu'on peut me dire,
Et tout ce qu'on peut dire est comme un aliment
Qui nourrit cet amour ou plutôt ce tourment.

---

34. « Aide le sort ». Construction normale au XVIIᵉ siècle.
35. Idée traditionnelle de l'esclavage qu'est l'amour.

ROXANE

Quel[36] est enfin le but de ta persévérance ?

THÉMISTOCLE

490　D'aimer.

ROXANE

Quoi, sans espoir ?

THÉMISTOCLE

D'aimer sans espérance.
Et de mourir plutôt que de quitter ces lieux
Où je vois pour le moins ses adorables yeux[37].

ROXANE

Je te plains Thémistocle, et te plaindrais sans cesse.
Qui sera donc pour toi si ta vertu[38] te laisse ?
495　C'était le seul ami qui pouvait te rester,
Et l'amour le corrompt pour te persécuter.

THÉMISTOCLE

Si j'ai quelque vertu, c'est parmi tant d'amorces[39]

---

36. *Qu'elle* (1648, 1649, 1654).

37. Ton galant de la pastorale.

38. « Ton courage, ta fermeté d'âme ». Dans l'optique néo-stoïcienne, que l'on trouve aussi chez Corneille, l'amour est une faiblesse.

39. « Se dit figurément en morale des appâts qui attirent et per-
suadent l'esprit » (Furetière).

Qu'elle fait éclater sa vigueur et ses forces.
Puis-je mieux m'en servir et mieux la faire voir
500 Que d'aimer sans désir, que d'aimer sans espoir ?

ROXANE

Où vas-tu t'engager ?

THÉMISTOCLE

Dans un gouffre agréable[40].

ROXANE

Mais qu'un peu de séjour doit te rendre effroyable.
Sais-tu bien qu'Artabaze est ici ton rival ?

THÉMISTOCLE

Qui ne le serait pas ?

ROXANE

Et pour comble de mal
505 Sais-tu bien que Mandane en sa haine couverte[41]
Lui présente Palmis pour le prix de ta perte ?

THÉMISTOCLE

Ô Dieux ! mais je pardonne à son ressentiment
Si ma main, m'as-tu dit,[42] lui ravit[43] un amant.

---

40. Oxymore.
41. « Cachée, secrète ».
42. *(m'as-tu dit)* (1654).
43. Passé simple. Rappel des vers 243-244.

Mais enfin voici l'heure où le roi doit m'entendre,
510   Puisque l'honneur le veut, allons donc nous défendre.
Au moins il faut montrer contre un coup si puissant
Que celui qu'on accuse est le plus innocent,
Et quand j'aurai fait voir que la nuit la plus noire
Ne saurait offusquer[44] les rayons de ma gloire,
515   Qu'on perde un malheureux que la haine détruit,
Le supplice est illustre où la gloire nous suit.
Et lorsqu'un misérable accablé de l'envie
A perdu comme moi tous les biens de la vie,
Fût-il même le but de la haine des Cieux,
520   Il retrouve ses biens s'il périt glorieux.

ROXANE (*seule*)[45]

Que fais-tu malheureux ? mais que fais-je moi-même
Quand je le veux aimer, ou plutôt quand je l'aime ?
Hélas un autre amour qu'on ne saurait dompter
Malgré tous mes efforts commence à me l'ôter,
525   Et de ses ennemis la haine manifeste
Achève de m'ôter tout l'espoir qui m'en reste.
Palmis… mais la voici.

SCÈNE II[46]

PALMIS, ROXANE.

PALMIS

Ce Grec est-il jugé ?

---

44. « Signifie aussi empêcher la lumière du soleil » (Furetière).
45. L'édition de 1737 met ici *Scène II*.
46. *Scène III* (1737).

L'a-t-on perdu, Roxane, ou bien l'a-t-on[47] vengé ?
Ou plutôt, pour parler en princesse outragée,
530 L'a-t-on puni, Roxane, ou bien m'a-t-on[48] vengée ?

ROXANE

J'ignore le destin de cet infortuné,
Si ce n'est que déjà vous l'ayez condamné.
Qu'a-t-il fait contre vous pour mériter la peine
Qu'ajoute à son malheur votre nouvelle haine ?
535 Est-il donc d'un esprit, et noble et généreux,
D'ajouter de l'aigreur au sort d'un malheureux ?
S'il doit, s'il doit périr, qu'il ait cet avantage
Qu'au moins quelqu'un le plaigne et pleure son nau-
                                [frage.
Il vous a plu, Madame, et vous est odieux,
540 D'où vient cela ?

PALMIS

              Son crime est de plaire à mes yeux.
Et le caprice est tel de mon cœur misérable
Que plus ce Grec me plaît, plus je le crois coupable.

ROXANE

Ce crime est glorieux à qui s'en voit blâmé,
Être coupable ainsi c'est sans doute être aimé
545 Mais Madame, est-ce à moi, que vous devez connaître,
À qui vous cacheriez ce que je vois paraître ?

---

47. *la-on* (1648, 1649, 1654) ; de même au vers 530. Les éditions du XVIIIᵉ siècle donnent la forme moderne.
48. m'a-on (1648, 1649, 1654). *Cf.* note précédente.

PALMIS

Que pourrais-je te dire ? Il est dedans mon cœur
Mais comme un malheureux, non pas comme un
[vainqueur.

ROXANE

De pareils malheureux ont souvent la victoire.

PALMIS

550 Des cœurs comme le mien ont du soin de leur gloire.
Non je n'ai point d'amour que l'on puisse blâmer.
Non je ne l'aime pas, mais je crains de l'aimer.

ROXANE

Lorsque l'on craint d'aimer, peu s'en faut que l'on
[n'aime.

PALMIS

Il faut te l'avouer, son mérite est extrême
555 Et, s'il m'était permis de faire quelque choix
Comme il me semble aimable, hélas je l'aimerois.

ROXANE

Sans doute, il est illustre, il est incomparable,
Pour être malheureux il n'est pas moins aimable,
Vous pouvez le chérir, vous pouvez l'estimer ;
560 Mais enfin je ne sais si vous pouvez l'aimer.
Voyez, que peut produire une amour de la sorte ?

Voyez à quels grands maux cette erreur vous trans-
[porte.
Quand le plus juste amour s'est emparé d'un cœur,
Plus longtemps qu'on ne veut, il y règne en vainqueur,
565   C'est d'abord un enfant qui nous est agréable,
Mais bientôt il se change en un monstre effroyable.
Il ruine, il détruit, et repos et bonheur,
Quand il a gagné l'âme, il attaque l'honneur[49].
En effet si ce Grec succombe sous l'envie,
570   De quels longs déplaisirs serez-vous poursuivie ?
Et si le sort plus doux le rend victorieux
Et de ses ennemis, et de ses envieux,
Sera-t-il de l'honneur d'une grande princesse
D'aimer au lieu de prince un banni de la Grèce ?

PALMIS

575   Mais va voir ce qu'on fait, et si ce malheureux
Aura trouvé le roi propice ou rigoureux.
Au moins sans offenser mon honneur et ma gloire,
Je puis lui souhaiter les fruits de la victoire.
C'est un infortuné sans force et sans soutien,
580   Et l'on peut sans l'aimer lui souhaiter du bien.
Va donc voir.

ROXANE

J'obéis.[50] Dieux où suis-je réduite ?

---

49. Roxane sait de quoi elle parle : c'est son propre amour
qu'elle décrit ici.
50. 1705 et 1737 précisent ici : *(bas)*.

SCÈNE III[51]

PALMIS (*seule*)

Hélas dois-je poursuivre, ou bien prendre la fuite ?
Honneur, gloire, grandeur, ne vous offensez pas
Si je rencontre en lui de si puissants appas.
585 Quand l'amour se contente et se borne lui-même
À désirer le bien des objets que l'on aime,
En cette occasion de gloire revêtu
L'amour, qu'on blâme ailleurs, est même une vertu.
Que s'il est mon vainqueur, il le sera sans blâme,
590 Son triomphe en secret se fera dans mon âme,
Et chez moi cet amour facile à manier
Sera comme un vainqueur qu'on tiendrait prisonnier.
Mais hélas ! à l'instant qu'à mon malheur extrême
Je résous de l'aimer ou plutôt que je l'aime[52],
595 (Car enfin entre aimer, et résoudre d'aimer
L'espace est si petit qu'on ne peut l'exprimer)
Hélas à cet instant peut-être que l'envie
Arrache à Thémistocle, et la gloire et la vie,
Et que parmi les maux que me donne le sort
600 Pensant plaindre un vivant je dois pleurer un mort.
Mais à quoi m'abandonne une aveugle faiblesse ?
Reviens, reviens à toi malheureuse princesse,
Suis cet illustre orgueil que t'inspire ton sang,
Ne cours pas à la honte, et retourne à ton rang.
605 Un banni dans un cœur où doit être un monarque !
Efface, effaces-en jusqu'à la moindre marque,
Et pour venger ton cœur d'un sentiment si bas

---

51. *Scène IV* (1737).
52. Du Ryer joue sur les deux sens du mot « résoudre », intentionnel et constatif : « je décide l'aimer et je conclus que je l'aime ».

Vois tomber Thémistocle, et n'en soupire pas.
Un banni ! mais qui tient dans ses mains la victoire,
610 Mais dont le plus grand roi doit envier la gloire ;
Son exil trop injuste est le crime d'autrui,
Mais en dépit du sort ses vertus sont à lui,
Et sous quelques grands maux que le destin l'accable
Il peut bien être aimé puisqu'il est adorable[53].

SCENE IV[54]

[PALMIS, ARTABAZE, PHARNASPE]

PALMIS

615 Mais que veut ce cruel qui vient si promptement ?
Hé bien a-t-on rendu ce fameux jugement ?

ARTABAZE

Non Madame, et le roi qui pèse toute chose
Veut que toute la cour assiste à cette cause.
Voulez-vous venir voir avecque tant d'éclat
620 Absoudre ou condamner l'ennemi de l'État[55] ?

PALMIS

Mais est-il en péril ce fameux adversaire ?

---

53. On devrait l'adorer (à cause de ses vertus). Du Ryer aime cet adjectif, qui fait partie de son vocabulaire amoureux, mais toujours avec un sens fort.
54. *Scène V* (1737).
55. Cette invitation à se déplacer suppose deux salles dans le palais.

ARTABAZE

Ainsi qu'un ennemi dont on veut se défaire.

PALMIS

Sera-t-il honorable, et glorieux au roi
De montrer par sa mort qu'il en eut de l'effroi ?
625 Sera-t-il glorieux à ce puissant empire
De ne l'avoir reçu qu'afin de le détruire ?
Certes si de ce Grec les triomphes puissants
Firent voir autrefois la honte des Persans,
Sa perte étant l'effet de nos pratiques[56] noires
630 Nous déshonore plus que n'ont fait ses victoires.

ARTABAZE

Quand son malheur l'expose à de si rudes coups
Je voudrais que le roi fut pour lui comme vous.

PALMIS

Toutefois Artabaze, une chose m'offense,
On veut que de sa mort je sois la récompense,
635 Et vous joignant vous-même avec son mauvais sort
Au prix de mon honneur vous promettez sa mort.

ARTABAZE

Moi !

---

56. Voir v. 126 et note.

PALMIS

Vous, je le sais bien ; La princesse ma mère
Ne cache pas si bien sa haine et sa colère,
Qu'elle ne m'ait fait voir avec combien d'erreur
640 Elle veut contenter son injuste ferveur.
Ce n'est pas toutefois, ce n'est pas qu'il m'importe
Que Thémistocle tombe ou bien qu'on le supporte[57],
Jugez quel intérêt me pourrait obliger
Et de le maintenir et de le protéger.
645 Mais qu'on veuille, aujourd'hui que la haine l'opprime,
Me faire malgré moi le salaire d'un crime,
Non non le trône offert avec tous ses appâts
À ces conditions ne me gagnerait pas.
Voulez-vous obtenir une place en mon âme ?
650 Méritez ma louange, et non que je vous blâme ;
Comme vous êtes grand montrez-vous généreux,
N'allez pas insulter au sort d'un malheureux,
Montrez votre pouvoir à calmer des orages,
Non pas en excitant des vents et des naufrages.
655 Bref voulez-vous me plaire, et paraître à mes yeux
Aimable et revêtu de la gloire des dieux ?
Faites comme les dieux, protégez l'innocence,
Conservez Thémistocle, et prenez sa défense.

---

57. « Signifie encore donner appui, secours, protection » (Furetière).

SCÈNE V[58]

ARTABAZE, PHARNASPE[59]

ARTABAZE

Pharnaspe qu'ai-je ouï ? quelle injuste rigueur !
660 Quel coup plus imprévu peut me percer le cœur ?
Pourquoi faire éclater ces sentiments de flamme ?
Aime-t-elle[60] ce Grec ? est-il dedans son âme ?
Car enfin la pitié n'a point de sentiments
Qui puissent exciter de si grands mouvements.

PHARNASPE

665 C'est outrager sans doute une grande princesse
Que de la soupçonner d'une telle bassesse.
Quelquefois la pitié s'échauffant à son tour
Dans une âme sensible est semblable à l'amour.

ARTABAZE

Mais souvent pour cacher une flamme blâmable
670 Un esprit amoureux feint d'être pitoyable.

PHARNASPE

Mais comme pour lui plaire elle exige de vous
De défendre ce Grec contre de si grands coups,

---

58. *Scène VI* (1737).
59. Les personnages présents n'étaient pas indiqués en tête de la scène IV : seuls y parlaient Artabaze et Palmis, mais le vers 659 indique que Pharnaspe y assistait.
60. *Aime-elle* (1648,1649, 1654).

Faites ce qu'elle veut, et si votre espérance
Après l'avoir aidée n'a pas sa récompense,
675 Vous êtes en un rang assez haut élevé
Pour perdre Thémistocle après l'avoir sauvé.

ARTABAZE

À qui dois-je obéir, et plutôt satisfaire ?
Aux charmes de la fille, aux fureurs de la mère ?
En protégeant ce Grec si je gagne Palmis,
680 Ainsi je mets sa mère entre mes ennemis,
Et je ne puis avoir une fille si chère
Si ce n'est un présent des fureurs de la mère.

PHARNASPE

Mais Seigneur aimez-vous avecque ces transports
Qui sur les faibles cœurs font de si grands efforts[61] ?
685 Pardonnez-moi, Seigneur, cet amour qui vous blesse
Est-il raison d'État ou marque de faiblesse ?

ARTABAZE

Il faut de toutes parts te découvrir mon cœur,
Cet amour n'est sur moi ni maître ni vainqueur,
Je laisse aux esprits bas, je laisse aux faibles âmes,
690 À languir dans ses fers, à brûler dans ses flammes,
Pour moi je ne me sers de cette passion
Qu'autant qu'elle est utile à mon ambition.
L'éclat d'une beauté touche une âme commune,
Mais les cœurs relevés n'aiment que la fortune ;
695 C'est elle seulement qui nous fait estimer,

---

61. « Effet produit par la violence ». *Cf.* Racine, *Britannicus*,
v. 1630 : « Le fer ne produit point de si puissants efforts ».

Et ce n'est qu'elle aussi que nous devons aimer.
Mais bien que les succès égalent mon attente,
Plus mon sort paraît haut, et plus il m'épouvante.
Je suis las d'avoir peur des destins tout-puissants,
700 Je suis las de marcher sur des degrés glissants,
Et c'est à mon avis avoir peu de délices
Que de marcher toujours dessus des précipices[62],
Car enfin la faveur que l'on admire tant
N'est qu'un gouffre couvert d'un nuage éclatant.
705 Si donc je touche au trône où le roi me supporte[63]
J'y veux être attaché d'une chaîne si forte,
Que je ne puisse choir ni même reculer
Sans entraîner le trône ou du moins l'ébranler.
Ainsi j'aime Palmis, non pas par tant de charmes
710 À qui tant d'autres cœurs auraient rendu les armes,
Mais parce que l'hymen que j'en ai souhaité
Peut joindre la constance à ma prospérité.
C'est ma fortune enfin qui pour m'être fidèle
Me demande Palmis, et soupire pour elle ;
715 Et pour vivre en repos et pour avoir la paix
Qu'un favori du roi ne rencontra jamais,
Puisque cette princesse est ma force et mon aide
Il faut que je périsse ou que je la possède.
Mais sa mère peut tout.

PHARNASPE

Rendez ses vœux contents.

ARTABAZE

720 En recevrai-je aussi le prix que j'en attends ?

---

62. « Au-dessus des gouffres ».
63. Voir v. 642 et note.

PHARNASPE

Que ne donnerait pas une femme outragée,
Afin d'être contente, afin d'être vengée ?
En cette occasion prodigue de son bien
Une femme fait tout, et ne refuse rien.
725   Contentez donc Mandane, embrassez sa querelle,
Et puisqu'elle peut tout n'épargnez rien pour elle.

ARTABAZE

Ce conseil est celui que je veux observer,
L'ouvrage est commencé, nous saurons l'achever.

PHARNASPE

Si vous avez besoin d'un courage fidèle,
730   Seigneur, vous connaissez et mon bras et mon zèle.

ARTABAZE

Nous perdrons Thémistocle avecque moins de bruit,
Nous en triompherons avecque plus de fruit.
Tu sais bien que j'ai feint d'embrasser sa défense
Tant qu'il fallut user de feinte et d'apparence,
735   Mais que durant ce temps pour le perdre aujourd'hui
J'ai les grands et l'État pratiqués[64] contre lui.
Enfin tout le conseil gagné par mes pratiques[65]
Ne médite pour lui qu'aventures tragiques[66].

---

64. « manœuvrés ».
65. Voir v. 125, n. 13.
66. Ce double jeu est bien dans le caractère d'Artabaze, mais
rien n'a jusqu'alors permis de le supposer.

De puissants ennemis sollicités par moi
740 L'attaquent fortement dedans l'esprit du roi,
Et déjà cette trame heureuse et favorable
Dedans l'esprit du roi l'a[67] rendu formidable[68],
C'est assez pour le perdre, et c'est assez aussi
Pour contenter Mandane et m'ôter de souci.
745 Ainsi je cueillerai le fruit de mon attente,
Il ne m'importe pas que Palmis y consente,
Ce qui fait mon bonheur, et le met en son jour
C'est sa possession, plutôt que son amour[69].

ACTE III

SCÈNE PREMIÈRE
LE ROI *avec sa cour.*
THÉMISTOCLE, MANDANE,
ARTABAZE, ROXANE.

THÉMISTOCLE

Persécuté des maux dont le sort est fertile[70]
750 Jusqu'aux pieds d'un monarque autrefois mon asile,
Il me serait meilleur d'y terminer mes jours
Que d'y venir encore implorer du secours.
Quand la Perse aura vu briller mon innocence

---

67. *ta* (1648, 1654) ; *t'a* (1649).

68. « Redoutable ».

69. Les hésitations des vers 667-682 n'avaient guère lieu
d'être, puisque Artabaze se découvre ici parfaitement cynique et
froid à l'égard de Palmis.

70. Ce début semble laisser supposer que pendant l'entr'acte
Mandane et Artabaze ont intrigué contre Thémistocle.

Et qu'un nouveau bonheur sera ma récompense,
755 De nouveaux envieux aussitôt excités
Me réduiront encore en ces extrémités,
Et toujours criminel si l'on veut les entendre
Au lieu de vous servir il faudra me défendre.
Mais puisque vous voulez que je fasse un effort
760 Pour vaincre une autre fois et la haine et le sort
Puisque c'est commencer vous-même à me défendre
Que de vouloir encore et me voir et m'entendre,
Sire, je parlerai pour tâcher désormais
De vous donner sujet d'achever vos bienfaits[71].
765 Aussi bien quel appui ma timide innocence
Pourrait-elle espérer de ma faible éloquence ?
Pourrais-je en une langue où je suis étranger
Plaire, charmer les cœurs, et vaincre le danger
Quel secours promettrais-je à ma gloire atterrée
770 S'il dépendait ici d'une langue ignorée ?
La parler devant vous, Sire, c'est me trahir,
Et je ne la sais bien que pour vous obéir.
Commandez à mes mains à vaincre toutes prêtes
D'accumuler pour vous conquêtes sur conquêtes,
775 Alors je ferai voir par des actes puissants
Que je l'entends bien mieux même que les Persans,
Alors je confondrai par d'illustres services
De tous mes envieux les mortels artifices,
Alors mes actions, vrais témoins de ma foi,
780 Ayant vaincu pour vous vaincront aussi pour moi.
On croit que mon aspect doit vous mettre en mémoire
Qu'autrefois ma fortune offusqua votre gloire,
Et que ce souvenir retraçant mes desseins
Allumera la foudre en vos royales mains :

---

71. *un bien-faits* (1648-1649) ; *un bien-fait* (1654). J'adopte la
correction des éditions du XVIIIe siècle, car l'un et l'autre sont
inacceptables, soit pour la syntaxe soit pour la rime.

785   Mais loin de travailler pour effacer l'image
       Que dans votre mémoire imprima mon courage,
       Il m'est avantageux parmi de si grands coups
       D'y paraître en l'état où j'étais contre vous.
       Au moins par les efforts, que je fis pour la Grèce
790   Lorsque votre pouvoir en fit voir la faiblesse,
       On voit ce que je puis pour vos fameux États
       Si vos commandements se servent de mon bras.
       Il est vrai que la Grèce en ses[72] noires journées
       Opposa contre vous mes armes fortunées,
795   Je marchai contre vous armé pour son salut,
       Et le Ciel me donna tel succès qu'il voulut.
       Mais pour qui m'enflammait une noble furie ?
       C'était pour nos autels, c'était pour ma patrie.
       M'eussiez-vous honoré d'un glorieux accueil
800   Si par mes trahisons elle était au cercueil ?
       En me tendant la main aussi sainte qu'auguste
       Si j'avais été traître, auriez-vous été juste ?
       Si j'avais été traître, et par vos faits heureux
       Vous appellerait-on et grand et généreux ?
805   Sire, il faudrait me craindre en ce lieu vénérable
       Si j'avais pu trahir mon pays misérable ;
       Qui trahit son pays et le met en danger
       Peut aussi bien trahir un pays étranger.
       Mais par quel crime énorme une immortelle envie
810   Veut-elle ruiner et ma gloire et ma vie ?
       Comme on n'en trouve point qu'on puisse m'imputer,
       On se sert du soupçon pour me persécuter.
       On vous dit que ma fuite et que mes infortunes
       Des Grecs toujours trompeurs sont des feintes com-
                                  [munes,

---

72. *Ces* (1737). La correction ne nous semble pas indispensable.

815 Que ces peuples rusés m'attachent à vos pas,
   Ainsi qu'un espion qu'on ne soupçonne pas,
   Et que j'observe enfin et la cour et l'empire
   Pour connaître les lieux par où l'on peut vous nuire.
   Quoi ! les Grecs qui m'ont cru leur salut et leur bien,
820 Eux qui m'ont estimé leur bras et leur soutien,
   Auraient-ils de leur corps encore faible et tendre
   Séparé le seul bras qui pouvait les défendre ?
   Auraient-ils aveuglés par un peu de beaux jours
   A leur propre adversaire envoyé leur secours ?
825 Et la Grèce après tout était-elle certaine
   Qu'un roi que j'ai vaincu me sauvât de sa haine ?
   Qu'il reçût dans sa cour, et même dans son cœur
   Son ennemi mortel, son ennemi vainqueur ?
   C'est une politique et belle et renommée
830 De faire un espion d'un général d'armée.
   Non non ce n'est pas là, Monarque généreux,
   Le crime, et le dessein d'un banni malheureux ;
   De ce reproche vain mes actions me lavent,
   Ce n'est pas là mon mal, mes ennemis le savent,
835 Mais j'ai tant de respect pour eux et pour leur rang
   Que sans me plaindre d'eux ils verseraient mon sang.
   En quel lieu, en quel temps ai-je fait des pratiques[73] ?
   Où me suis-je informé des affaires publiques ?
   Bref, où sont les Persans que j'ai voulu gagner ?
840 Ils ne paraissent point, veulent-ils m'épargner ?
   Qu'ils viennent me confondre, et vous montrer leur
                                                    [zèle
   En découvrant ici ma trame criminelle,
   Qu'ils viennent m'attaquer, je serai glorieux
   De rendre des combats et de vaincre à vos yeux.
845 Ce n'est pas toutefois que je garde l'envie

---

73. Voir v. 126 et note.

De traîner plus longtemps une si triste vie,
Ni[74] que je veuille, enfin victorieux du sort,
Priver mes ennemis du plaisir de ma mort.
Je tâche seulement de vaincre l'infamie,
850   Je tâche d'étouffer cette grande ennemie,
Et de la détourner, pour mourir en repos,
Du sépulcre fameux[75] qui doit couvrir mes os,
Estimant que la honte où notre honneur succombe
Est la peine des morts qu'elle suit sous la tombe.
855   Que si votre repos dont je serais l'écueil
Ne peut être fondé que dessus mon cercueil,
Commandez que je meure, et j'aurai l'avantage
De chasser de vos jours un si funeste ombrage,
Ce fer accoutumé parmi les grands desseins
860   Sera dedans mon cœur plus tôt que dans mes mains.
Ainsi nous obtiendrons vous et moi la victoire,
Vos soupçons finiront, j'aurai sauvé ma gloire ;
Ma mort imprimera dans le cœur d'un grand roi
Que pour mourir sans tache on mourra comme moi,
865   Et malgré la rigueur contre moi conjurée
Ma perte confondra ceux qui l'ont désirée.

XERCÈS

Ne crois pas que mon âme ouverte à la fureur
Te considère ici comme un objet d'horreur,
Ni que par mon débris ta gloire rehaussée[76]
870   M'inspire pour ta perte une seule pensée.
Lorsque ton bras armé combattait contre moi

---

74. *N'y* (1648, 1649, 1654).

75. Allusion probable au sépulcre magnifique, qui, selon Plutarque, fut érigé pour Thémistocle à Magnésie, ville de Thessalie où il mourut.

76. *réchauffée* (1737). Mauvaise lecture évidente.

Tu faisais ton devoir, tu signalais ta foi,
Et loin de concevoir la haine sanguinaire
Qu'un lâche cœur conçoit pour un noble adversaire,
875 Alors je souhaitais sans envier ton bien
Que la Perse eût un bras qui ressemblât au tien.
Avant que de te voir j'aimais ta renommée,
Et ta vertu me plût contre moi-même armée.
Ainsi pour contenter la maxime d'État
880 Qui punit le soupçon ainsi que l'attentat,
Si j'immole ta vie à ma loi souveraine
Ne crois pas que ta mort soit l'effet de ma haine,
Ni que je veuille enfin d'un courage abattu
Me venger de ta gloire ou bien de ta vertu.
885 Mais sache que mon cœur déteste ces maximes
Qui font souvent aux rois commettre de grands crimes,
Et que chez un monarque équitable et puissant
Un soupçon ne peut rien contre un faible innocent.
Autrefois quand le sort t'eut chassé de ta ville,
890 Entre mes bras ouverts tu trouvas un asile,
Maintenant de moi-même une autre fois vainqueur
Des bras que je t'ouvris tu passes[77] dans mon cœur.
Demeure mon ami, l'ayant voulu paraître,
Si tu ne l'as été commence ici de l'être,
895 Et crois que les grands cœurs qui me donnent leur foi
Sont bien plutôt mes rois que je ne suis leur roi.

THÉMISTOCLE

Ha Sire, à tant de biens qui viennent me confondre
C'est par les actions que j'attends à répondre.
Qui n'avouerait enfin que les dieux m'ont chéri,

---

77. *passés* (1648).

900   Et que j'eusse péri si je n'eusse péri[78] ?

XERCÈS

De secrets ennemis dont j'excuse le zèle
Donnèrent[79] à ta gloire une atteinte mortelle,
Mais malgré leurs efforts Artabaze, et ma sœur
Ont été ta défense et t'ont rendu vainqueur,
905   Et je témoignerai par des faveurs augustes
Que s'ils t'ont protégé, leurs soins ont été justes,
Oui, ma sœur, je le donne à ta compassion
Lui que je donnerais à mon affection,
Et veux que Thémistocle affranchi de misères
910   Vous connaisse tous deux pour ses dieux tutélaires.

MANDANE

S'il a le roi pour lui, qui serait contre lui ?

ARTABAZE

Si vous le soutenez, peut-il manquer d'appui ?
Ainsi donc désormais je prendrai sa défense
Par inclination et par obéissance.

THÉMISTOCLE

915   Veuille le juste Ciel qui connaît votre foi
Avoir pour vous les soins que vous avez pour moi[80].

---

78. Traduction de Plutarque, Ὦ παιδὲς, ἀπωλόμεθα ἄν, ἐι μὴ
ἀπωλλόμεθα, « Mes amis, nous étions perdus si nous n'étions perdus ». *Op. cit.*, p. 136.

79. *Donneront* (1737). Mauvaise lecture évidente.

80. Vers ironiques, selon toute évidence.

LE ROI

Que chacun à l'envi lui fasse des caresses ;
Pour moi qui veux le mettre à l'abri des tristesses
Je le mets dans mon cœur et veux montrer ainsi
920 Qu'on ne peut l'attaquer sans m'attaquer aussi.

ARTABAZE (*à l'écart*)

Ô destins quel succès !

SCÈNE II

MANDANE, ROXANE.

MANDANE

                    Ha, qui l'aurait pu croire ?
Par moi mon ennemi remporte la victoire !
Lorsque ma passion le destine aux enfers
Par moi-même, par moi les cieux lui sont ouverts !
925 Et de là sa fortune éclatante et chérie
Entre les bras d'un dieu se rit de ma furie !
Ha, s'il n'est point de maux qui soient plus rigoureux
Que de voir parmi nous nos ennemis heureux,
S'en peut-on figurer de plus grand et de pire
930 Que de les relever quand on croit les détruire ?
Non, non, si de Xercès la vaine affection
Croit donner Thémistocle à ma compassion,
Moi-même en ma faveur une fois souveraine
Je saurai sans frémir le donner à ma haine.
935 Jouis[81] avec plaisir des biens délicieux

---

81. Effet d'hypotypose : Mandane s'adresse à Thémistocle
comme s'il était présent.

Que les mains d'un monarque étalent à tes yeux,
Partage avecque lui la puissance suprême,
Parais dessus le trône assis près de lui-même,
Je me satisferai, je me vengerai mieux
940   Si je te fais tomber d'un lieu plus glorieux.
Oui, de quelques grands biens dont le sort te partage
Je me vengerai mieux si tu perds davantage.
Cette faveur d'un roi, ce bien qui t'est offert
Ce n'est pas un abri qui te mette à couvert,
945   Ce n'est qu'une vapeur, dont ma haine invincible
Forme pour te détruire un foudre plus horrible[82].
Qu'il[83] s'imagine enfin que sa protection
Est encore un effet de ma compassion[84],
Roxane, je veux bien qu'il ait cette croyance,
950   Je le détruirai mieux s'il est sans défiance,
Et plus tôt mon courroux en sera triomphant
S'il croit que ma pitié le garde et le défend.

ROXANE

Artabaze revient.

---

82. *Vapeur* désigne ici une « chose subtile, passagère et de peu
de durée » (Furetière), mais le mot est pris en même temps au
sens propre de « nuages, dont se forme la foudre ». On peut
admettre que la pointe, qui rend les vers 945-950 assez bizarres,
se justifie par la violence de Mandane.

83. Retour au calme, manifesté par l'emploi de la troisième
personne.

84. *Combustion* (1648,1649, 1654). J'adopte la correction des
éditions du XVIIIᵉ siècle, seul mot qui convienne, car même les
sens de division, dissension donnés par Furetière ne conviennent
pas.

SCÈNE III

ARTABAZE, MANDANE, ROXANE.

ARTABAZE

Quel prodige Madame !

MANDANE

Est-ce là le succès d'une si forte trame[85] ?
955 Est-ce là le pouvoir d'un favori de roi ?

ARTABAZE

Cet étrange succès me donne de l'effroi.
Mais je reviens ici vous dire une nouvelle
Plus funeste cent fois, et cent fois plus mortelle.

MANDANE

Quoi donc ? et qui nous peut plus fortement gêner
960 Que la grandeur de ceux qu'on pensait ruiner ?
Quoi, le devons-nous voir la tête couronnée ?

ARTABAZE

Le roi lui veut donner sous les lois d'hyménée
Votre fille.

MANDANE

Ma fille !

---

85. « Intrigue ».

ROXANE

Ô dieux ! que dites-vous ?

ARTABAZE

Une horreur, un prodige inouï parmi nous.

MANDANE

965 Certes cette nouvelle a si peu d'apparence
Que la croire trop tôt c'est manquer de prudence.

ARTABAZE

Cependant elle et vraie.

MANDANE

           Et le roi penserait
Qu'à cette indignité mon cœur consentirait !
S'il veut contre l'honneur par une lâche envie
970 Disposer de ma fille, et mon sang, et ma vie,
En cette occasion plus puissante qu'un roi
Je saurai lui montrer que mon sang est à moi,
Que je puis le verser par un courage extrême
Renfermé dans ma fille aussi bien qu'en moi-même[86].
975 Croit-il donc que Palmis ait le cœur assez bas
Pour ne pas mieux aimer un glorieux trépas ?
Ô lâcheté d'un roi qui veut que l'on l'adore
À l'instant qu'il s'abaisse et qu'il se déshonore.

---

86. « Qu'il soit renfermé dans ma fille ou dans moi-même ».
Comprendre : je puis me tuer et tuer ma fille pour éviter ce
mariage, comme l'explique clairement le vers 976.

Si le sceptre, le trône, et le titre de roi
980 T'élèvent au-dessus de mon sort et de moi,
Mon courage et mon cœur dignes du diadème
M'élèvent au-dessus du trône, et de toi-même.
Considère, Artabaze, où tu te vois réduit.
Chéris-tu ma promesse ? en aimes-tu le fruit ?
985 C'est maintenant ta cause, et non pas mes alarmes,
Qui doit à ta fureur faire trouver des armes.
À toi bien plus qu'à moi Thémistocle est fatal,
S'il est mon ennemi, c'est au moins ton rival,
C'est par une aventure étrange et non commune
990 Ton rival en amour, ton rival en fortune.
Il peut gagner Palmis sans que je perde rien,
Il ne peut la gagner sans te ravir ton bien ;
Il peut devenir grand sans que mon sort abaisse[87],
Il ne peut être grand que ta faveur ne cesse.
995 Déjà malgré tes soins, victorieux de toi
Il triomphe, il est grand, il a le cœur du roi ;
L'y pourras-tu souffrir ou crois-tu qu'il t'y souffre ?
Il faut que l'un ou l'autre y rencontre son gouffre,
Dans le rang que tu tiens mille nous ont instruits
1000 Qu'un compagnon te perd si tu ne le détruis.
Dans le rang glorieux où l'on te considère,
Le moindre compagnon est un grand adversaire.
La faveur est un bien qu'on ne peut partager,
Qui souffre son partage est proche du danger,
1005 Et de quelque splendeur qu'elle soit composée
Elle n'est plus faveur quand elle est divisée.

ARTABAZE

Ne sollicitez point ni mon bras ni mon cœur

---

87. Cet emploi absolu est rare au XVIIe siècle. Ni Richelet, ni
Furetière ne l'indiquent.

D'entreprendre un combat où je serai vainqueur.
Celui qu'on sollicite à défendre sa gloire
1010 Mérite justement de perdre la victoire ;
Celui qu'on sollicite en cette occasion
A mérité sa perte et sa confusion.
Il n'est point de milieu que ma fortune tienne,
Il sera ma victime ou je serai la sienne ;
1015 Mais quelques grands efforts que fasse mon courroux
Je proteste à vos yeux que ce sera pour vous.

MANDANE

Fais enfin ton devoir, ta récompense est prête
Quand la fureur du roi tomberait sur ta tête.
Mais il faut l'aller voir pour savoir la raison
1020 Qui lui fait à son sang préparer du poison.

ROXANE (*seule*)[88]

Quel parti prendras-tu, mon âme infortunée ?
Prendras-tu le parti d'une haine obstinée ?
Quand Thémistocle obtient plus que nous ne pensions
Le devons-nous haïr parce que nous l'aimions ?
1025 Jusqu'où va de mon cœur l'injurieux caprice ?
Quoi ! j'aime Thémistocle, et je veux qu'il périsse
Ha ! cet amour indigne et de nous et du jour
N'est qu'un démon sanglant qui prend le nom d'amour.
J'aurai pour Thémistocle une tendresse extrême,
1030 Je l'aurai dans mon cœur, je dirai que je l'aime,
Et craindrai que le sort tout prêt à se calmer
Favorise aujourd'hui ce que je pense aimer !
Je ne pourrai souffrir qu'il gagne une victoire

---

88. *Scène IV* (1737).

Qui l'ôte à mon amour, et le donne à la gloire,
1035 Et je l'aimerai mieux dans un cercueil affreux
Que dans un autre cœur content et bienheureux !
Est-ce aimer, que nourrir cette fureur extrême ?
C'est haïr en effet et croire que l'on aime.
Le véritable amour conçoit d'autres souhaits,
1040 Il produit et fait voir de plus nobles effets ;
Comme un enfant bien né dont l'honneur est le maître
Il veut toujours le bien de ceux qui l'ont fait naître,
L'intérêt ni l'espoir ne le soutiennent pas,
Il marche les yeux clos assuré sur ses pas,
1045 Lui-même il est son bien, et dans toute aventure
Lui-même de lui-même il est la nourriture.
C'est enfin cet amour inconnu parmi nous
Qui même sans espoir m'est précieux et doux.
J'obtiendrai tout le bien que mon âme désire
1050 Si je vois Thémistocle où[89] son amour aspire.
Je le protègerai contre ses envieux
Il saura leurs desseins, je combattrai contre eux,
Et pour lui souhaiter un bien qui soit extrême
Je voudrais que Palmis l'aimât comme je l'aime.

ACTE IV

SCÈNE PREMIÈRE

ARTABAZE, PALMIS.

ARTABAZE

1055 Enfin, j'ai combattu pour vous donner la paix,
Et le gain du combat répond à vos souhaits.

---

89. « là où ». Construction normale au XVIIe siècle.

Vous m'avez commandé comme ma souveraine
D'appuyer Thémistocle, et de rompre sa chaîne,
Et vous commandements sont suivis d'un effet
1060 Qui me rend glorieux puisqu'il vous satisfait.
Mais lorsque vous saurez jusqu'où monte sa gloire,
Son bien vous blessera, vous craindrez sa victoire,
Et vous détesterez comme de grands tourments
Et mon obéissance et vos commandements.

PALMIS

1065 À quoi donc me destine une juste puissance ?

ARTABAZE

À descendre du rang où vous met la naissance.

PALMIS

Dites-moi donc comment ?

ARTABAZE

              Thémistocle est l'époux
Que le roi comme aveugle a destiné pour vous.

PALMIS

On me l'a déjà dit.

ARTABAZE

          Que prétendez-vous faire ?

PALMIS

070   Je dois après cela me soumettre et me taire.

ARTABAZE

Vous soumettre, Madame, à cette indigne loi ?

PALMIS

Me conseilleriez-vous d'être rebelle au roi ?

ARTABAZE

Cette rébellion vous serait honorable.

PALMIS

Le conseil seulement vous en rendrait coupable.

ARTABAZE

075   Ne dissimulez point, je vois sur votre front
Le secret déplaisir d'un si mortel affront.
Je vois bien que vos yeux démentent votre bouche,
Que cet indigne choix sensiblement vous touche,
Et qu'enfin votre cœur qui souffre et qui combat
080   Demande du secours contre cet attentat.
Commandez-moi, Madame, et bientôt votre gloire
Sur cette ignominie obtiendra la victoire.

PALMIS

Croirai-je que ce Grec vous doive ce qu'il est
Si sa prospérité vous blesse, et vous déplaît ?

1085   Voulez-vous désormais mériter mon estime ?
        Ne vous repentez pas d'un acte magnanime.
        Voulez-vous mériter ma juste aversion ?
        Repentez-vous ici d'une bonne action.

ARTABAZE

        Jamais un repentir si honteux et si lâche
1090   N'imprima dans mon âme une honteuse tache ;
        Je suis plus généreux, et je crains seulement
        Qu'on ne m'accuse un jour de votre abaissement.
        Permettez donc, madame, à ma louable envie
        Non pas de ruiner le repos de sa vie,
1095   Car si vous le vouliez, je vous jure sans fard
        Que si j'avais un sceptre il en aurait sa part ;
        Mais permettez au moins à mon ardeur extrême,
        Après l'avoir servi de vous servir vous-même,
        Et de vous épargner la honte et le tourment
1100   Que reçoit un grand cœur de son abaissement.

PALMIS

        Cependant vous aimez cette princesse même
        De qui l'abaissement serait un mal extrême,
        Et votre espoir conduit par votre ambition
        Ose même aspirer à ma possession.
1105   Mais enfin avez-vous une couronne prête
        Une couronne illustre à mettre sur ma tête ?
        Cet amour où votre âme ose s'abandonner
        A-t-il en sa puissance un trône à me donner ?
        Et du rang où je suis, d'où je puis tout prétendre,
1110   Pour aller jusqu'à vous ne faut-il pas descendre ?

ARTABAZE

Au moins en descendant, on ne vous dirait pas :
L'ennemi de l'État a pour vous des appas.
Au moins ai-je à la Perse acquis de la puissance.

PALMIS

Aussi votre faveur en est la récompense.

ARTABAZE

115 Et pour avoir causé la honte des Persans
Thémistocle obtiendra leurs plus riches présents !
Ouvrez, ouvrez les yeux afin de le connaître,
Regardez de quel sang la Grèce l'a vu naître,
Et si vous faites grâce à ses témérités
120 Faites aussi justice au sang dont vous sortez.
Le roi veut un hymen dont la chaîne ennemie
Joint la majesté même avecque l'infamie ;
Pourrait-il recevoir des Grecs victorieux
Une loi plus honteuse, un joug plus odieux ?
125 Lui résister ici c'est témoigner qu'on l'aime,
C'est enfin le venger lui-même de lui-même,
Lorsqu'en nous commandant un prince se trahit,
On le venge, on le sert quand on désobéit.

PALMIS

Ces raisons vont[90] sans doute au bien de cet empire,
130 Mais aussi c'est au roi que vous devez les dire.
Pour moi qui le crois sage et mon plus grand soutien

---

90. *veut* (1648,1649). La faute a été corrigée en 1654.

J'obéis en aveugle et je crois faire bien.
Qu'on donne à Thémistocle un berger pour son père,
Il me suffit de voir qu'un roi le considère.
1135 Je ne regarde pas d'où sortit ce grand cœur,
Mais jusqu'où l'éleva son courage vainqueur.
Qu'il soit né dans l'opprobre ou bien dans la puissance,
Je regarde sa gloire, et non pas sa naissance.
Il ne dépendait pas de lui ni de son choix
1140 Ou de naître du peuple, ou de naître des rois ;
Mais ce qui dépendait de son unique ouvrage,
Il est devenu grand par son propre courage ;
Et je dis hautement après ces grands exploits
Ce sont là des parents comme il en faut aux rois.

ARTABAZE

1145 Pour moi je suis bien loin de cette haute attente,
Du titre de sujet ma fortune est contente ;
Mais je dirai toujours qu'un sujet comme moi
Vaut pour le moins un Grec parent même d'un roi.

PALMIS

Mais si votre fortune est si haute et si belle
1150 Que les plus puissants rois marchent au-dessous d'elle,
Thémistocle aujourd'hui pendant[91] à vos genoux
Quand le roi le voudra sera plus grand que vous.

ARTABAZE

Il est déjà plus grand, et plus comblé de gloire,
Puisque votre faveur lui donne la victoire.

---

91. « Suspendu ». Tenir embrassés les genoux de quelqu'un
était par excellence le geste du suppliant.

155 Il est digne du rang où vous prîtes le jour,
     Puisque c'est être roi que d'avoir votre amour[92].

PALMIS

Ne faites point outrage à qui pourrait vous nuire,
Il aura mon amour si le roi le désire ;
Et quoi que fasse un roi pour votre ambition,
160 Vous ne pouvez avoir que mon aversion.

SCÈNE II

ARTABAZE (*seul*)

Ô princesse aveuglée et digne à[93] ta ruine
De cet abaissement où le Ciel te destine.
Au moins pour conserver ce glorieux amant,
Tu me devais cacher ton lâche sentiment,
165 Et non pas allumer pour sa perte prochaine
Le feu de ma fureur, et celui de ma haine.
Si je n'ai sur le front la couronne d'un roi
Capable d'imprimer le respect et l'effroi,
Au moins je ferai voir à ta vaine arrogance
170 Que j'en ai dans les mains la force et la puissance.
Thémistocle aujourd'hui pendant à nos genoux
Quand le roi le voudra sera plus grand que nous !
Il peut bien dans ton cœur obtenir cette gloire,
Il peut bien dans ton cœur gagner cette victoire,
175 Mais il saura bientôt que pour vaincre autre part

---

92. Ce vers forme une jolie chute de madrigal, peut-être ironique, si l'on en juge d'après la sèche réaction de Palmis.

93. « Pour ». L'édition de 1654 corrige en *de*, à tort, car *ruine* ne comptant plus alors que pour une syllabe, la rime serait incorrecte.

Son sort aura besoin d'un plus ferme rempart ;
Et devant qu'à ton gré cette idole s'achève
Nous saurons dissiper le charme qui l'élève.
Quand le roi le voudra, ce banni fortuné
1180 Foulera sous ses pieds mon destin ruiné !
Certes ce fruit est beau, mais avant qu'on le cueille
Nous saurons empêcher que le roi ne le veuille,
Nous le réveillerons comme d'un grand sommeil
Où l'on fait des desseins qu'on déteste au réveil.
1185 Si j'ai par les effets d'une longue entreprise
À l'amour de ta mère arraché son Cambise[94],
Je puis pour même but et par un même effort
Arracher Thémistocle à ton lâche transport.
Ramasse ici ta force, ô faveur qu'on révère,
1190 Peux-tu mieux me servir qu'à perdre un adversaire ?
Quoi qui puisse arriver de ce coup important,
Si nous devons tomber, tombons en combattant.

SCÈNE III

MANDANE, ROXANE, ARTABAZE.

MANDANE

Le croiras-tu Roxane ?

ROXANE

Hé quoi donc ?

---

94. Voir vers 1225-1274.

ARTABAZE

>   Ha Madame,
Faut-il vous affliger, faut-il vous percer l'âme ?
195 Palmis,

MANDANE

Palmis ?

ARTABAZE

>   Consent aux volontés du roi.

MANDANE

Vous étonneriez-vous qu'elle en reçut la loi ?
Elle fait son devoir par cette obéissance.

ARTABAZE

Elle fait son devoir lorsqu'elle vous offense !

MANDANE

Elle m'offenserait en faisant autrement.

ARTABAZE

200 D'où vient dans votre esprit un si prompt changement ?

MANDANE

D'où vient ce changement ?[95] D'une cause funeste

---

95. Il ne me paraît pas possible de garder le *!* que l'on trouve
ici dans les trois éditions.

Que vous ne saurez point, et qu'enfin je déteste.
Mais pour toute raison, satisfait ou confus
Apprenez qu'elle est juste, et ne me voyez plus.

ARTABAZE

1205   Que je sache du moins ce qui me rend coupable.

MANDANE

Il suffit de savoir que je suis équitable.

ARTABAZE

Mais un juge équitable écoute un criminel.

MANDANE

Moi, je n'écoute point ; et votre crime est tel
Que ce serait au crime ajouter l'impudence
1210   Que de vouloir encore embrasser sa défense.

ARTABAZE

Ai-je favorisé ce Grec ?

MANDANE

                                    Je n'en sais rien,
Mais je le favorise, et désire son bien.
J'ai voulu dessus lui vous donner la victoire,
Mais je vous punirai par l'éclat de sa gloire.

ARTABAZE

215 Lorsque de si grands feux se seront modérés
Vous me direz mon crime, et vous m'écouterez.

SCÈNE IV

MANDANE, ROXANE.

ROXANE

Tout ceci me surprend.

MANDANE

               Moi-même je confesse
Que tout ce que je fais me surprend et me blesse.
Mais jusqu'où n'irait pas un esprit irrité
220 Quand il veut se venger d'une infidélité ?
Oui mes justes fureurs d'une vengeance avides[96]
Comme deux ennemis attaquent deux perfides[97],
L'un mort, l'autre vivant ; mais en dépit du sort
Je saurai me venger du vivant et du mort.
225 Croirais-tu que Cambise en qui je pensais vivre
Et que dans le cercueil mon âme a voulu suivre,
Croirais-tu que ce traître au mépris de mes feux
Engageait autre part et son cœur et ses vœux ?

ROXANE

Ô dieux !

---

96. Inversion : *avides d'une vengeance*.
97. Ces deux perfides (Cambise et Artabaze) sont devenus deux
ennemis personnels de Mandane.

MANDANE

Et croirais-tu qu'Artabaze lui-même
1230 Eût engagé Cambise à cette injure[98] extrême ?
Atamire est enfin l'objet qui le charma.

ROXANE

Quoi, la sœur d'Artabaze est l'objet qu'il aima !
Mais si de cette erreur Cambise fut capable
Artabaze, Madame, en était-il coupable ?

MANDANE

1235 Roxane, il est coupable, et plus que tu ne crois.
Comme tout est suspect aux favoris des rois,
Que tout les épouvante, et que le moindre ombrage
Est pour eux une nuit, ou plutôt un orage,
Aussitôt qu'Artabaze eut d'un regard jaloux
1240 Observé que Cambise était bien près de nous,
Il crut que je l'aimais d'une amour obstinée,
Et que de cette amour j'irais à l'hyménée.
Ainsi se figurant qu'une intrigue de cour
Placerait la faveur où serait mon amour,
1245 Il pratique Cambise, il lui fait des caresses,
Il le gagne, il me l'ôte avecque ses promesses,
Il lui fait espérer et grandeur et crédit,
Quelques petits effets confirment ce qu'il dit,
Cependant pour ôter cette puissante nue
1250 Que Cambise à la cour présentait à sa vue[99],
Il le sut éloigner de la cour et du roi

---

98. « Offense ».
99. Cambise faisait de l'ombre à Artabaze.

Par le charme trompeur d'un glorieux emploi[100].
Mais pour m'en faire un monstre horrible et détestable,
Et le rendre à jamais à mes yeux effroyable,
1255 Avant que de partir il l'engage à sa sœur,
Par les nœuds du serment il attache son cœur,
Et Cambise charmé par les yeux d'Atamire
Par les nœuds de l'amour s'attache à son empire.
Depuis, dedans la Grèce où le roi s'en servait
1260 Il mourut plus fameux qu'un traître ne devait.

ROXANE

Mais de qui tenez-vous cette étrange nouvelle ?

MANDANE

Un infidèle ici trahit un infidèle.
J'ai su tout ce secret à ma gloire important
De quelqu'un qu'Artabaze a rendu mécontent.

ROXANE

1265 Vous pouvez-vous fier aux choses qu'il a dites ?

MANDANE

Ne me fierais-je pas à des lettres écrites ?

ROXANE

Écrites par Cambise ?

---

100. Il lui a fait donner le commandement de la flotte perse, qui
sera battue à Salamine.

MANDANE

Écrites à celui
Qui fut son confident et dont il fut l'appui.
Là Cambise se peint comme un homme de flamme
1270 Qui vit plus par l'amour qu'il ne vit par son âme ;
Il écrit à celui qui m'a fait voir son cœur
Qu'il ne connaît de dieux qu'Artabaze[101] et sa sœur.
Qu'il le conjure enfin s'il aime ses délices
De lui rendre toujours ses déités propices.
1275 Mais que me sert ici de te représenter
Ce qui ne peut servir qu'à me persécuter ?
Enfin le mal est fait, et je pourrais te dire
Qu'en me le découvrant on m'en a fait un pire.
Tant qu'il me fut couvert, au moins je respirai,
1280 Au moins je fus en paix tant que je l'ignorai,
Car les maux les plus grands ne blessent pas encore
Et ne sont pas des maux tandis qu'on les ignore.
Maintenant ma douleur est sans comparaison,
Le mépris de Cambise aveugle ma raison,
1285 Et pour comble de mal sa mort est sa défense,
Et le met à couvert des coups de ma vengeance.
Il est mort, il est vrai, par un bras odieux,
Mais pour combler mon mal, il est mort glorieux.
Il est mort, il est vrai, mais pour m'ôter de peine
1290 Il fallait que sa mort fût un coup de ma haine,
Il fallait que mon œil justement irrité
Commençât à punir son infidélité,
Que ma main achevât, qu'il mourût à ma vue

---

101. Les trois éditions, 1648, 1649, 1654, donnent ici *Cambise*,
ce qui est absurde ; j'adopte la correction évidente des éditions du
XVIIIe siècle.

Et qu'il sût en mourant que c'est moi qui le tue[102].
1295 Mais au moins si l'on peut faire quelques efforts
Dont le ressentiment aille jusques aux morts,
Traître, nous tâcherons par un coup légitime
D'envoyer jusqu'à toi la peine de ton crime.
Je ne chercherai point tes restes malheureux
1300 Pour exercer ma haine et ma rage sur eux,
Mais afin de punir les mânes d'un perfide
Je récompenserai ton illustre homicide[103],
Et dessus ton cercueil où mon mal commença
Je ferai triompher celui qui t'y poussa.
1305 Sois[104] insensible ou non à ce dernier outrage,
Je pense qu'il me venge et cela me soulage.
Ta mort m'avait rendu Thémistocle odieux,
Et maintenant ta mort me le rend précieux.
J'avais cru par ton sang qu'il m'avait outragée
1310 Et par ce même sang je vois qu'il m'a vengée[105].
C'est lui qui me contente et c'est à juste droit
Qu'il obtiendra le prix qu'Artabaze espéroit.
J'attendais d'Artabaze une grande victoire[106],
Ce Grec me l'a donnée, il en aura la gloire,

---

102. Cette violence féminine – pour ne pas dire ce sadisme –
est fréquente dans le théâtre du XVIIe siècle, par exemple dans
Horace, dans *La Mort d'Agrippine* de Cyrano de Bergerac, ou
encore dans *Andromaque* (IV, 4, v. 1269-1270, et V, 3, v. 1527-
1528).

103. Comprendre : Je récompenserai celui qui t'a tué, c'est-à-
dire Thémistocle.

104. « Que tu sois ».

105. Double inversion : J'avais cru qu'il m'avait outragée en
versant ton sang… etc.

106. Cette victoire était en l'occurrence la vengeance de Mandane par la mort de Thémistocle, mais la donne s'est modifiée :
Thémistocle est devenu le vengeur de la perfidie de Cambise.

1315   Et l'éclat de son sort aidé par mes transports[107]
        Punira les vivants s'il ne punit les morts.

SCÈNE V

LE ROI, ARTABAZE.

LE ROI

Oui, je l'ai résolu, l'on ne peut m'en distraire[108]
Vous donc, allez quérir et Palmis et sa mère ;
Et vous, faites venir Thémistocle[109]. Jamais
1320   Mon esprit ne conçut de plus ardents souhaits.
Attacher à la Perse un bras si plein de gloire
C'est au trône où je suis enchaîner la victoire.
Si nous gagnons ce Grec par ses adversités,
Il le faut conserver par des prospérités.
1325   Se faire un noble ami d'un illustre adversaire
C'est le plus beau présent qu'un roi se puisse faire.
Je pourrais retenir ce guerrier généreux
Par cent autres liens qui le rendraient heureux,
Mais parce que les Grecs qu'il tira de la chaîne
1330   Le peuvent rappeler et condamner leur haine,
Il faut par les honneurs qu'il recevra de nous
Augmenter contre lui leur haine et leur courroux.
Pourrais-je donc aux Grecs en ôter l'espérance

---

107. « Se dit […] du trouble ou de l'agitation de l'âme par la
violence des passions » (Furetière). Ces passions sont ici la haine
et la vengeance.

108. « Détourner ». L'édition de 1737 ajoute ici en interligne :
(Aux Gardes).

109. Xercès s'adresse successivement à deux personnes de sa
suite. L'édition de 1737 indique la présence de gardes sur la
scène.

Par des moyens plus forts que par mon alliance[110] ?
1335 Et puis-je mieux le rendre à la Grèce odieux
Qu'en le rendant ici puissant et glorieux ?
Enfin comme ma gloire et celle de l'empire
Sont les biens les plus chers qu'Artabaze désire,
Je ne veux point douter qu'il n'approuve un dessein
1340 Qui me met la victoire et la force à la main.

ARTABAZE

Sire.

SCÈNE VI

LE ROI, MANDANE, PALMIS, ARTABAZE.

LE ROI

Voici ma sœur et Palmis avec elle.

ARTABAZE (*à part*)

Ne puis-je détourner cette atteinte mortelle ?

LE ROI (*parle à Mandane*)

Je conçois un dessein dont j'attends des effets
Qui plairont en tout lieu où j'ai de bons sujets ;
345 Mais pour l'exécuter j'ai besoin de vous-même.

---

110. Au sens de « liaison qui se fait entre deux personnes ou
deux familles par le moyen d'un mariage » (Furetière). Xercès
s'allie à Thémistocle en lui donnant sa nièce en mariage.

MANDANE

Ce n'est qu'en vous servant que mon bien est extrême.

LE ROI

Je veux pour ruiner l'espoir des ennemis
M'assurer Thémistocle en lui donnant Palmis.
Consentirez-vous donc à ce que je désire ?

MANDANE

1350   Si je l'ai souhaité, pourrais-je y contredire ?
Oui, Sire, j'y consens.

ARTABAZE (*à part*)

Ô dieux, qu'ai-je entendu ?

MANDANE

Il semble qu'Artabaze en soit tout éperdu,
Et qu'un secret dépit comme un sensible outrage
Lui remplisse le cœur et lui monte au visage[111].

ARTABAZE

1355   Moi, Madame !

MANDANE

On le voit à ce trouble soudain
Que l'esprit étonné veut retenir en vain.

---

111. Mandane commence à attaquer Artabaze.

ARTABAZE

Sire vous le savez. Excusez-moi, Madame,
Si je dis que fort mal vous pénétrez dans l'âme.
Moi j'aurais pour ce Grec la moindre aversion
360   Moi qui fus sa défense et sa protection !
Moi qui toujours plus fort que la haine et l'envie
Ai brisé tous les traits qui menaçaient sa vie.
Sire, j'aurais donné ce conseil glorieux
S'il ne vous était pas inspiré par les dieux.
365   Quoi que puissent donner les princes magnifiques,
On n'achète point trop les hommes héroïques ;
Et c'est en les gagnant qu'un roi peut témoigner
Qu'il sait l'art glorieux de vaincre et de régner.
Ne différez donc point, ici je le confesse,
370   La conquête d'un Grec est celle de la Grèce :
Quelque chose de grand manquait à votre bien,
Si vous avez ce Grec, il ne vous manque rien.

MANDANE

Ce m'est un grand plaisir de voir par votre zèle
Que je pénètre mal dans une âme fidèle[112] ;
375   Puissions-nous donc toujours contenter nos souhaits
Vous par de tels conseils, moi par de tels effets.

LE ROI

Vous m'obligez tous deux, et j'ai sujet de croire
Que vous aimez tous deux et l'État et ma gloire.
Mais voici Thémistocle.

---

112. « Je vous ai mal jugé… » Cette réplique est naturellement
ironique.

SCÈNE VII

LE ROI, THÉMISTOCLE, ARTABAZE,
MANDANE, PALMIS.

LE ROI

               Enfin je veux en toi
1380 Montrer que la vertu triomphe auprès de moi.
Il ne me suffit pas d'appuyer ta fortune
Par le faible secours d'une grâce commune.
Vois-tu cette princesse en qui le Ciel a mis
Tout ce qu'il peut donner à ses plus grands amis,
1385 Je veux en faire un prix à tes vertus suprêmes,
Et montrer que je t'aime en voulant que tu l'aimes.

THÉMISTOCLE

Sire, pour mériter un bien si précieux,
Suis-je au nombre des rois, suis-je au nombre des
                             [dieux ?

LE ROI

Oui, ta vertu t'élève à ce rang adorable[113],
1390 Elle est comme ton ciel[114], ton trône inébranlable,
Et malgré les destins les hommes vertueux
Sont pour moi qui les aime et des rois et des dieux.

---

113. Sens fort : où l'on vous adore comme un dieu.
114. Pour les anciens, le ciel est un élément solide ; chaque pla-
nète a le sien.

THÉMISTOCLE

Par quel service illustre, et par quelle victoire
Pourrai-je désormais égaler cette gloire ?
395 Mais qu'aurait un grand roi par-dessus ses sujets
S'ils pouvaient égaler sa grâce et ses bienfaits ?

LE ROI

Je ne prétends de toi ni devoirs ni louanges,
Je ne demande rien sinon que tu te venges,
Et que par le pouvoir dont j'armerai ton bras
400 Tes ennemis domptés viennent baiser tes pas.

THÉMISTOCLE

C'est trop Sire.

LE ROI

                    C'est trop pour ta gloire outragée !
Je veux que par ta main ta vertu soit vengée,
Et que la Grèce ingrate à ton zèle, à ta foi
Reconnaisse par toi ce qu'elle perd en toi[115].

THÉMISTOCLE

405 Quoi, mon pays !

---

115. C'est-à-dire : je veux que la Grèce, en te voyant triompher d'elle, se rende compte de ce qu'elle a perdu en te bannissant. Thémistocle, d'ailleurs, comprend fort bien ce que le roi va lui proposer.

LE ROI

La Grèce en outrages féconde
N'est pas plus ton pays que le reste du monde.
Enfin voilà ton prix, nous t'y laissons penser.

ARTABAZE (*à part*)

Résolvons-nous de choir ou de le renverser.

SCÈNE VIII

THÉMISTOCLE, PALMIS.

THÉMISTOCLE

De quel étonnement cette faveur insigne
1410 Remplit-elle mon cœur qui s'en déclare indigne !
Le roi veut donc que j'aime un objet si charmant !
Qui n'obéirait pas à ce commandement ?
Et que j'aurais de gloire où[116] j'ai peu d'espérance
S'il rencontrait en vous la même obéissance ?
1415 Ce n'est pas toutefois ni ce glorieux jour
Ni ce commandement qui produit mon amour.
Non, non, belle princesse, il ne l'a pas fait naître,
Mais il le rend hardi pour se faire paraître,
Et quelques grands dédains qu'il puisse rencontrer
1420 Si le roi veut qu'il naisse, il peut bien se montrer.
Je n'ai pas attendu son ordre favorable
Pour adorer en vous un objet adorable,
Et l'amour aujourd'hui superbe et fortuné

---

116. Voir v. 1050 et note 89.

N'est pas dedans mon cœur un enfant nouveau-né[117].
1425 Aurais-je reconnu le prix de tant de charmes
Si vos premiers regards m'avaient laissé des armes ?
Aurais-je mérité qu'on m'ordonnât d'aimer
Si vos premiers regards n'avaient su m'enflammer ?
Que si je vous parais aveugle et téméraire
1430 Considérez les lois qu'un roi me vient de faire ;
Quand il permet d'aimer à mon esprit charmé
Il m'excuse d'avoir si hautement aimé[118].
Lorsque de cette cour j'apprenais le langage
Menacé des destins, menacé du naufrage,
1435 Je ne l'apprenais pas pour défendre mon sort
Ou des coups de l'envie ou des coups de la mort,
Je l'apprenais pour vous, et non pas pour moi-même,
J'apprenais à parler, pour dire : je vous aime.
C'est là le plus grand bien que j'avais espéré,
1440 C'est là toute la gloire où j'avais aspiré,
Et bien qu'un grand monarque élève mon courage,
Je n'ose maintenant espérer davantage.
Quand le Ciel aujourd'hui plus facile et plus doux
M'eût donné les vertus qui sont dignes de vous,
1445 Quand j'aurais à donner à vos beautés extrêmes
De même que mon cœur de nouveaux diadèmes,
Pourriez-vous me souffrir en ce funeste jour ?
Pourriez-vous sans horreur regarder mon amour,
Si pour vous cet amour ainsi qu'une furie
1450 Les flambeaux dans les mains embrasait ma patrie ?

---

117. Métaphore facile, que Molière reprendra pour s'en moquer, à propos d'une épigramme, dans *Les Femmes savantes* (III, 1).

118. « D'avoir aimé une personne d'un si haut rang ».

PALMIS

Cesse donc de me voir à ta confusion
Comme un objet d'amour ou bien d'ambition ;
Et considère moi comme un objet funeste
Par qui l'on veut gagner la vertu qui te reste.
1455 Tu m'aimes, me dis-tu, mais ne connais-tu pas
Que c'est aider toi-même à corrompre ton bras ?
Peux-tu aimer longtemps d'une amour de la sorte
Sans porter ton courage où mon désir se porte ?
Et si je veux les Grecs, et défaits et vaincus,
1460 Pourrais-tu bien m'aimer, et me faire un refus ?

THÉMISTOCLE

Non, puisque votre cœur trop noble et trop auguste
N'exigera jamais une victoire injuste.
Si pour quelques sujets que je n'ai pas compris
Vous devez être un jour, et ma gloire et mon prix,
1465 Il faut que vous soyez, princesse magnanime,
Le prix de mes vertus, et non pas de mon crime.
Quand les hommes charmés m'en récompenseraient,
Les dieux plus puissants qu'eux, les dieux m'en
[puniraient.
Il faut vous mériter par de nobles victoires
1470 Non par des actions détestables et noires.
Verriez-vous de bon œil des lauriers odieux
Que je ne puis sans honte exposer à vos yeux ?
Serait-ce avoir pour vous respect, amour, estime,
Que de vous espérer comme le prix d'un crime ?
1475 Et pourriez-vous aimer un courage effronté
Qui voudrait vous gagner par une impiété ?[119]

---

149. L'édition de 1654 corrige sans raison ce *?* en *!*.

Pardonnez à l'amour qui parle, je vous aime,
Je voudrais vous gagner par un effort extrême,
Mais, Madame, il vaut mieux pour l'honneur de nos
[jours
1480 Ne vous gagner jamais, et vous aimer toujours.

PALMIS

Je ne veux point combattre une vertu si belle,
Et j'aimerais enfin qu'elle me fût rebelle,
Si tu pouvais montrer qu'elle est parfaite en toi
Sans te rendre l'objet de la haine du roi.
1485 Mais vois tes maux passés, et celui qui te presse,
Compare dans ton cœur et la Perse et la Grèce,
Quand tu regarderas les biens dont tu jouis
Tu diras comme moi : la Perse est mon pays.
Le destin se trompa lorsqu'il te donna l'être,
1490 Ici non pas en Grèce il crut te faire naître,
Et par l'excès des biens dont ici tu jouis
Il te dit hautement : la Perse est ton pays.
Comme en pays étrange[120] en Grèce on te traverse[121],
Et comme en ton pays on t'aime dans la Perse.
1495 Donques en combattant pour les Grecs impuissants,
Ton bras faisait pour eux ce qu'il doit aux Persans.
Venge donc les Persans de l'illustre victoire
Que tu donnas aux Grecs qui t'en ôtent la gloire.
Suis tes heureux destins, et ne préfère pas
1500 À l'amour d'un grand roi des ennemis ingrats.
Refuser l'amitié des princes de la terre
Les irrite bien plus que leur faire la guerre.

---

120. « Étranger ».
121. « Signifie figurément en morale : faire obstacle, opposition, apporter de l'empêchement » (Furetière).

Ne t'expose donc point à ses justes rigueurs,
Les coups qui te nuiraient blesseraient d'autres cœurs,
1505 Et si tu sens l'amour que tu viens de m'apprendre,
Ils blesseraient des cœurs que tu voudrais défendre.

THÉMISTOCLE

Les coups qui me nuiraient vous toucheraient le cœur !
Suis-je donc jusque-là glorieux et vainqueur ?
Ha si je me trompais lorsque je crois vous plaire,
1510 Ne me détrompez point, mon erreur m'est bien chère,
Et pour un misérable un peu trop estimé,
C'est un bien assez grand de croire d'être aimé.
Que si par un bonheur qui passerait l'extrême
Cette amour que je sens allait jusqu'à vous-même,
1515 Enfin si vous m'aimez, vous digne prix d'un roi,
Étouffez cette amour, ou bien cachez-la moi,
De peur que ma vertu sans vigueur et sans armes
Ne se laisse corrompre à de si puissants charmes,
Et qu'ainsi votre amour dont je serais charmé
1520 Ne me rende lui-même indigne d'être aimé.

PALMIS (*en s'en allant*)

Fais ce que veut l'honneur dans un péril extrême,
Mais ta vertu demande, et qu'on l'aime, et qu'on
                                          [t'aime[122].

---

122. *Et qu'on t'aime et que j'aime* (1737), correction qui n'apporte rien. Palmis encourage Thémistocle à ne rien faire contre
l'honneur ; mais pour elle, l'honneur, c'est de prendre le parti de
la Perse, ce dont Thémistocle n'est nullement convaincu : il n'a
pas à choisir entre deux devoirs, mais entre l'honneur, c'est-à-dire
la fidélité à sa patrie, et l'amour.

THÉMISTOCLE

Ha ce mot seulement dont je suis abattu
Met en même péril la Grèce et ma vertu.

ACTE V

SCÈNE PREMIÈRE

THÉMISTOCLE, ROXANE.

ROXANE

1525 Pense à toi Thémistocle, et songe que l'on t'aime.
Mandane est aujourd'hui plus pour toi que toi-même.
Je t'ai dit les raisons de qui l'impression
T'avaient rendu l'objet de son aversion,
Je t'ai fait voir aussi quelle nouvelle grâce
1530 T'a remis dans son cœur en ta première place,
Et par son ordre exprès je devance ses pas
Afin de t'avertir de ne t'oublier pas.
Elle va chez le roi, l'affaire te regarde,
Ne te ruine pas où son crédit te garde,
1535 Et ne fais pas ce tort aux bontés d'un grand roi
De rendre ses faveurs inutiles pour toi.

THÉMISTOCLE

Quoi que fasse le sort, Roxane, que t'importe
Ou bien qu'il me renverse, ou bien qu'il me
[supporte[123] ?

---

123. Au sens de soutenir, de porter.

ROXANE

Je tâche en conduisant ta fortune et tes pas
1540 De ne point augmenter le nombre des ingrats.
Je te l'ai déjà dit, qu'en la triste journée
Où la Perse fléchit sous ta main fortunée,
Mon père combattant au front de nos vaisseaux
Et du sang de la Grèce ayant grossi les eaux[124]
1545 Fut pris et fait esclave, et que voulant toi-même
Donner un prix illustre à sa valeur extrême,
Tu le tiras des fers dont il était chargé,
Sans vouloir que l'on sût qui l'avait obligé.
Il t'aima tu le sais, et mon cœur qui t'adore
1550 Succède à son amour et va plus loin encore.
Ainsi lorsque je veux par une noble ardeur
Te voir auprès du roi couronné de splendeur,
Je tâche à tes vertus une fois nécessaire[125]
De te payer les biens que tu fis à mon père.
1555 Il est vrai que d'abord que tu fus en ces lieux
On crut que tu m'étais un objet odieux,
Et je feignis[126] pour toi ces sentiments contraires
Afin de découvrir tes secrets adversaires.
Ainsi par mes amis sollicitant pour toi,
1560 Je te gagnai Mandane, et Mandane le roi.
Ne me prive donc pas du fruit de mon attente,
Accepte les lauriers que le Ciel te présente,
J'ai combattu pour toi, tout le prix que j'en veux
C'est de te voir vainqueur, c'est de te voir heureux.

---

124. « Ayant tué un grand nombre de Grecs ».

125. Comprendre : pour une fois nécessaire à tes vertus, c'est-à-dire à toi-même.

126. *Feins* (1648, 1649, 1654) ; mais le vers serait faux : j'adopte donc la correction des éditions du XVIIIe siècle.

THÉMISTOCLE

1565 Tu m'as bien trop payé pour de petits services,
Je suis trop redevable à tant de bons offices,
Et puis-je avec raison résister contre toi
Lorsque tu veux un prix dont la gloire est pour moi ?

ROXANE

Ne préfère donc pas la haine de la Grèce
1570 À l'amour glorieux d'une grande princesse.
Est-ce donner ton cœur aux beautés de Palmis
Que de le partager entre tes ennemis ?
Est-ce la mériter par une amour extrême
D'être encore en suspens quand tu sais qu'elle t'aime ?
1575 C'est forcer ton destin de t'être rigoureux
Quand ce même destin te force d'être heureux.

THÉMISTOCLE

Non, non, ne pense pas que je sois insensible,
L'amour triomphera puisqu'il est invincible,
Et Mandane aujourd'hui… Roxane je la vois.

SCÈNE II

MANDANE, THÉMISTOCLE.

MANDANE

1580 Thémistocle, ton bien dépend enfin de toi.
Si le roi te fait voir par sa haute alliance
Qu'il sait à la vertu joindre la récompense,
Je te témoignerai par mon consentement
Que je garde pour toi le même sentiment.

1585 Tu trouveras en moi l'amitié d'une mère,
     Mais comme tu m'es cher, fais que je te sois chère.
     Défends-toi d'Artabaze, et grave dans ton cœur
     Que mon affection t'en peut rendre vainqueur.
     On croit que ta vertu s'oppose à ta fortune,
1590 Garde qu'elle te nuise et te soit importune,
     Regarde qui sont ceux que tu peux outrager,
     Regarde qui sont ceux que tu veux obliger.
     Des lâches, des ingrats qu'anime une furie
     Sont ce que ton erreur te fait nommer patrie.
1595 Permets, permets enfin que l'on te rende heureux,
     C'est parfois un défaut d'être trop généreux[127].
     Adieu, le roi m'attend.

             THÉMISTOCLE (seul)[128]

                         Dieux donnez-moi des forces
     S'il faut que je résiste à ces douces amorces.
     Mon amour n'eût osé seulement désirer,
1600 Et l'on veut qu'il possède avant que d'espérer !
     Toute chose consent à mon bonheur extrême,
     Et je n'ai maintenant contre moi que moi-même !
     Quoi, pour un peuple ingrat que j'ai tiré des fers
     Je fuirai les honneurs qui me seront offerts !
1605 Et lorsqu'il veut ma mort, j'irai le satisfaire
     Par l'indigne refus du bien qu'on me veut faire !
     Vaine amour[129] du pays sors enfin de mon cœur,
     Je t'aide[130] trop longtemps à nourrir ta rigueur.

---

127. « D'avoir l'âme trop noble ».

128. *Scène III* (1737).

129. Le mot est indifféremment masculin ou féminin, d'après Furetière.

130. *Je t'ay de trop longtemps* (1648, 1649, 1654) *Je t'aide* (éd. du XVIIIᵉ siècle). Sans doute faudrait-il corriger en *Je t'aidai* ?

Notre pays n'est pas, où l'on nous fait la guerre
1610 Et d'où l'on nous bannit à grands coups de tonnerre,
Notre pays n'est pas où l'on m'ôte l'honneur,
Il est où nous trouvons la gloire et le bonheur.
N'appréhende donc plus de porter ta furie
Où tu ne peux trouver ni gloire ni patrie.
1615 Si seulement un Grec t'ayant eu pour soutien
T'avait ravi ta gloire et privé de ton bien,
Ne chercherais-tu pas d'obtenir la victoire
Du voleur de ton bien, du voleur de ta gloire ?
Donc lorsque tous les Grecs ont voulu t'outrager,
1620 Pourquoi de tous les Grecs feins-tu de te venger ?
Mais faut-il que je cède à ces raisons infâmes
Par qui l'amour n'abat que les plus faibles âmes ?
Que de force m'attire, et qu'en un même temps
Que de force s'oppose à mes vœux inconstants !
1625 Si le cœur qui chérit sa gloire et son estime
Fuit aisément le bien que lui donne le crime,
Dieux, d'un autre côté, qu'un esprit amoureux
Court aisément au mal qui peut le rendre heureux !
Ô Grèce à mes destins de tout temps inhumaine
1630 M'ayant persécuté par ton injuste haine,
Dois-tu donques encore, ô barbare pour moi[131],
Me gêner[132] par l'amour que je garde pour toi ?

---

131. « Toi qui agis en barbare à mon égard ». Traiter la Grèce
de *barbare* a une valeur d'oxymore.

132. Sens fort : « me torturer ».

SCÈNE III[133]

ARTABAZE, THÉMISTOCLE.

ARTABAZE

Quoi, si triste et chagrin, si proche de ta gloire !

THÉMISTOCLE

On trouve des soucis même dans la victoire.
1635   Et plus l'honneur est grand qu'on n'a pas mérité
Plus l'esprit est confus de sa prospérité.

ARTABAZE

On ne voit rien de grand, de haut et de sublime
Qu'on ne juge partout moindre que ton estime.
Mais si jusques ici ma seule affection
1640   A fait ton assurance et ta protection,
Il faut que je t'en donne un nouveau témoignage
Au moins en t'enseignant d'éviter ton naufrage.
Au reste je sais bien qu'en travaillant pour toi
J'expose ma fortune à la haine du roi,
1645   Mais pour tirer des fers la vertu misérable
J'estimerais ma perte heureuse et désirable.
On te fait des honneurs afin de te tenter,
On t'en donne l'espoir afin de te flatter,
Et que par cet espoir ta vertu subornée
1650   Amène dans nos fers la Grèce ruinée ;
Car enfin ne crois pas que les grâces du roi
Précèdent les lauriers que l'on attend de toi ;
On te traite en esclave, en lâche, en mercenaire

---

133. *Scène IV* (1737).

Dont on espère tout, cependant qu'il espère,
1655 Et de qui l'on méprise, et la peine, et l'espoir
Lorsque l'on en obtient ce qu'on en veut avoir[134].
J'ai vu ce que je dis dans l'âme du roi même ;
Tout est rempli de haine où tu crois que l'on t'aime
Mandane, dont le cœur démentirait les yeux
1660 Ne feint d'être pour toi que pour t'abuser mieux.
Elle veut exciter ta force et ta vaillance,
Par le charme trompeur d'une haute espérance,
Et parce que le bras le plus grand en vigueur
Agit plus puissamment quand l'amour est au cœur,
1665 Elle veut que Palmis aide au coup qui t'étonne[135],
Et feigne de l'amour afin qu'elle t'en donne,
Je le sais Thémistocle, et c'est enfin à toi
D'employer bien l'avis que tu reçois de moi.

THÉMISTOCLE

Qu'on me trompe, il n'importe. Enfin je considère
1670 Ce qu'on a fait pour moi, non pas ce qu'on peut faire.
Je fais tout pour le roi sans espoir d'aucun bien,
Et l'on ne peut tromper quiconque n'attend rien.

ARTABAZE

Quoi ! tu te résoudras cruel et sanguinaire
D'aller porter le fer dans le sein de ta mère ?
1675 Va plutôt allumer la colère du roi
Par un noble refus qui soit digne de toi.

---

134. Comprendre : dont en attend tout, tant qu'il compte être
payé, mais que l'on renvoie sans rien lui donner une fois qu'on en
a obtenu ce qu'on voulait.

135. « Qui te frappe ».

THÉMISTOCLE

Il est vrai que la Grèce immortelle ennemie
Me reçut en naissant et m'a donné la vie,
Mais quand j'ai rétabli sa fortune et ses droits
1680 N'ai-je pas bien payé ce que je lui devois ?

ARTABAZE

Est-ce avoir bien payé que de vouloir reprendre,
Que de vouloir ravir le bien qu'on vient de rendre ?

THÉMISTOCLE

Mais si le plus grand bien d'un peuple et d'un État
Est d'avoir pour son roi[136] un sage potentat
1685 Puis-je mieux de la Grèce obliger les provinces
Que d'aller les soumettre au plus sage des princes ?

ARTABAZE

C'est enfin ton pays que tu vas saccager,
Et c'est toi le premier que tu vas outrager.

THÉMISTOCLE

Je sais qu'une âme faible à ce mot de patrie
1690 Se laisse transporter jusqu'à l'idolâtrie,
Et qu'elle croit devoir par un ordre fatal
Et sa mort et sa vie à son pays natal.

----

136. Correction de 1654 ; les éditions de 1648 et 1649 portent *service*, ce qui est absurde et rend le vers faux ; mais, comme *roi* laisse subsister un hiatus, l'édition de 1737 corrige en *maître*.

Vain honneur, vain respect, qui rend l'âme servile,
Cette amour du pays n'est qu'une erreur utile,
695   Qu'une ruse d'état nécessaire aux États
Puisque sans son secours ils ne fleuriraient pas.
Mais ce n'est pas ainsi qu'un grand cœur se resserre,
Il ne se borne pas par un morceau de terre,
Et comme il naît au monde où ses faits sont ouïs
700   Il croit que tout le monde est aussi son pays.
Ainsi toute la terre également chérie
À l'homme magnanime est une ample patrie,
Comme aux astres les cieux, comme l'air aux oiseaux,
Comme à chaque poisson tout l'empire des eaux[137].

ARTABAZE

705   Et pour cette raison il n'est donc point de terre
Où doive ton courage aller porter la guerre.

THÉMISTOCLE

Et par cette raison suivant l'ordre des Cieux
Mon pays c'est celui qui me traite le mieux.

ARTABAZE

Au moins dans ton dessein songe à ton assurance,
710   Avant que de partir, poursuis[138] ta récompense,
Emporte avecque toi ton salaire et ton prix
Pour ne pas au retour recevoir un mépris.
Tant qu'on aura besoin de ton bras indomptable

---

137. Étonnante et anachronique profession de cosmopolitisme, qui se mue en pur cynisme au vers 1708.
138. « Signifie aussi briguer, solliciter, tâcher d'obtenir quelque chose » (Furetière).

Tu seras estimé, tu paraîtras aimable ;
1715 Tu sais que chez les rois un service attendu
Est souvent mieux payé qu'un service rendu[139].
Demande, et sois certain d'obtenir toute chose,
J'appuierai fortement ce que je te propose,
Et si tu ne veux pas t'en découvrir au roi
1720 Certain d'obtenir tout je parlerai pour toi.

THÉMISTOCLE

C'est soupçonner le roi de fraude et d'injustice
De vouloir que le prix devance le service ;
Et c'est se défier de sa propre vertu
Que de le demander sans avoir combattu.

ARTABAZE

1725 Mais c'est par une adroite et sage défiance
Qu'on trouve auprès des rois sa meilleure assurance.

THÉMISTOCLE

Mais il est bien plus noble et bien moins hasardeux[140]
D'être trompé des rois, que de se défier[141] d'eux.

---

139. Reprise des vers 1653-1656.

140. Se défier des rois vous met dans une situation bien plus difficile que de se laisser tromper par eux.

141. Le mot compte pour deux syllabes. Lancaster rapproche de ces vers une maxime de La Rochefoucauld : « Il est plus honteux de se défier de ses amis que d'en être trompé. » (*Maximes* 84, éd. 1678).

ARTABAZE

Je veux que mon amour[142] te soit plus manifeste.

THÉMISTOCLE

1730   Vous avez assez fait, je refuse le reste.

ARTABAZE

Quand je veux te servir, tu me refuseras ?

THÉMISTOCLE

Je crains de trop devoir, et ne m'acquitter pas.

ARTABAZE

J'ai le cœur assez bon, j'aime assez le mérite
Pour vouloir obliger sans vouloir qu'on s'acquitte.

THÉMISTOCLE

1735   J'ai le cœur assez haut dans un destin si bas,
Pour refuser les biens que je ne rendrais pas.

ARTABAZE

Quoi ! lorsque ton ami travaille à ta victoire
Crains-tu de lui devoir un rayon de ta gloire ?

---

142. « Mon amitié ».

THÉMISTOCLE

La gloire n'est pas gloire, et n'est qu'un songe vain
1740 Quand on la tient d'ailleurs que de sa propre main.

ARTABAZE

Soit qu'on cherche ta gloire, ou bien qu'on la soutienne,
La main de ton ami n'est-elle pas la tienne ?

THÉMISTOCLE

Mais enfin nos amis nous seraient outrageux
S'ils voulaient malgré nous que nous tinssions tout
[d'eux[143].

ARTABAZE

1745 Il semble que mon soin vous offense et vous blesse ;
J'ai tort de vous l'offrir, j'ai tort, je le confesse.
Quiconque pense avoir un monarque pour soi
N'a pas besoin des soins d'un ami comme moi.

SCÈNE IV[144]

THÉMISTOCLE (*seul*)

À quelque extrémité que le destin nous porte

---

143. La stichomythie commencée au vers 1725 s'achève ici. Le vouvoiement des vers suivants marque la déconvenue d'Artabaze devant le refus de Thémistocle, qui a vu clair dans son jeu. Les éditions de 1648, 1649, 1654 portent *tout deux*, ce qui est évidemment une faute, corrigée dans celles du XVIIIe siècle.
144. *Scène V* (1737).

1750 On se passe aisément d'un ami de la sorte.
     Esclave des grandeurs qui te charment en vain
     Je vois trop clairement le but de ton dessein,
     Tu veux qu'en témoignant un peu de défiance
     D'un roi qui me soutient j'étouffe la clémence,
1755 Et que je m'ôte un bien par mes témérités
     Que[145] tu ne peux m'ôter avec tes lâchetés.
     Tu ne peux m'opprimer par ta fureur extrême
     Et tu veux contre moi te servir de moi-même.
     Mais enfin si je veux être faible à mon tour
1760 C'est-à-dire céder aux charmes de l'amour,
     Quoi que puisse opposer ta force et ton adresse
     Je te surmonterai par ma seule faiblesse,
     Et je te confondrai, toi, ta haine et tes vœux
     Si je puis consentir que l'on me rende heureux[146].

SCÈNE V[147]

LE ROI, ARTABAZE.

LE ROI

1765 Quel accident fâcheux te trouble de la sorte ?

ARTABAZE

Ha, Sire, permettez le zèle qui m'emporte,
Et que je dise enfin que c'est choquer les dieux
Que de faire du bien à ces audacieux.

---

145. *Que* a pour antécédent *bien*, au vers précédent.
146. Comprendre : si j'épouse Palmis, pour laquelle j'éprouve
de l'amour, ce qui est une faiblesse, ma situation sera bien supé-
rieure à la tienne.
147. *Scène VI* (1737).

À peine leur a-t-on accordé l'espérance
1770 Que leur ambition poursuit la jouissance,
Et plus l'honneur est grand qu'on leur a présenté,
Plus leur injuste orgueil croit avoir mérité.

LE ROI

Qui t'oblige, Artabaze, à tenir ce langage ?

ARTABAZE

Je n'ose là-dessus m'expliquer davantage.

LE ROI

1775 Il faut pourtant parler, et m'ôter de souci.
Parle donc, je le veux.

ARTABAZE

                    J'ai cru jusques ici
Que c'était faire voir une âme magnanime
D'appuyer Thémistocle et d'aimer son estime.
Mais, Sire, je confesse à ma confusion
1780 Que c'était fomenter sa vaine ambition.
Vous lui daignez offrir une illustre princesse,
Plutôt pour le venger que pour gagner la Grèce ;
Cependant on m'a dit que cet ambitieux
Veut avoir par avance un bien si glorieux,
1785 Qu'avant que de servir, cet esprit téméraire
Veut obtenir le prix du bien qu'il se va faire,
Et qu'il croit trop payé un si rare bonheur
En souffrant seulement qu'on le comble d'honneur[148].

_____

148. Thémistocle refusant de demander des gages au roi, Artabaze l'en accuse néanmoins, perfidement.

LE ROI

Thémistocle, dis-tu, veut avoir par avance
1790 Des succès que j'attends la haute récompense ?

ARTABAZE

Oui, Sire, il fait ce tort aux promesses d'un roi
D'en avoir des soupçons, de les croire sans foi.

LE ROI

Mais es-tu bien certain qu'il ait cette pensée ?

ARTABAZE

Oui, Sire, jusque-là son audace est passée.
1795 Certes, c'est un supplice à mon cœur animé
De le sembler haïr après l'avoir aimé ;
Mais pour servir son roi, mais pour servir l'empire,
Il n'est point d'amitié qu'on ne doive détruire ;
Pour soutenir enfin la majesté des rois
1800 Si j'avais cent amis je les immolerois.

LE ROI

Tu me plais Artabaze avec un si beau zèle,
Et tu me plais encore avec cette nouvelle.
Comme j'ai toujours craint que ce Grec indompté
S'armât contre mes vœux de générosité,
1805 Et qu'à mes passions, et qu'à mon espérance
L'amour de la patrie opposât sa puissance,
J'ai toujours souhaité pour mieux le retenir
Qu'il eût l'ambition que tu voudrais punir.
J'approuve donc ce feu qui semble illégitime,

1810 Et mon consentement en ôte tout le crime.
De quelques grands honneurs qu'on l'aille couronner
Nous gagnons plus en lui qu'on ne peut lui donner,
Et l'homme magnanime est de telle importance
Qu'avant même qu'il serve on lui doit récompense[149].

ARTABAZE

1815 Mais n'est-ce point instruire un cœur ambitieux
À se rendre plus vain et plus audacieux ?

LE ROI

C'est donner aux grands cœurs dont l'honneur est le
                                          [maître
De nouvelles raisons de se faire paraître.

ARTABAZE

Sire, de si grands cœurs de trouvent rarement,
1820 Un Grec qui veut tromper se déguise aisément,
Et qui veut que le prix précède le service
À peu d'affection et beaucoup d'injustice.
Ainsi qu'il vous soupçonne, on doit le soupçonner,
Et qui prend des soupçons en doit aussi donner.

LE ROI

1825 Si Thémistocle avait des soupçons de moi-même,
C'est par là qu'il me plaît, c'est par là que je l'aime,
Puisqu'en me demandant ce qui doit l'obliger

---

149. Coup de théâtre : la manœuvre d'Artabaze échoue complètement.

Même sa défiance aide à me l'engager.
Qu'on le fasse venir.

ARTABAZE (*à part*)

     Quelle infortune est pire !
1830 Je me perds, je l'élève où je crois le détruire.

SCÈNE VI[150]

LE ROI, MANDANE, PALMIS.

LE ROI

Hé bien, hé bien ma sœur, verrons-nous des effets ?
Palmis répondra-t-elle à nos justes souhaits ?

MANDANE

Sire, n'en doutez point ; votre auguste puissance
Ne trouve dans son cœur que de l'obéissance.
1835 J'ai sondé son esprit selon vos volontés,
Et tous ses sentiments vont où vous les portez.

LE ROI

Ainsi chère Palmis, vous aidez à ma gloire,
Et votre obéissance achève ma victoire.

---

150. *Scène VII* (1737).

SCÈNE VII[151]

LE ROI, ARTABAZE, THÉMISTOCLE, MANDANE, PALMIS.

LE ROI

Mais voici Thémistocle.

ARTABAZE

Ô terre engloutis-moi !

LE ROI

1840 Thémistocle il n'est pas de la gloire d'un roi
De retarder longtemps l'effet de ses promesses
Quand il s'est obligé de faire des largesses.
Il est de son devoir d'acquitter son serment,
Et sa gloire s'augmente à donner promptement.
1845 Enfin je ne veux pas que Thémistocle attende
Qu'un service rendu me fasse une demande ;
Quoi que je fisse alors ce serait seulement
Au lieu de te donner te faire un payement.
Palmis est donc à toi, mon destin me l'ordonne,
1850 Ton mérite la gagne et ma main te la donne.
Ainsi lorsque ton bras armé pour te venger,
Paraîtra dans la Grèce et l'ira saccager,
Alors tu feras voir ce que peut ta furie
Non pour remettre un Grec chassé de sa patrie,
1855 Mais pour venger l'honneur et l'allié d'un roi
Dont le cœur qui t'estime est un trône pour toi.

_____

151. _Scène dernière_ (1737).

THÉMISTOCLE

Il n'est point de dessein de si haute importance
Dont on ne vienne à bout avec cette espérance,
Lorsqu'un si noble espoir est entré dans le sein
1860   Il met la force au cœur et la foudre à la main.
Mais c'est donner aux Grecs trop d'orgueil et de gloire
De mettre à si haut prix si petite victoire ;
C'est faire à tant d'attraits[152] un trop sensible tort
Que d'en faire le prix d'un si léger effort.
1865   Sire, il vous faut servir parmi d'autres tempêtes,
Et pour un si grand bien donner d'autres conquêtes.
Portez donc autre part et mon bras et mes vœux,
Demandez à ma main des lauriers plus fameux,
Donnez-moi plus de peine à suivre une victoire,
1870   Et je vous donnerai plus d'éclat et de gloire.
Quand même de mon bras les efforts conjurés
Auraient réduit la Grèce où vous la désirez,
N'est-ce pas l'honorer plutôt qu'on ne vous venge,
N'est-ce pas travailler à sa propre louange,
875   Que de faire paraître aux yeux de l'univers
Qu'on eût besoin d'un Grec pour la réduire aux fers,
Et que pour triompher de son orgueil extrême
Il vous fallût un bras qui sortît d'elle-même[153] ?

---

152. Ceux de Palmis.
153. La lettre au *Mercure* de Gourdon de Bach admet une seule
ressemblance volontaire : à ces quatre vers correspondent exacte-
ment chez Campistron les vers suivants :

> Voulez-vous qu'on publie un jour dans l'avenir
> Qu'il vous fallut un Grec, Seigneur, pour la punir,
> Et qu'elle aurait joui d'une gloire immortelle
> Si l'un de ses enfants n'eût conspiré contre elle ?

Et elle les estime beaucoup meilleurs (cité par les frères Parfaict,
op. cit., t. XII, p. 538-548).

LE ROI

Réponds au sentiment que j'ai conçu de toi,
1880 Si ce dessein est bas, la honte en est pour moi.
Ne me propose point de conquête nouvelle,
Celle que l'on désire est toujours la plus belle,
Et le plus grand service et le moins limité
Est celui qu'on nous rend à notre volonté.

THÉMISTOCLE

1885 C'est faire à vos guerriers un trop sensible outrage
De me donner l'honneur qu'on doit à leur courage.
Faites-leur donc justice et montrez-vous leur roi,
Préférez-moi des cœurs qui valent mieux que moi.

LE ROI

Sache qu'en bons sujets les Persans m'obéissent
1890 Et qu'ils savent fléchir quand je veux qu'ils fléchissent.
Mais si durant la paix et parmi les dangers
Les rois peuvent s'aider des trésors étrangers,
S'ils se servent de l'or et des richesses vaines
Qu'une terre étrangère enfante dans ses veines,
1895 Ne leur sera-t-il pas bien plus avantageux
De se servir du bras des hommes courageux ?
Soit que leur propre zèle, ou que le sort les donne,
Un sage prince en fait l'appui de la couronne.
Ces héros renommés par leurs fameux exploits
1900 Sont les plus grands trésors que le Ciel donne aux rois,
Et dedans le besoin des États ou des villes
Seraient-ils des trésors s'ils étaient inutiles ?

THÉMISTOCLE

Serais-je pour un prince un trésor précieux
Moi qui suis pour moi-même un poison odieux ?
1905 Moi qui me précipite en un malheur extrême
Puisque vous résister c'est me perdre moi-même.

LE ROI

Quoi ! tu refuseras de t'obliger un roi ?
Qui t'aime, qui peut tout, et qui fait tout pour toi ?

THÉMISTOCLE

Ce n'est pas refuser ni vous être contraire
1910 De ne promettre pas ce qu'on ne saurait faire.

LE ROI

Que peux-tu dire encore, Artabaze ? et comment
S'accorde ce refus avec ton sentiment ?

ARTABAZE

Certes, je suis surpris.

THÉMISTOCLE

Vous ne devez pas l'être.

ARTABAZE

Ne fuis pas de ton bien quand tu le vois paraître.

LE ROI

1915 Aimes-tu mieux ma haine et mon aversion
Que les puissants effets de ma protection ?

THÉMISTOCLE

Vous pourriez vous fier sans soupçon et sans crainte
À qui vous servirait par force et par contrainte ?

LE ROI

Je mets à si haut point et ton cœur et ta foi
1920 Que si tu me promets, je m'abandonne à toi.

THÉMISTOCLE

Il n'est point de périls où pour vous je ne vole,
Et si je vous promets je tiendrai ma parole,
Et si je vous promets les fruits d'un grand effort
Vous verrez la victoire, ou vous verrez ma mort.
1925 Mais je ne promets rien, parce qu'un cœur auguste
Ne veut et ne peut rien promettre que de juste.
Je sais qu'après les biens où vous m'avez porté
Je dois tout justement à Votre Majesté ;
Mais peut-on quelquefois en sa juste furie
1930 Promettre justement[154] le sang de sa patrie ?
Qu'elle me fasse voir ses inhumanités,
Je dois la respecter avec ses cruautés.

---

154. Au sens plein : « avec justice ». Ces trois vers tournent autour de la question de la justice, d'une manière assez socratique : même si l'on est dans son droit, a-t-on le droit de combattre contre sa patrie ?

Est-il de votre gloire, ô prince incomparable,
De m'avoir fait heureux pour me rendre coupable,
1935   Et que votre faveur dont mon cœur est surpris
Me fasse faire un crime, et qu'elle en soit le prix ?

LE ROI

Songe encore une fois à ce que tu veux faire.

THÉMISTOCLE

Je sais qu'il faut mourir puisqu'il faut vous déplaire.
Loin de porter la guerre à mon pays ingrat,
1940   Loin d'aller ruiner sa gloire et son état,
Si mon bras méprisant mes propres funérailles
Vous avait apporté le gain de cent batailles,
Je vous demanderais comme un prix glorieux
De laisser en repos mon pays odieux.
1945   Souffrez ce sentiment qu'un peu d'honneur me donne,
J'aime mieux mon malheur qu'une injuste couronne.
La gloire est un trésor si propre à l'homme fort,
Si propre à Thémistocle en sa vie, en sa mort,
Qu'elle suivra toujours d'une course féconde
1950   Son ombre sous la terre et son nom dans le monde.

LE ROI

Il faut donc te résoudre à périr aujourd'hui
Puisque tu veux toi-même abattre ton appui.

THÉMISTOCLE

Oui Sire, mon destin m'a déjà fait résoudre
À présenter ma tête à ce grand coup de foudre,
1955   Et devant que par vous l'arrêt en fût donné

Pour punir un ingrat je m'étais condamné.
J'ai trop, j'ai trop vécu dans mon inquiétude
Puisqu'enfin[155] j'ai vécu jusqu'à l'ingratitude.
Autrefois chez les Grecs mon nom fut révéré,
1960   Chaque cœur fut l'autel où j'étais adoré,
Mais mon plus grand malheur, ô prince magnanime,
N'est pas d'être tombé de ce degré sublime,
Puisque votre faveur m'avait plus rehaussé
Que le sort outrageux ne m'avait abaissé.
1965   Le plus grand de mes maux, le plus épouvantable,
Le plus à détester, et le plus redoutable,
C'est de me voir forcé par le Ciel rigoureux
D'être ingrat au[156] grand roi par qui je fus heureux,
Et par qui mes destins auraient été célestes
1970   Si de fausses vertus[157] ne m'étaient pas funestes.
Ha ! je ne puis songer à vos rares bienfaits,
Ha! je ne saurais voir de si charmants attraits,
Que dans le même instant ma mémoire et ma vue
Ne portent dans mon cœur le poignard qui me tue.
1975   Ô princesse, ô grand roi, qui ne se rendrait pas
À vos rares faveurs, à vos divins appas[158] ?
Je m'y rends il est vrai, mais comme un infidèle
Qui se rend tour à tour à quiconque l'appelle,
Et toujours misérable et toujours abattu
1980   Je trouve mon tourment dans ma propre vertu :
C'est un foudre qui bat ma fortune étonnée,
C'est un illustre enfer dans mon âme obstinée.

1855. Je conserve la forme élidée, qui garantit la justesse du vers.

156. « Envers le ».

157. De quelles *fausses vertus* s'agit-il ? Son mérite, sa fidélité à sa patrie ? À mettre en parallèle avec le *funeste honneur* du vers 1991.

158. Chiasme.

Ainsi remettez-moi dans l'état malheureux
D'où m'avait retiré votre bras généreux.
1985 Si vous avez fermé le gouffre épouvantable
Où la haine du Ciel poussait un misérable,
Ouvrez, ouvrez ce gouffre, et m'y précipitez ;
J'ai mérité mes maux et mes calamités,
Puisque même à l'amour de mes dieux tutélaires
1990 Je semble préférer mes propres adversaires,
Et qu'un funeste honneur que je devrais haïr
M'engage avecque honte à vous désobéir.
Faites donc choir sur moi votre main redoutable,
Comme je suis ingrat, punissez un coupable ;
1995 Mais puissiez-vous au moins, ô sage et puissant roi,
N'avoir que des sujets coupables comme moi.
Puissent-ils animés pour votre seule gloire
Vous donner tous les jours des fruits de la victoire ;
Et puisse leur vertu suivant toujours vos lois
2000 Comme je vous déplais déplaire aux autres rois.

LE ROI

Non, non, ne pense pas que ta vertu m'irrite
Lorsqu'elle me fait voir son prix et son mérite.
Ne crois pas que mon cœur se soit fait cet affront
De sentir la fureur qu'a témoigné mon front.
2005 Lorsque je t'ai pressé j'ai craint, je le confesse,
J'ai craint que ta vertu montrât de la faiblesse,
Enfin je suis ravi de cette fermeté
Qui signale aujourd'hui ta générosité,
Et par ce beau refus qui porte ses excuses
2010 Tu viens de mériter tout ce que tu refuses.
Jamais de ton pays je ne te parlerai,
En ta seule faveur je le conserverai,
Et pour te faire voir l'estime incomparable

Que trouve la vertu près d'un prince équitable,
2015 Je te donne Palmis ; sois à moi désormais.

THÉMISTOCLE

Déjà je suis à vous par vos premiers bienfaits,
Et ce dernier honneur me ravit à moi-même.

LE ROI

Enfin je te la donne, et je veux qu'elle t'aime,
Oui Palmis je le veux.

PALMIS

Suivre vos volontés
2020 Est le plus haut degré de mes félicités[159].

LE ROI

Ainsi je suis content.

MANDANE

Ainsi je suis contente.

ARTABAZE

Ainsi toujours le Ciel remplisse votre attente.

---

159. Zeno fera dire à Palmide, de façon plus concise « *A te
ubbidir m'è gloria.* »

LE ROI

Thémistocle, Artabaze, aimez-vous à jamais,
Donnez votre union à mes justes souhaits,
2025 Et faites confesser à ce puissant empire
Qu'il possède en vous deux tous les biens qu'il désire,
Et qu'un roi sait régner et se rend bienheureux
Quand il sait honorer les hommes généreux.

BIBLIOGRAPHIE

N. B. : Il y a peu d'études importantes sur Du Ryer, mais en revanche, beaucoup d'éditions récentes de ses œuvres, avec introduction et notes.

I. Éditions modernes des pièces de Du Ryer

Alcionée. Éd. critique par H. C. Lancaster, Baltimore, The John Hopkins Press, 1930.

Alcionée, in *Théâtre du XVIIᵉ siècle*, Paris, Gallimard, « Bibl. de la Pléiade », 1986, t. II, p. 85-142. Texte, présentation et notes par J. Scherer.

Arétaphile, tragi-comédie. Texte établi et présenté par G. Zardini Lana, Genève, Slatkine, 1983.

Clitophon, tragi-comédie. Texte établi et présenté par L. Zilli, Testi e saggi di letteratura moderna, Bologne, 1978.

Dynamis, tragi-comédie. Éd. critique par J. Rohou, Exeter, « Textes littéraires français », LXXXII, 1992.

Esther, tragédie. Ed. crit. par E. J. Campion et P. Gethner, Exeter, « Textes littéraires français », XXI, 1982.

Lucrèce, tragédie. Texte établi et présenté par J. F. Gaines et P. Gethner, Genève, Droz, « Textes littéraires français », 1994.

Saül, tragédie. Éd. et notes par M. Miller, Toulouse, Société de littératures classiques l, 1996.

Saül, tragédie. Éd. crit. H. C. Lancaster, Baltimore, 1931.

Scévole, tragédie. Texte établi et présenté par G. C. Fassano, Bologne, Testi e saggi di letteratura moderna, 1966.

Thémistocle, tragédie. Introd. et notes par P. E. Chaplin, Exeter, 1972.

Vendanges de Suresnes (Les), comédie, Texte établi et présenté par Luigia Zilli, Testi francesi, Rome, Bulzoni, 1980.

Vendanges de Suresnes (Les), in Edouard Fournier, *Le Théâtre français au XVIᵉ et au XVIIᵉ siècle*, t. II, Paris, 1871.

Vendanges de Suresnes (Les), in *Théâtre du XVIIᵉ siècle*. Texte, présentation et notes par J. Scherer, Paris, Gallimard, « Bibl. de la Pléiade », 1986, t. II, p. 1 à 83.

II. Les *Esther* et les *Thémistocle* français du XVIᵉ au XVIIIᵉ siècle.

a) *Esther*

MARFRIÈRE Iapien, *La Belle Hester*, tragedie françoise, tirée de la Sainte Bible, A Rouen, chez Abraham Cousturier, rue de la grosse Orloge, devant les Cycoignes, *s.d.*.

MATTHIEU Pierre, *Aman*, deuxième tragédie, Lyon, Benoît Rigaud, 1589.

MATTHIEU Pierre, *Esther*, Lyon, Jean Stratius, 1585.

MATTHIEU Pierre, *Vasthi*, première tragédie, Lyon, Benoît Rigaud, 1589.

NADAL Abbé, *Esther*, divertissement spirituel en cinq actes et en vers, musique de Gibaut, in *Œuvres mêlées*, t. II, Paris, Briasson, 1938.

RIVAUDEAU André, *Aman, tragédie sainte, tirée du VIIᵉ chapitre d'Esther, livre de la Sainte Bible*, par André de Rivaudeau, gentilhomme du Bas-Poitou, in *Œuvres*, Poitiers, 1566.

SACCHINI, *Esther*, oratorio, donné au château des Tuileries, en février, mars et avril 1789 (*non publié*).

— X., *Tragédie nouvelle de la perfidie d'Aman, mignon et favory du roy Assuerus. Sa conjuration contre les Juifs. Où l'on voit nayvement representé l'estat miserable de ceux qui se fient aux grandeurs. Le tout tiré de l'Ancien Testament du livre d'Esther, avec une farce plaisante et recreative tirée d'un des plus gentils esprits de ce temps.* A Paris, chez la veuve Ducarroy, ruë des Carmes, à l'enseigne de la Trinité. MDCXXII.

b) *Thémistocle.*

BONNET DE CHEMILIN Abbé, *Thémistocle* (traduction de Métastase), in *Œuvres* de M. l'Abbé Metastasio, t. I, Paris, 1749.

FOLARD J. M. de, *Thémistocle*, Lyon, L. Declaustre, 1729.

MÉTASTASIO P. B., *Temistocle*, Torino, 1757.

MALARD, *Thémistocle*, s.l., 1704.

MOLINE P. L., *Thémistocle*, Paris, Dufour, 1766.

MOREI, *Temistocle*, Roma, 1728.

MOREL de CHÉDEVILLE É. *Thémistocle*, tragédie lyrique. Musique de Philidor, Paris, G. Ballard, 1785.

PORÉE, le P. Ch. *Thémistocle*, repr. au collège d'Orléans, 17, fév. 1851, (*non publié*).

RICHELET C.P., Thémistocle (trad. de Métastase) in *Tragédies-opéras de l'abbé Metastasio*, t. VI, Vienne 1751-1761.

ZENO, *Temistocle*, in *Poesie dramatiche*, Venezia, 1744.

– X., *Thémistocle*, repr. à Rouen, collège des jésuites, 1750 (probablement la pièce du P. Porée).

III. Ouvrages antérieurs à 1800

BAILLET A., *Jugemens des Sçavans*, Paris, 1685.

CHAPPUZEAU S., *Le Théâtre françois*, Paris, 1674.

CORNEILLE P., *Œuvres complètes,* éd. G. Couton, Paris, Gallimard, « Bibl. de La Pléiade », 3 vol., 1980, 1984, 1987.

CORNELIUS NEPOS, *Les Vies des grands capitaines*, traduites par un groupe de professeurs, Hachette, 1865.

D'AUBIGNAC F. Hédelin, Abbé, *La Pratique du Théâtre*, Paris 1657, éd. P. Martino, Alger, 1927, p. 73.

DIODORE DE SICILE, *Bibliothèque historique*, traduit du grec en français par J. Amyot, Paris, M. Guillemot, 1585.

FURETIÈRE A., *Dictionnaire universel*, La Haye et Rotterdam, 1690.

GOUJET P., *Bibliothèque françoise ou Histoire de la littérature françoise*, Paris, Mariette, 1749-1756.

LE MAISTRE DE SACY I., *La Sainte Bible, contenant l'Ancien et le Nouveau Testament, avec des notes courtes pour l'intelligence des endroits les plus difficiles*, Paris, 1696.

LORET J., *La Muse historique, ou Recueil des lettres en vers...*, éd. Ch. Livet, Paris 1871, t. II et III.

MAHELOT, LAURENT et autres décorateurs, *Mémoire*, éd. H. C. Lancaster, Paris, Champion, 1920.

MARMONTEL J.-Fr., *Œuvres*, Paris, 1820.

MORÉRI L., *Grand Dictionnaire historique*, éd. de 1759, t. IV.

PARFAICT Cl. et Fr., *Histoire du théâtre français*, Paris, 1746, t. VII.

PLUTARQUE, *Vies*, trad. R. Flacellière, Paris, Les Belles-Lettres, 1961.

POISSON R., *Le Baron de La Crasse*, Paris, 1682.

RACINE J., *Théâtre*, éd. G. Forestier, Paris, Gallimard, « Bibl. de La Pléiade », 1999.

RICHELET P.-C., *Dictionnaire françois contenant les mots et les choses...*, Genève, 1679.

TITON DU TILLET, *Le Parnasse françois*, 1732.

IV. Ouvrages et articles sur le théâtre.

BRENNER C.D. *Plays in the French Language 1700-1789*, Berkeley, 1947.

BAUWENS J., *La Tragédie française et le théâtre hollandais au XVIIe siècle*, Amsterdam, 1921.

BIET Ch., *La Tragédie*, Paris, A. Colin, 1997.

BLANC A., « Les Malheurs de Judith et le bonheur d'Esther », *Poésie et Bible de la Renaissance à l'âge classique*, Actes du Colloque de Besançon, Paris, H. Champion, 1999.

DELMAS Ch., *La Tragédie de l'âge classique (1553-1770)*, Paris, éd. du Seuil, 1994.

FORESTIER G., « De la modernité anti-classique au classicisme moderne. Le modèle théâtral (1628-1634) », *Littératures classiques*, 19, 1993, p. 87-127.

HILGAR M.-F., *La Mode des stances dans la tragédie française, 1610-1687*, Paris, Nizet, 1974.

LANCASTER H. C., *A History of French Dramatic Literature in the Seventeeth Century*, Baltimore, The John Hopkins Press, 1932-1942.
— « Alexandre Hardy et ses rivaux », *Revue d'Histoire littéraire de la France*, 1917, p. 414-421.
— « De Rayssiguier », *Revue d'Histoire littéraire de la France*, 1922, p. 89-93.

LEBÈGUE R., *La Tragédie religieuse en France. Les débuts 1514-1573*, Paris, Champion 1929.

LINTHILHAC E., *Histoire générale du théâtre en France*, Paris, Flammarion, 1902-1909.

LOCKERT L., *More Plays by Rivals of Corneille and Racine*, Nashville, 1968.

LOUKOVITCH K. *L'évolution de la tragédie religieuse classique en France*, Paris, Droz, 1933.

LOUVAT B., *La poétique de la tragédie classique*, S.E.D.E.S., 1997.

MAZOUER Ch., « Les tragédies bibliques sont-elles tragiques ? *Littératures classiques*, 16, 1982, p. 125-140.

MILLER M., *La Tragédie biblique de l'âge baroque en France (1610-1650)*, thèse, Université Paris III, 1988.

MOREL J., *La Tragédie*, Paris, A. Colin, 1974.

REISS T. *Tragedy and Truth. Studies on the Developement of a Renaissance and Neoclassical Discourse*, New Haven et Londres, Yale University Press, 1980.

RIGAL E., *Esquisse d'une histoire des théâtres de Paris de 1548 à 1635*, Paris, 1888.

ROHOU J., *La Tragédie de l'âge classique*, S.E.D.E.S., 1995.

THIEL A., *La figure de Saül et sa représentation dans la littérature dramatique française*, Amsterdam, H. Paris, 1926.

TRUCHET J., *La Tragédie clasique*, P.U.F., 1975, (nouvelle éd. 1997).

Littératures classiques, « La Tragédie », n° 16, 1992.

V. Ouvrages et articles sur Pierre Du Ryer

Littératures classiques, « Du Ryer », n° 42, avril 2001.

DOUBINS N., *Theatre of Pierre du Ryer* (1636-1646), thèse, U.C.L.A., 1967.

GAINES J.F., *Pierre du Ryer and his Tragedies. From Envy to Liberation*, Genève, Droz, 1987.

LANCASTER H. C., *Pierre du Ryer, Dramatist*, Washington D.C., 1912.

LANCASTER H. C., *A History of French Dramatic Literature in the Seventeeth Century*, Baltimore, The John Hopkins Press, 1932-1942. Part I, *passim*.

PHILLIP K., *Pierre du Ryer, Leben und Dramatische Werke*, Zwickau, 1904.

GAINES J., « Against the Cornelian Theatre of Absolutism. Pierre du Ryer Roman Tragedies », *L'Age du théâtre*, 1988, p. 160-181.

HILGAR M.-F., « L'Art de régner dans le théâtre tragique de Pierre du Ryer », in *Actes* de Wake Forest, 1987, p. 175-181.

LOCKERT L., « Du Ryer as a writer of tragedies », in *Studies in French Classical Tragedy*, Nashville 1958, p. 140-184.

RICHARD D.J., « Hardy, Auvray, Du Ryer and the Querelle des Anciens et des modernes », *French Review*, 1959.

REPOSSI S. « Pierre Du Ryer précurseur de Racine », *La Jeunesse de Racine*, juillet-septembre 1962, p. 1-68.

ROY É., « Un pamphlet d'Alexandre Hardy, « La Berne des deux rimeurs de l'Hôtel de Bourgogne » », *Revue d'Histoire littéraire de la France*, 1915, p. 497-543.
— « Réponse », *Revue d'Histoire littéraire de la France*, 1917, p. 422-427.

ZILLI L. « *Esther* de Pierre du Ryer, dal' "religieux" al' politique », *Saggi et Ricerche francese*, V, p. 118-156.

TABLE DES MATIÈRES

SOCIÉTÉ DES TEXTES FRANÇAIS MODERNES
(S.T.F.M.)

Fondée en 1905
Association loi 1901 (J.O. 31 octobre 1931)
Siège social : 1, rue Victor Cousin. 75005 PARIS

Membre d'honneur : M. René Pintard.

BUREAU : Janvier 2000

Président : M. Roger Guichemerre.
Vice-Présidents : M. André Blanc.
                    M. Jean Céard.
Secrétaire général : M. Jean Balsamo.
Trésorier : M. Dominique Quéro.

La Société des Textes Français Modernes (S.T.F.M.), fondée en 1905, a pour but de réimprimer des textes publiés depuis le XVIᵉ siècle et d'imprimer des textes inédits appartenant à cette période.

Pour tout renseignement et pour les demandes d'adhésion : s'adresser au Secrétaire général, M. Jean Balsamo, 22, rue de Savoie, 75006 Paris.

LES PUBLICATIONS DE LA SOCIÉTÉ DES TEXTES
FRANÇAIS MODERNES SONT EN VENTE AUX
ÉDITIONS KLINCKSIECK
8, rue de la Sorbonne 75005 Paris

EXTRAIT DU CATALOGUE

(janvier 2001)

XVIᵉ siècle.

Théâtre :

XVIIᵉ siècle.

Poésie :

Prose :

Théâtre :

57. TRISTAN, *Les Plaintes d'Acante et autres œuvres* (J. Madeleine).
58. TRISTAN, *La Mariane. Tragédie* (J. Madeleine).
59. TRISTAN, *La Folie du Sage* (J. Madeleine).
60. TRISTAN, *La Mort de Sénèque. Tragédie* (J. Madeleine).
61. TRISTAN, *Le Parasite. Comédie* (J. Madeleine).
62. *Le Festin de pierre avant Molière* (G. Gendarme de Bévotte-
    R. Guichemerre).
73. CORNEILLE, *Le Cid* (G. Forestier et M. Cauchie).
121. CORNEILLE, *L'Illusion comique* (R. Garapon).
126. CORNEILLE, *La Place royale* (J.-C. Brunon).
128. DESMARETS DE SAINT-SORLIN, *Les Visionnaires* (H. G. Hall).
143. SCARRON, *Dom Japhet d'Arménie* (R. Garapon).
160. CORNEILLE, *Andromède* (C. Delmas).
166. L'ESTOILE, *L'Intrigue des filous* (R. Guichemerre).
167-168. *La Querelle de l'École des Femmes* (G. Mongrédien).
176. SCARRON, *L'Héritier ridicule* (R. Guichemerre).
178. BROSSE, *Les Songes des hommes esveillez* (G. Forestier).
181 et 190. DANCOURT, *Comédies* (A. Blanc).
185. POISSON, *Le Baron de la Crasse, L'Après-soupé des auberges*
    (Ch. Mazouer).
196. G. DE SCUDÉRY, *Le Prince déguisé. La Mort de César*
    (E. Dutertre, D. Moncond'huy).
200. GHERARDI, *Le Théâtre italien*, I (Ch. Mazouer).
205. MARESCHAL, *Le Jugement équitable de Charles Le Hardy*
    (C. Griselhouber).
207. GHERARDI, *Le Théâtre italien*, II (R. Guichemerre).
214. ROTROU, *Théâtre complet,* I (G. Forestier – M. Béthery).
215. G. DE SCUDÉRY, *Ibrahim* (E. Dutertre).
218. ROTROU, *Théâtre complet,* II (B. Louvat – D. Moncond'huy –
    A. Riffaud).
223. ROTROU, *Théâtre complet,* III (C. Bourqui).
224. DU RYER, *Esther ; Thémistocle* (A. Blanc).

XVIIIᵉ siècle.

XIXᵉ siècle.

Enrichissement typographique
achevé d'imprimer par :
IMPRIMERIE DE LA MANUTENTION
Mayenne
Janvier 2001 – N° 19-01

Dépôt légal : 1er trimestre 2001